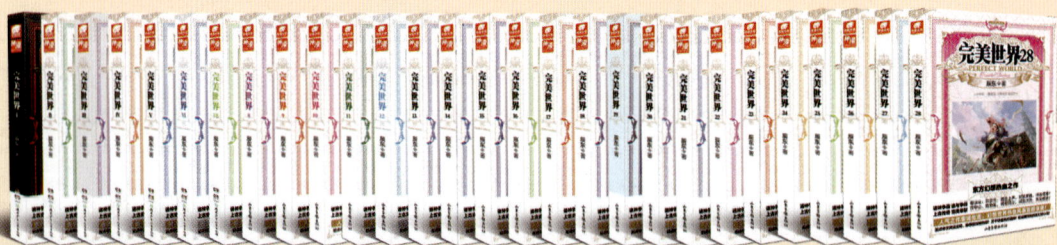

深空彼岸

4

辰东/著

时代出版传媒股份有限公司
安徽文艺出版社

图书在版编目（CIP）数据

深空彼岸. 4 / 辰东著. -- 合肥 : 安徽文艺出版社,
2022.11

ISBN 978-7-5396-7523-7

Ⅰ. ①深… Ⅱ. ①辰… Ⅲ. ①长篇小说－中国－当代
Ⅳ. ①I247.5

中国版本图书馆CIP数据核字(2022)第148648号

SHENKONG BI'AN 4

深空彼岸 4

辰东 著

出 版 人：姚　巍
责任编辑：李　芳　王婧婧
装帧设计：周艳芳　曹希予

出版发行：安徽文艺出版社　www.awpub.com
地　　址：合肥市翡翠路1118号　邮政编码：230071
营 销 部：(0551)63533889
印　　制：湖南天闻新华印务有限公司　　　电话：(0731)88387856

开本：710 mm×1000 mm　1/16　印张：20　字数：315千字
版次：2022年11月第1版
印次：2022年11月第1次印刷
定价：42.00元

目录
CONTENTS

第160章

她从旧土跟来了

列仙留下的奇物，谁能不动心？

欧拉、河洛、羽化三颗超凡星球的精英不惜竞逐，来到星空深处，全都是为了用奇物来改命！

王煊摩挲着两块金属牌子，研究上面的纹理，并没有发现什么玄机。它们的价值都体现在内部的神秘因子上，这是三颗星球的强者各自注入的精粹。

"这真让人遐想无限！"王煊心中颇不平静。这东西居然有可能涉及内景地，他可没少与内景地打交道！

这究竟是什么东西，竟能被放进内景地中？他琢磨着，这种奇物必然相当不简单，自己绝不能错过。

王煊十分期待，决心找到那个地方，拆开列仙留下的"黑盒子"，也许里面有可以改写个人命运的"大奖"！

赵清菡清洗了所有的战衣、甲胄，将之晾晒在林地中。在阳光的照射下，战衣和甲胄相当晃眼。

王煊烤了一只羊腿作为早餐，在密地中，主要就是以肉与浆果为食。

"你摆弄那组钥匙，看出什么了吗？"赵清菡问道。

"有了一些猜测。一会儿我们去找一下，在这外围区域应该有个奇异的地方，一旦找到，我们就将得到非常大的机缘。"王煊一边吃早餐，一边与她聊着，决定先下手为强。

赵清菡讶然，在了解到了一些情况后，她在地上大致勾勒出一幅地图，供王煊参考。

新星的人在密地探索多年，对外围区域了解得稍多一些，但也只是了解个大概。

这颗星球非常神秘，奇异的能量物质十分浓郁，会对各种精密仪器产生干扰与破坏，让人头痛无比。

"它吃肉了！"赵清菡看向凑过来的那个大脑袋。

"马大宗师"居然无声无息地将剩下的大半个羊腿给叼走了，它先尝了一口，而后大口撕咬，全给吃下去了！

"它大概要变成妖魔了。"王煊知道"马大宗师"还在持续蜕变中，生长翅膀需要大量的能量，所以它开始吃荤了。

享用完食物后，"马大宗师"居然舔了舔嘴巴，一副意犹未尽的样子。

密地中阳光充足，不久后那些战衣和甲胄就被晒干了。

"马大宗师"披上了两副青金色的合金甲胄，王煊则依旧只穿着欧拉星的黑金色战衣。

赵清菡里面穿着欧拉星较为柔软的黑金色战衣，外面穿着河洛星的青金色甲胄，拥有双重防护。她原本就极为漂亮，披甲之后有种另类的美，神采奕奕。

"很合身，有韵味！"王煊觉得眼前一亮。这种古典的甲胄穿在她身上，衬得她如同标致的古代女将，英姿飒爽。

爱美之心，人皆有之，马亦有之。

"马大宗师"披着甲胄，迈着优雅的步子走了过来，居然还转了个身，像在展示自己。

王煊与赵清菡都觉得这马妖里妖气的，绝对是成精了！

"不错！"王煊对"马大宗师"称赞道。

在它得意扬扬，昂起硕大的头时，王煊补充道："这个样子的飞马，骑出去才有范儿！"

"马大宗师"瞪着王煊，如果不是知道打不过他，它真想给他来一蹄子！

密地的外围区域，有外星人看到了王煊与赵清菡，不禁倒吸一口凉气。

"欧拉星的人与河洛星的人居然联手了？"有人感到事态严重，需要从长计议。

要知道，在大多数情况下，不同组织的人见面就死磕，注定是竞争对手。

"你想多了，没看到那匹马都披上甲胄了吗？河洛星的人遇害了，被欧拉星的人干掉了！"

"那女子真俊！可惜了，成了欧拉星人的俘虏。"

王煊、赵清菡与"马大宗师"两人一骑，尽管从人数上来说少得可怜，但他们快速穿过密林时，发现那些人没敢追击，因为那些人认为能消灭一支队伍的人很不简单。

这倒为王煊减去了不少麻烦，省了不少力气。

最初，王煊独自行动了数次，不时暗中接近那些外星人，以精神领域去感知他们话语的意思。

他做这一切都是为了获取有价值的消息。

最终，他眼睛发亮，确定这颗星球上有一处奇异之地，而且那地方需要用金属牌子去开启。

真有这种地方啊！王煊心中有底了，他的猜测得到印证。

那里不是内景地就是内景异宝，当中封存着奇物，需要动用大量的神秘因子才能开启。

可惜那些人并未提及那片特殊的地带在哪里。

不久后，王煊露出异样的神色——居然需要集齐十二块金属牌子才能有所感应并得到相关的指引！

王煊觉得自己不需要这样做便能找到那个地方，只要是有神秘因子的区域，他都能感应到。

王煊与赵清菡绕行，尽量避开三颗超凡星球的人，不想进行无意义的打斗。

接下来的两日，两人出现在较为偏远的区域，寻找那片奇地。

王煊身上有两块金属牌子，所以不担心那些人提前发现目标。

赵清菡观察着地势，提醒道："不能再向前走了，这里已接近密地较深处了，里面非常危险！"

日落时，前方的山林中色彩斑斓，能量物质的确比外部更浓郁。

王煊感觉到越向前走，他的身体活性越强。

他心头一动，道："钟家那个最惜命的老头子在关键时刻冒险一搏，该不会就是在前方那样的区域获得的奇物吧？"

"是的，非常危险。"赵清菡郑重地点头。

王煊露出异样的神色，钟庸老头子找到的奇物极其不简单。他心动了，既然走到了这里，是否要去探察一下？

"老钟到底采集到了什么奇物，其他财团知晓吗？"王煊问道。

"不要去，真的很危险。"赵清菡劝道，脸色很严肃，怕他贸然闯进去会出意外。

王煊点头。到了他现在的阶段，原本不需要过于激进，只要按部就班地修行，一样能崛起。只是，红衣女妖仙马上就要进入人间了，这带给了王煊很大的压力，他迫切地想变强。

赵清菡虽然不愿王煊去冒险，但还是告诉了他详情。那个地方有一种稀世奇物，名为地仙泉，各种强大的生灵常去地仙泉饮水，因此那里异常危险。

钟庸能活着跑出来，算是非常了不起的。

"地仙泉？！"王煊听到这样的名字，惊讶不已，与地仙联系在一起的东西绝对没有凡物。

赵清菡解释道："这是夸张的称呼，虽然带了'地仙'二字，但是与地仙草相比应该差得远了。"

按照古籍记载，这是古代地仙的饮用水，往往烧开了用来泡茶，是一种灵泉。这种泉水对地仙来说没有过高的价值，只是有灵性的水而已，但对普通人来说可以增寿五十年。

"所以，老钟变年轻了不少。"赵清菡说道。

"好东西啊！我们毕竟不是地仙，这种泉水对我们来说如同生命之泉。"王煊眼神火热。

"地仙泉可以养命，但似乎不是可助人突破的猛药。它很温和，能够滋养人身，抚平创伤，激发潜力，是一种滋养之药。"赵清菡告知王煊。望向密地深处时，她的眼睛里也有光。

谁不想长生，保住青春？哪个女子不爱美？地仙泉能延寿数十年，对所有人都有莫大的诱惑力。

"你眼睛里有光。"王煊笑她。

"我当然想将青春保持得更久！"赵清菡大方地承认，大眼眨动，望向晚霞中的密地深处。但她还是强调，现在他们不能再前进了。

"连老钟都能饮得地仙泉，我们也能，回头我们去那里泡澡！"王煊说道。

"马大宗师"听到这话，顿时将大脑袋探了过来，一副跃跃欲试的样子。

王煊瞥了它一眼，道："放心，肯定有你的份。"

"马大宗师"摇头摆尾，露出了喜悦的神色。

王煊补充道："等我们泡过澡你再进泉池，喝也行，泡也行。"

"马大宗师"一阵无语，总觉得自己被恶意针对了。

王煊没有立刻付诸行动，一是还要找奇异之地，二是想先做些准备，比如让"马大宗师"在近日内长出翅膀，让赵清菡变得强一些。

既然密地中多灵药，而他在大宗师层次又少有对手，那么他完全可以去采集一些奇物。

不久后，王煊他们就遇到了机缘。他们发现了一簇火红的奇药，这种奇药名为火云草。

在来密地前，所有探险队员都进行过培训。这是在药草书上都有记录的奇物，不像妖魔果实，新星的财团中至今都没有人接触过，所以没有列出来。

这里有怪物守着，是一只金色的大猫，它有一丈多长，修为已经接近大宗师层次了。

"嗯？"王煊还未接近，就远远地看到了两个来自新星的人。

"郑睿，周云！"赵清菡很惊讶，居然发现了熟人，他们两个怎么跑到这里来了？

郑睿站在山崖上，正在眺望密地深处。周云坐在他身后不远处的青石上，没什么精神。

王煊本能地觉察到郑睿有些不对头，他止步，示意赵清菡不要出声。

不久后，晚霞中有一只白孔雀飞来，隔着很远就让人感觉到了恐怖的威压，那绝对是一个极其强大的超凡生物。

然而，郑睿面对它时很平静，没什么表情。

"不对！"王煊道。

"竟然是她，她从旧土跟过来了！"王煊震惊不已。那个人干预现世的手段越来越惊人了，竟来到了密地！

王煊以精神领域看到，在郑睿的上空，有一道光影在飘浮。

然后，王煊一阵头大，因为那道光影看向了他，竟微微一笑……很倾城。

第 161 章
内景异宝

那道光影像气泡一样在虚空中沉浮，里面的女子只朝王煊这边看了一眼，就又看向那只白孔雀了，像在倾听着什么。

毫无疑问，女子显于现世中与白孔雀进行沟通，似乎有所消耗。

王煊盯着女子洒落在山崖上的光，不知道那光是否会残留。

随后，那道光影渐渐变得模糊，消失在郑睿戴着的一条手串中。

郑家、起源生命研究所、大兴安岭地下实验室……将这些关键词组合到一起，就足以推测出那个女子的身份。

女方士来了！

虽然她只是匆匆出现，又快速隐去，但王煊确定就是她。

郑家的部分人被控制了？

女方士很特殊，她保留着完好的肉身，躺在用羽化神竹制成的竹船中，数千年过去，肉身活性还在。

目前，所有羽化的古人中，似乎只有女方士留下了完整的肉身。

列仙留下一块骨，便能当作坐标，与现世产生密切的联系，将来或许有至关重要的作用。

而女方士却留下了完好的身体，这意味着什么？

当年，她准备得很充分，似乎早就料到了各种可能，这是她给自己留下的后路。

许多羽化登仙者其实都是在思忖中前行，从古到今并没有成熟的路与经验，大家皆是在探索。

先秦方士为何在最辉煌的时候突然销声匿迹？随着最强大的一批方士羽化，这条路渐渐荒芜，再无人走。

先秦时期，顶尖的方士猎取神禽、捕捉神兽，出行都是由祥瑞生灵拉车，可是最后都突然消失了。

本土教亦如此，历经了各种波折。

本土教所走的路一再改变，早期重视心斋，追求内心的清虚宁静，注重精神能量的积累。只是这些对资质要求太高，动辄涉及虚无缥缈的大道，后来不得已，便出现了吐纳等各种具体的法。

再后来，内丹术、金丹学说兴起，几经变迁，但最终依旧沉寂。

所以，有人认为，列仙皆成过往。那些消亡的，再难出现，而那些远去的，也终究再回不来。

女方士是特殊的，王煊当初意外放出她留在内景地中的一缕精神，使得她破碎的意识回归到她保留下来的强大肉身中。现如今，很难说清她处在什么状态，王煊甚至怀疑她借此彻底复活了。

依据旧术路后期的理论，肉身养精神，是为根。如今她那缕精神回归，被重新滋养，她是否就算重回现世为人了？

王煊头大如斗！

当年女方士能拥有那样一只羽化神竹船，可知她在那个时代的实力与地位，而她用此至宝留后路自保是早有安排的。

"郑睿有些奇怪，他带着周云离开了。"赵清菡开口道。

"我们不要和他们照面，那两人可能被……超凡生物控制了。"王煊说道。

那只白孔雀在山崖驻足了片刻，最后展翅，带着浓郁的能量物质向密地深处飞去。

"那只白孔雀是妖魔吗？"赵清菡盯着它远去的方向。

王煊点头道："应该是。它很危险，最起码我现在不想招惹它。"

红衣女妖仙说要来现世，结果女方士竟直接出现在了密地。她们如此急切地提前出世，是在探索，还是在寻觅什么？

王煊不相信女方士会无缘无故地跑到这里来。他在琢磨，能不能请动女方士制约红衣女妖仙。他感觉这两人的实力都极强，万一发生冲突，后果会很严重。

只是，女方士也"惦记"着他，想将他留在旧土三年。

一思及这些，王煊就一阵头痛。

而且，万一红衣女妖仙与女方士打不起来，她们两个若是旧识并联手的话，那他的下场肯定会很惨。到了她们那种层次，相互妥协、合作的可能性很大。

其实，女方士留在现世的只是部分残缺的意识，其真正的主体成仙了，也在大幕后方。

想到这里，王煊忽然觉得可能是自己吓唬自己。

女方士有肉身，也有残留的精神，未来可能会很强，甚至重活一遍都有可能，但现在应该掀不起风浪。

王煊意识到极有可能就是这样，女方士如果足够强，也不至于借郑睿之身来密地，躲在手串中。

一刹那，王煊有种冲动，想去试探一下女方士的实力到底在什么层次。当然，他不会硬来，只是想去跟她见个面，打个招呼。

王煊觉得通过女方士的实力，大概率能推测出红衣女妖仙即将进入人间之身的道行。

不过，他克制了冲动，喃喃自语道："女方士最起码在超凡层次，不然的话她不敢面对那只超凡白孔雀。"

"你在说什么呢？"赵清菡偏头看向他。

王煊道："刚才控制郑睿他们的妖魔实力很强，现在她离去了，我们过去看看。"

那片地带已经安静下来，两人一马谨慎地接近，最终登上了那座山崖。

王煊没忘记女方士洒落的光芒，他立刻动用精神领域探查石崖，在缝隙间找到了残留的能量物质。

"超凡，比蚕蛇强！"他做出了判断。

王煊闭上眼睛默默体会，片刻后倏地睁开了眼睛，道："我怎么觉得不是太恐怖？她在超凡领域，并非遥不可及！"

王煊有种感觉，他的猜测成真了！

以此来判断的话，红衣女妖仙最多与女方士实力相仿，大概率也只是超凡领域中实力稍强的人，不可能是仙，其层次大概率比燃灯高，应该在命土、采药层次。

一瞬间，王煊生出无比旺盛的斗志，只要他进入超凡层次，到时候鹿死谁手还不一定呢。

在了解到她们的虚实后，王煊不怕她们了。大幕后的她们绝世强大，但在现世，并不是她们说了算！

"人间的归王煊！"王煊自言自语道。他必须提升实力了，真要狭路相逢的话，到时候他想反擒红衣女妖仙。

赵清菡身上的青金色甲胄在晚霞中被染上红光，她整个人像披上了一件红衣。她笑了起来，道："人间之外的地方呢？"

"列仙的、人间的，王煊都要管！"王煊顺口说道。他得增强自信心，近期想尽办法进入超凡层次。

不久后，兽吼声震动山林。

王煊他们重新接近那簇火红的奇药，惊动了那只金色大猫。

"马大宗师"积极性很高，亲自对付那只大猫，因为它很想吃火云草。

"喵！"金色大猫跑了。

然后就轮到"马大宗师"惨叫了，它龇牙咧嘴，差点儿一口将火云草喷出去。这是什么破草，苦得它半张脸都麻木了！

王煊道："火云草还没有成熟，连'马大宗师'都受不了，估计人类吃的话，两天内就会失去正常的味觉，连着几天嘴里都发苦。"

赵清菡点头道："药草书上是这么写的，没想到它真的苦到了这种程度。"

"马大宗师"想和他们拼了：原来你们早就知道，所以没吃？！

"虽然还没成熟，但是药效足够了，赶紧吃吧，别浪费。"王煊安抚它道，"下次的灵药肯定不苦。"

次日，他们又采摘到一种奇药，这奇药紫莹莹的，带着浓郁的芬芳气味，果实形似苹果。

"马大宗师"吃了一颗就受不了了，依旧苦得难受，它看着王煊与赵清菡分食了剩下的几颗，在那里干瞪眼。

"紫玉果甜香多汁，的确不苦，但你吃了火云草，接下来几天嘴里都会是苦的。"

"马大宗师"怒了，还要好几天？

……

王煊终究没忍住，还是潜入了密地较深处，在那里眺望地仙泉。而后，他又很果断地退走了。

那里有超凡生物出没，钟庸能找到机会活着跑路，着实不易。

"别挑食了，赶紧长出翅膀来，我们去痛饮地仙泉！"

接下来，王煊又是烤肉，又是找灵药，将其供给"马大宗师"，恨不得它立刻长出一对可以横跨长空的羽翼来。

两日后，王煊、赵清菡进入一片草木稀疏的地带，有了重大的发现。

"奇异之地就在前方！"王煊感应到了异常的神秘因子，其浓郁程度远高于密地的其他地带。

"一座破落的神庙！"赵清菡惊讶地道。

前方很荒凉，瓦砾遍地，中心处是一座土台，它居然是由黑白二色的土堆积而成的，黑白分明，共有两层，像一个两层的生日蛋糕。

浓郁的神秘因子就是从那黑白二色的土台中弥散出来的。

王煊觉得它可能就是内景异宝！

在古代，有绝顶强者意外殒命，临死时炼化一角内景地，将之融于真实世界的宝物中，形成异宝。

列仙留下的奇物应该就被封在这黑白土台中。王煊心中有些激动，终于找到这个地方了。

但他没敢过去，那黑白土台旁边趴着一只大蜘蛛，有书桌那么大，身上长着黑白相间的花纹，与土台的颜色相近。

这居然是一只超凡领域的蜘蛛！它织了一张大网结在断壁残垣上，守着土台。

这里能有什么猎物？显然这只大蜘蛛通灵了，喜欢这里浓郁的神秘因子，在此修行。

"暂时不要招惹它，先等白马驹的羽翼长出来吧。"赵清菡低语道。她认为他们没必要急着冒险。

王煊点头，他不是第一次接触超凡怪物了，自然知道这种生物的危险。

"马大宗师"趾高气扬，它身体两侧已经长出了一对羽翼，雪白中带着淡金色。不过这对翅膀还小，"马大宗师"自己能勉强飞起来，但无法载着两人疾速横跨长空。

王煊开口道："照这个速度生长的话，最多还需三日，'马大宗师'就能飞天遁地了，到时候我们就可以来这里夺造化了！"

他很想知道列仙在内景异宝中留下了什么奇物，竟可以改变一个人的命运。

突然，远处传来爆炸声，一座山塌陷了下去。随后，一道身影狼狈地逃了出来，竟是一位熟人——陈永杰！

王煊很吃惊，他反应迅速，一把拉着赵清菡躲到乱石堆后方。"马大宗师"迈着轻灵的脚步，跟着躲了起来。

连陈永杰都被追击，必然是有超凡生物在对付他，还好王煊他们与他距离非常远。

"小陈，你尽力了吗？就知道跑！"在陈永杰的不远处，居然是钟庸老头子，他嗖嗖地跑得贼快，脚踏树梢，像在飞一般。

"老钟，将你的五色金丹术传给我，说不定我的战力能提升一大截！"陈永杰开口道。

"拿你的圣苦修士拳来换！"钟庸说道。

两人都很狼狈，一路奔逃。

王煊心中惊异，一个是喜欢钓鱼的老陈，一个是隐忍百年的老钟，这两人居然走到一起了！

他们两人代表了旧土与新星当下的最强战力，再加上他俩一个比一个"坑"，可谓强强联合。然而，他们居然被人追击，正在竭力逃亡。

在他们的后方，足足有六名超凡者追击，最后他们兜了个大圈子，再次闯到密地深处去了。

王煊意识到超凡之战无比残酷、激烈，两个老家伙居然都吃亏了，此时在逃命。

"老钟居然敢参加超凡之战！"赵清菡叹道，对钟庸有些佩服。他平日谨慎，可一到关键时刻就敢与天争夺机缘。

王煊神色郑重，道："我必须尽快变强！"

他想进密地深处参与超凡之战。

"我不去的话，他们两人可能会殒命。"王煊自语道。

老陈是必须救的，至于老钟，他家里有各种绝世经书，王煊一直惦记着。

赵清菡观察入微，道："不用担心，看他们两人的样子不像是吃亏了，反倒是后方的人震怒，带着恨意在追击他们。"

第 162 章
真没想钓鱼

晚间，王煊与赵清菡相隔很近，并排躺在竹林中，透过竹叶的缝隙，可以看到夜空中洒落的点点星光。

不远处，"马大宗师"全身发光，一对洁白的羽翼迎着月光生长，带着淡金色的光泽。它的翅根在滴血，因为有神异的符文出现，那是属于妖魔的力量。

那种符文密密麻麻的，遍布一对宽大的羽翼，甚至"马大宗师"的半边身子都被符文覆盖了。

王煊与赵清菡两人被惊动了，来到"马大宗师"的近前观看。

"马大宗师"的羽翼长了一大截，实现了一次极为猛烈的蜕变。它的羽翼距离理想状态不是很远了，已完成七八成了。

见此状况，王煊道："'马大宗师'这样成长的话，会比它同族的体质更强。四颗妖魔果核就让它变异了，唤醒了传承自祖先的妖魔真体之血，连符文都显现出来了！"

此时此刻，"马大宗师"的双翼以及遍布着符文的半边身子都变成淡金色的了。

赵清菡惊讶地道："这么说来，它的血脉源头很强，如果吃上一些真正的妖魔果实，该不会有希望成为天马吧？"

次日，阳光下，竹林外的"马大宗师"周身都有一层晶莹的光芒，淡金色的皮毛在朝霞中显得格外灿烂。

它载着赵清菡飞上了天空，速度相当快。不过，如果驮上两个人的话，它就有些吃力了。

"还是欠缺了些，它还驮不了我们两个人。而咱们盯上的目标所在之地都很危险，列仙遗物、地仙泉、八大超凡巢穴，我都想采集一遍！"王煊低语道。

为了变强，为了能应付女方士，为了能打败红衣女妖仙，他准备疯狂一把，将能拿到的机缘全部取走！

王煊决定单独行动，去找些奇物，争取采摘到大宗师领域的药草，让"马大宗师"完成最后的蜕变。

他不担心这一人一马，现在"马大宗师"驮着人能飞天遁地了，带着赵清菡自保没有问题。况且，这里远离外星众人竞逐之地，也没有超凡生灵，目前看来还是很安全的。

"你要小心，首先要确保自身的安全，然后再考虑其他。"赵清菡走来，在朝霞中亭亭玉立，轻轻地抱了王煊一下。

这里是密地，充满了未知与危险。她深知王煊每一次远行都可能面对不可预测的恐怖局面，稍有意外就再也回不来了。

王煊点头，穿上欧拉星的战衣，背上大弓，准备出发。

"'马大宗师'，保护好清菡。这次我保证给你真正的妖魔果实吃，那种味道绝了，比果核好吃一百倍！"

"马大宗师"用力地点头，无比欣喜。

直到王煊离去，它才明白过来——他怎么知道妖魔果实比果核好吃一百倍？它顿时怒了，真是气死"马"了！

赵清菡站在竹林外，目送王煊远去，心中想着一些事。昨夜，王煊已经跟她谈到一些可能存在的威胁，提及了红衣女妖仙。

赵清菡安静地思索，回到新星后，她就要去布置一番。

凡是生灵，必有弱点。那红衣女妖仙想从大幕后回归，必会有动静，难以完全掩盖自己的行踪。

赵清菡准备找人去暗中调查，看历史上有哪些传说中的人符合红衣女妖仙的身份，查出她真正的底细，而后找到她的弱点。

赵清菡觉察到了，尽管王煊表面上很自信，还带着笑，但是他心中有很大的压力，他这是被逼得不断冒险以变强。

在新星，她可以动用部分力量迅速地解决一些事，帮他一把。

当然，这需要精心布置，需要一个实力强大的团队共同参与，而且要拿出严谨而又缜密的方案。

她甚至觉得与其冒着一定的风险自己去查，还不如将此事交给对赵家有敌意的财团，比如可以不着痕迹地让那两家"发现"红衣女妖仙要回归现世的事。

那两个财团吃到过羽化生物的"红利"，如果知道有虚弱到极点的妖仙回归现世，一定会想尽办法去捕捉！

"欧拉！"

王煊在与人对峙，但他一点儿也不怵，他带着诚意，为实现双赢而来。

前方有四名外星大宗师，三女一男，站在活火山口。他们采摘到了一株洁白的兰草，兰草芬芳浓郁，花瓣上带着淡淡的白色光焰。

他们除掉了一群实力很强的火蝠，才采摘到这株对大宗师都有一定药效的兰草。

王煊取出一块金属牌子，在这里比画着，想与他们交换灵药。对于对方会不会突然发难，直接抢他的东西这一点，他并不担心，一切都源自实力上的自信。

"这个欧拉星人疯了吧？居然拿造化地的钥匙来换一株药草！"

对面的几人低声议论。

"是真正的钥匙，不是仿制品。怎么办，要和他换吗？"

"当然要换，就是不知道需不需要动手。"

王煊不动声色，听着他们的谈论声，伸出五根手指，指向奇药，示意要五倍的量。

对面的几人有点儿迟疑，其中一人小声说道："要不直接除掉这个男子算了？"

"不要妄动！他敢孤身一人来这里，肯定有底气。即便是五株稀有灵药，也远没有钥匙价值高，这买卖不亏。只是这人太怪了，我们不了解他真正想要干的是什么。还是谨慎点儿吧，拿灵药与他交换。"

　　四人让王煊稍等，随后去了远处的山林。不久后，又多了两人跟过来，并带着几株奇药。

　　即便六人站在一起，也没敢动手，他们戒备着，与王煊交换了药草。可以说，这群人非常谨慎。

　　双方合作"愉快"，但是羽化星的这六人都深感古怪，一直提防着，直到王煊远去。

　　"他会不会负伤了，所以急需奇药，不惜拿出造化地钥匙来换？我们要不要跟过去看一看？"

　　"看什么？我们又没吃亏，赶紧走！"

　　"我觉得他伤好之后，可能会来找我们拿回那块金属牌子。"

　　一群人胡思乱想，最后迅速撤退了。

　　"我们跑什么？反正早晚要竞逐，他真有野心的话，必然会和我们对上。追过去看看。"

　　"不，我们可以放出消息，就说那个欧拉星人受伤了，愿以造化地的钥匙换奇药。"

　　不得不说，人不能多想，将简单的事情复杂化会出事的。

　　王煊还没有远去，正在尝试接触其他队伍。他知道这么做容易引起冲突，别人可能会围攻他这个落单者，但他不在乎，也不害怕。如果对方抱着恶意而来，他反击就是了。

　　很快，王煊觉察到了不对劲，居然有人主动找上门来了，问他是否要交换奇药。

　　王煊点头，给予了肯定的回应。

　　这支五人的队伍来自河洛星，与王煊对付过的神射手来自同一颗星球，但不是同一支队伍。

他们痛快地和王煊做了交易，以五株奇药换了一块金属牌子。并且，他们告知王煊，他受伤的消息是羽化星的一支队伍传出来的。这简直是在告诉所有人他很虚弱，要送他上路。

显然，河洛星的这支队伍也不是善类，他们不想被人当枪使的同时，想看王煊这个独行客是不是很强，敢不敢去找羽化星那支队伍的麻烦。

"我真的受伤了。"王煊叹气，摇了摇头，然后转身就走，没打算去报复。他觉得十株奇药差不多了，里面不乏大宗师级的药草。

他真的受伤了？后方的人看着王煊毫不犹豫地离去，露出异样的神色。

"那还有什么好说的？将奇药拿回来！"他们当中的一些人按捺不住了，毕竟大宗师级的药草已经算是凡药中的极品了。

虽然大宗师级的药草无法助他们突破，但是如果他们负伤，吃上一株的话，要不了多久就会复原。

王煊露出异样的神色，他真没想算计这些人，只是赶时间而已，想让"马大宗师"早点儿完成蜕变。如今这些人主动找事，那他也只能不客气了。

轰！

王煊身体发光，他的金身术提升到了第七层后期，这几乎已经是凡人肉身的顶点了。

王煊爆发之后，横冲直撞地攻过去，这五人怎么可能是他的对手？再加上他舒展身体，动用五页金书上的体术，一旦碰撞，就会让对方倒下。

这还是他手下留情的结果，不然这几人就没命了。

他手下留情是为了观摩对方的秘法，因为他志在超凡之战，现阶段多了解一些秘法，对他有好处。

最终，王煊将自己的金属牌子拿回来了，还将对方的造化钥匙掏了出来。

"这是个'钓鱼佬'！"五人愤恨到了极点，相互搀扶着远去。

王煊躺在地上大口喘息，一副精疲力竭的样子。

不久后，最早与他做交易的那支队伍来了，队伍一共有六人。

他们就是想让人试探一下王煊的虚实，结果发现他倒在了地上，看样子彻底没力气了。六人见此状况，纷纷露出笑意。

"刚才那批人都受伤了，说明这个欧拉星人的实力很强，不过他自己也出问题了，不然他肯定会除掉那几人。"

可以说，这支队伍已经够谨慎了，早先交易时疑神疑鬼，一群人都没敢对王煊一人动手，后来更是故意放出消息，让别人来试探王煊的实力。

现在，他们按捺不住了！

只是，这些人太小心了，刚才躲得太远，没看到王煊同那批人交手的过程，所以看到他倒地不起，理所当然地认为是两败俱伤。

"出手，没什么好担心的了！"

"真是意外的惊喜，他身上多半有刚才那群人的造化钥匙，这下全都要归我们了！"

六人极其小心，在这种情况下还是一起冲了上去，最后阶段相当果断，毫不迟疑。

刹那间，他们发现王煊的皮肤发出淡淡的金光，随后他一跃而起，向他们野蛮地撞了过来。

砰！

"啊——"

这片林地发生了激烈的战斗。在安静下来后，六人都还活着，不过这下轮到他们倒在地上了。

至于王煊，他身上现在总共有四块金属牌子了。

他真没想要钓鱼，这都是意外！

早先，他送出的两块金属牌子内部的神秘因子被他汲取了一部分，他并不担心这些人将金属牌子收集齐全后去开启内景异宝。所以，他还是有些愧疚的，没有下狠手。

"是个'钓鱼佬'，这个人……"

树林中，六名年轻的男女脸色铁青，怒不可遏。同时，他们也后悔不迭，如果他们不多事，不追来就好了。

"金属牌子中都是神秘因子的精粹，对我来说效果有限，但是对于清菡和'马大宗师'来说绝对算是宝藏了。"王煊自语道，在这片地带迈步。

半日后，他手中又多了两块金属牌子，金属牌子的数量达到了六块！

这半日间，先后有两支队伍被王煊打败，他们带着怒意，带着愤恨，逃离了这里。

"'钓鱼佬'太无耻了！"

"欧拉星人故意亮出数把造化钥匙，与人交换奇药，这是在钓鱼！"

很快，这片区域出现了"钓鱼佬"的恶名与传说。

"欧拉星人不可信！"欧拉星的另外两支队伍听闻这个说法后，顿时感觉压力很大。

王煊心情不错，怀中揣着六块金属牌子，带着十几株奇药远去。他不承认自己在钓鱼，一切都是因为那些人贪心，他是被迫反击的。

不管怎样，现在奇药足够了，再加上金属牌子中更为珍贵、无比浓郁的神秘因子精粹，"马大宗师"肯定能完美蜕变。

此外，这些珍稀的奇物也可以让赵清菡的实力更上一个台阶。

王煊心中颇不平静，这意味着列仙遗物、地仙泉等都在向他招手，他马上就可以将它们收入囊中了！

第 163 章
激烈蜕变

傍晚，"马大宗师"在竹林中翻滚，压断了很多青竹。下午它吃过各种奇药后，身体被神秘符文覆盖，发生了激烈的蜕变，一直延续到现在。

"马大宗师"低声嘶吼，痛苦不已，身体深处的妖魔血统被激活了一部分，它在换血。

照这么下去，它说不定会超凡化！

它的一双羽翼因此长大了一截，并且上面的符文更绚烂了，有细微的电弧交织，发出噼啪声。

古代的天马飞行时，扇动羽翼作用不大，主要是靠符文闪耀，爆发秘力，这样才能疾速地横贯天际。

另一边，赵清菡比"马大宗师"安静多了，她闭着眼睛，体会自身的各种细微变化，长长的睫毛轻颤，面庞在晚霞中微微发光。

王煊将几块金属牌子取了出来，猛然探出精神领域，牵引当中的神秘因子，不断将其汲取出来。

他将神秘因子注入赵清菡的身体中，致使她的身体有略微的颤动。原本奇药就在发挥作用，现在赵清菡的变化更大了。

王煊感知到她的状况，不禁讶异。

她十分适合走旧术路，服食奇药后，再得浓郁的神秘因子精粹相助，她五脏发光，血肉活性大幅度提升，快速进入了宗师领域。

虽然赵清菡的战力有待检验，但她的破关速度真的很快。

王煊仔细观察"马大宗师"，手持金属牌子，开始为它接引神秘因子精粹。

夜幕降临，"马大宗师"终于完成了换血，周身在月光下发出淡淡的光芒，羽翼宽大，轻轻拍动间电弧闪烁。

"马大宗师"正式踏入大宗师后期，几乎站在凡马的顶点了。

至于赵清菡，她正躲在清泉中进行宗师层次的蜕变。在此过程中，即便再漂亮、干净的姑娘也会变得黏糊糊的，满身都是汗水。

那是身体激烈变化的结果。赵清菡身体的新陈代谢在这段时间内迅速加快，身体素质全面提升，更加有生命活力。

不久后，赵清菡换好衣服走了出来，她的头发湿漉漉的，面孔在月光下显得更加白皙动人。

"原来肉身蜕变后，无论早先练什么体术，效果都很不凡，皮肤会变好。"她看着自己雪白的手臂，又取出化妆盒中的小镜子，看向自己带着晶莹光泽的美丽面孔，顿时无比喜悦。

"明天你在竹林等着，目前这里很安全。"王煊说道。

"马大宗师"虽然蜕变了，但只载一个人的话速度会更快。即便这样，王煊也是有些顾虑的，因为他要去的地方都很危险，皆有超凡怪物守着。

他第一站要去奇异之地，从内景异宝中取出列仙留下的神秘奇物。

既然那是上天赐予超凡以下的人改变命运的瑰宝，那么他最好在去八大超凡巢穴所在的逝地前将它取出来。

那只蜘蛛还好说，如今"马大宗师"能飞天遁地，可以去挑衅它并将它引走。王煊有些担心的是，内景异宝中是否会有什么东西被他放出来。

正是因为有这样的顾虑，所以王煊想自己先进内景异宝中探探路。如果没有什么问题，他就接引"马大宗师"和赵清菡接受神秘因子的洗礼。

清晨，"马大宗师"从远处的瀑布中走了出来，冲洗了身上的污垢之后，这匹被唤醒了妖魔血脉的马越发神骏了。

它像披着一层霞光似的，皮毛发亮，没有一根杂毛，双翼上有金色电弧闪烁，真的像天马下凡一般。

王煊开口道："如果那里没什么问题，我就让'马大宗师'来接你。"

赵清菡点头，帮他取过那张大弓。

一人一马都披上了甲胄，瞬间远去，像一支发光的箭射向天际。

王煊默默地感受，发现"马大宗师"的速度比逝地附近的那头银熊还是差了一些，毕竟它还未达到超凡。不过，骑着它去偷袭其他只能在地上跑的超凡怪物的巢穴，应该没有问题。

山地寂静，草木稀疏，断壁残垣，一张巨大的蜘蛛网结在这里，覆盖在黑白二色的土台上。

密地整体生机勃勃，但这片遗址尽显荒芜，甚至让人有种莫名的凄凉之感。

王煊骑坐在马背上，从半空扔下去一头野猪，砸在破败的神庙瓦砾上，激起一片烟尘。

"蛛蛛，麻烦你让让路，我去取点儿东西，马上就走。"

超凡蜘蛛身上的纹理黑白相间，八只眼睛全部睁开，射出冷幽幽的光。

"马大宗师"浑身的汗毛瞬间竖立，快速提升高度。它与超凡蜘蛛的距离已经足够远了，可还是感觉到了强烈的不安。

王煊变了脸色，这只蜘蛛常年在这里吸收内景异宝散发出的神秘因子，实力竟有些不凡，感觉比蚕蛇、山龟更厉害，它刚才动用了精神攻击！

"先礼后兵，没办法，我只能对你动手了。"王煊摘下大弓，搭上铁箭，瞄准下方，射向超凡蜘蛛。

轰！

带着符文秘力的铁箭在那残破的瓦砾间射出一个大坑，土石迸溅，落在超凡蜘蛛身上，激怒了它。

超凡蜘蛛张嘴吐出一道白光，那是蛛丝，现在却化成利器，直冲到两百余米的高空。

王煊示意"马大宗师"保持安全距离，让它落到前方的地面上去，然后他再次回身射箭，挑衅超凡蜘蛛。

咚！

这一次，王煊射中了那只超凡蜘蛛的头部，但是宛若射在了铁石上。那只超凡蜘蛛发出黑光，震断了铁箭。

不过，它虽然实力很强，但终究灵性有限，属于怪物的残暴本性远大于智慧之光。

轰！

超凡蜘蛛突破声障，在身后留下大片的白雾，直接追击了出来。

因为这里没有什么需要它保护的东西，它不用担心，所以它直接凶猛地追击挑衅者。

"马大宗师"算是真的通灵了，充分领悟到了王煊挑衅并引走敌人的真意，它贴着地面飞行，不断回首，趾高气扬地叫唤，始终与超凡蜘蛛保持着三百米左右的距离。

王煊则不时射箭，进一步挑衅超凡蜘蛛。

林地发生了大爆炸，"马大宗师"与王煊带着超凡蜘蛛远离废墟，不断激怒它，将它引向密地其他地带。

一人一马翻过山岭，横渡河流，跑出去足有两刻钟，将超凡蜘蛛引入了一片原始密林中。

"走，回去，差不多了。"

"马大宗师"闻言，冲到空中，疾速往回赶。不久，它就降落在断壁残垣间。

王煊快速冲向黑白二色的土台，果然在上面发现了十二个凹槽，这是插入金属牌子，也就是钥匙的地方。

他没有犹豫，到了这一步，不能瞻前顾后，顶多就是再放出一位列仙的残破意识。

王煊调动体内的神秘因子，而后不计代价地以精神领域牵引着它们向十二个凹槽中浇灌。

黑白二色的土台轻颤，神秘因子沸腾，在这里弥散、蒸腾。

王煊的脸色变了，他消耗掉的神秘因子真的不算少，一会儿如果进入内景异宝中，他一定要连本带利地收回来。

一刹那，黑白土台轰鸣，在王煊的精神感知中，它变了，竟然成为黑白二气！

最后，黑白二气演化出一条通道，其中黑气与白雾弥漫。

王煊发现自己的精神自动离体而去，被那黑白二气接引进通道中，穿过黑气与白雾，不断向前。

并且，在这途中，通道中有巨大的波动扩张，像是某种烙印在这里回荡，告诫后世之人，或许也可以说是警告。其大概意思是：超凡者不可临近，速退！

还真是为超凡以下的生灵留下的奇物？

王煊还没有抵达黑气与白雾翻腾的通道的尽头，就在这时，他心神发颤，发现前方有不少身影！

"我是地仙啊，居然要死在这里了？！"一道身影在叫，然后散开了，什么都没有剩下。

"我已接近羽化，是河洛星这个时代的最强教祖，前来寻前贤遗泽，竟要死在一座土台下，我不甘心啊！"砰的一声，一个接近羽化的恐怖生灵也瓦解了。

"我是纯血金翅鹏族，法力高绝，称雄于一颗超凡星球，来这里寻觅传说中的至宝，却连那内景空间都进不去，殒命于通道内，何以至此？"一只金鹏在这个地方殒命，羽毛四散纷飞，而后彻底烟消云散了。

"我是河洛、欧拉、羽化三星的第一地仙，在这个时代，我在三颗超凡星球上都找不到对手。连我这样的地仙在这里都如泡影般泯灭，内景异宝中的东西到底要留给谁？！"所谓三颗超凡星球上的第一地仙，也在黑气与白雾涌动的通道中瞬间殒命。

王煊感到毛骨悚然，他真的来对地方了吗？

他想到了那个洪亮的声音，那是某种超凡规则散发的力量，警告后世之人。

超凡者不可接近，凡人可入？王煊心中深受震撼。

毫无疑问，刚才那些身影都是古代的至强者留下的烙印，那是他们死前最后挣扎的场景。

地仙、羽化级高手、成功走出妖魔真体路的金翅大鹏……这群不同层次、不同种群的顶尖者都死在了这里。

这样的烙印，这样的场景，实在震慑人心。

随着王煊的前行，他看到了更多身影。

"是我贪心了，每隔百年让未曾达到超凡的后人来此寻机缘，获得一次改变命运的机会，应该知足了，我却妄想带走那件神秘的宝物，自取灭亡。五百年来我于羽化星上称雄，如今却逝去得如此卑微。"

"我是千臂真神，却殒命在这里……"

……

王煊心中震惊，这条通道不是很长，短短的一段距离内，他看到了太多的身影散开，全都是各自所属时代的顶尖人物。

现在要到哪里去找地仙？一个都见不到了！可是昔日，殒命在这里的人群中，地仙根本不算最强的一列。

"我是凡人，没什么可在意的。"王煊没有耽搁时间，一冲而过，穿过黑气与白雾翻涌的通道，进入内景异宝的奇异空间中。

第164章
列仙觊觎的奇物

内景异宝中一片幽静，神秘因子从未知地无声地飘落。

初看这里很像内景地，虚无寂静、超脱世外，立身于此，仿佛立身在空明的时光中，似乎处在冥想的圣苦修士境中。

王煊皱眉，一切都似是而非。

内景异宝中一片幽暗，无法保持长久的空明，关键是其中的神秘因子比内景地的要稀薄很多。

这种浓度能有他自身内景地神秘因子的十分之一吗？恐怕还没有。

王煊向后看去，黑气与白雾缭绕的通道中全是神秘的纹路，密密麻麻的，无规律地交织、纠缠着。

曾经的地仙、羽化级高手、千臂真神等都是被这纹路剿灭的吗？

王煊立在这里，能真切地感受到自身竟渺小如尘埃，而那些散开的身影则顶天立地。

他瞬间明白，通道中的黑白纹路像是一张大网，如同大鱼般的超凡者都被网住了。而他只是一条小鱼苗，因此可以从那巨大的网眼中钻出来。

这种对比非常直观，只看地仙级的生物，那也如同史前巨鳄般。

随着王煊迈步，幽暗被划破，他的到来仿佛激活了内景异宝，整片空间嗡嗡颤动，竟开始忽明忽暗。

他似乎在被什么东西呼唤，那东西有种致命的吸引力，让人难以抗拒地想去接近。

前方有东西复苏了！

王煊一边向前走去，一边运转根法吸收神秘因子，补充不久前的消耗。

内景异宝深处有个特殊的地带，在那里，神秘因子像雪花般飘落，正是那里有什么东西吸引人不由自主地靠近。

幽暗之地有个池子，神秘因子积聚在当中，浓郁得如同浆液。

王煊走来后，周围顿时下起了"倾盆大雨"，他被神秘因子洗礼，之前消耗掉的这下连本带利全部回来了。

一道雾气从池中蒸腾出来，快速将他覆盖。这就是列仙留下的机缘吗？

王煊瞬间生出一种感觉，这东西对他很重要。雾气沿着他的精神进入现世，瞬间没入他的肉身。

列仙留下的奇物可以改命，他这就得到了？！

王煊的精神与肉身有一种莫名的感应，周身舒泰。在现世中，奇异的变化发生了，仿佛有仙子在温柔地抚摸他的头顶，要为他正骨，梳理经脉。

这不是错觉，因为王煊又看到了很多幅画面，那应该都是前人留下的烙印。

每隔一百年，欧拉、河洛、羽化三颗超凡星球都有年轻的精英走到这里，吸收奇雾，接受洗礼。

在那烙印的显示中，有人的根骨被矫正，有人的经络被强化，也有人的五脏被重塑。

对于凡人来说，这的确是在改命，从根骨到脏器等都被梳理一遍，得到全面优化。

后天改命，提升一个人的资质，这就有些不可思议了！

对于踏上旧术路的人来说，这无异于再生，属于根本性的改变，拓宽了修行者的前路。

王煊心中震惊，居然有这种奇物！

他不相信先天注定之说，走旧术路的人原本就是在不断突破固有的人生轨迹，在后天的努力中与万物竞逐，重塑自身，改写命运。

这个过程注定伴随着血与泪，甚至会失去生命。

立身璀璨之地，回首必可见幽暗。

眼下，能全面改变一个人筋骨的奇物让王煊久久不能平静，他的心绪激烈地起伏。

这就是列仙的手段吗？

"没什么改变？"王煊一愣。他的精神虽在内景异宝中，但能清楚地感知外界的情况。

现世中，他的肉身被奇雾覆盖、洗礼，但他的筋骨、脏器等"固执"地发光、共振，并没有接受重塑。

王煊心中有感，立刻在内景异宝中演练先秦方士的根法，又练金身术，最后更是开始练张仙人的体术。

那种奇雾被分解了，化成一股纯粹的顶级能量，随着王煊演练五页金书上的体术，被他吸收了。

这奇雾是什么属性的物质？

在此过程中，雾气分解，如同食物般被王煊吃掉了。他全身各个部位都很舒泰，宛若有个仙子在帮他疏通血液，他似乎要飞升了。

"是我的筋骨根本不需要改变吗？"

王煊一阵出神，这样的话，足以说明他的潜力惊人。

王煊一向自信，毕竟他在凡人阶段就能靠自身开启内景地。即便在旧术最璀璨的年代，这也算是极其特殊的个体，各教祖庭对此都罕有记载。

"还是说我金身术大成，肉身排斥那种神秘的重塑之力？"

如果是这种情况，那就只能说那看似拙朴、消耗惊人的金身术有其独到之处，让奇雾都失效了。

"抑或说，借奇雾重塑肉身，改写命运，不见得正确，所以被我的身体排斥了？"王煊想得很多。

他不是自负，而是对自己有着清醒的认知。从先秦方士到本土教诸贤，他们的法与路几经变迁，早年的标准不见得都对。

王煊觉得过早地开启内景地后，他的身体有些异常，对奇雾有所排斥也不奇怪。

"不管是什么东西，当资粮吃掉了，没亏！"王煊感知力敏锐，觉得肉身得到了好处，那些奇异能量对身体很有益。

他严重怀疑，自己不吃妖魔果实，直接跑进逝地深处，凭身上的奇异能量，说不定就能再次大幅度提升实力，实现突破。

王煊盯上了那个池子，神秘因子积聚在当中，浓郁如水，关键是，奇雾是从里面冒出来的。

地仙、羽化级高手、千臂真神等寻觅的至宝应该不是那种雾气，真正的至宝很有可能在池底，他要不要顺手将其捞走？

让地仙都疯狂，让金翅大鹏都觊觎，这里的宝物来头一定大得不可想象。

王煊回头看了一眼，通道中纹路交织，密密麻麻的，连羽化层次的生灵都照灭不误。但是，它限制的又不是他这样的"小鱼"，为什么他不能有些想法呢？

"我只是看看到底是什么器物。"王煊蹲在池子前，身体被神秘因子淹没了。

他很谨慎，没敢有什么大动作，只是先行试探。

然而，池底昏暗，他什么都看不到，连他形成的精神领域都没用，所见一片虚无。

"我只是摸摸。"既然看不到，王煊决定动手。

王煊的手刚进入池中，神秘因子就沸腾了，整片异宝空间一会儿灿烂，一会儿黑暗，在剧烈地颤抖。

他回首，那条通道中，各种符文变得极其刺目，不断交织。这是超凡规则的能量发动了，现在要是有地仙闯进来，直接就会被干掉！

他看了又看，觉得就那么一回事，大网的窟窿没缩小，他能出去。

王煊按捺不住了，他在池底摸到了一件东西，感觉不像是精神层面的，而是真正的器物。

内景异宝中能带进来实物？

王煊的指尖刚碰到它，还没有摸到它的形状，就感觉世界变了。这是回到了古代，还是穿越到了异域？！

喊声震天，天空中到处都是光，他看不到人，因为那些生灵的速度太快了。

王煊大口喘息，稳住心神，以指尖触摸那件器物，缓缓划动，改变位置，他的感知也随之变化。

他好像脱离了那片世界的中心，而后超脱了出来，俯视着一幅又一幅恐怖的画面。

那是……列仙在对决？

大幕笼罩着前方，一些朦胧的身影纵横天地间，剑气撕裂霄汉。

那是大幕后的世界？不止一层大幕，那是几个世界交融，还是说大幕后方还有大幕，是几重世界？

那些身影在争夺一件器物，那器物被一团朦胧的光包裹着，只要落在谁的手中，就会引发其他人的追击。

王煊心中一惊，让列仙都争夺的器物，那是何等非凡？

他严重怀疑那东西就在池底，他的指尖所触摸的就是它。

在重重大幕后方，王煊看到了一道红色身影，她一对洁白的拳头挥过去，所有的对手都被打倒了！

那道身影婀娜妖娆，偏偏如此霸道，但凡与她竞逐，想抢她手中奇物的人，都被她横扫了。

王煊心头剧烈跳动，那该不会是红衣女妖仙吧？怎么走到哪里都能遇到她？

王煊明白这应该是历史上的她，自己现在所见到的不过是烙印，是过往发生的事。

那道红色身影很强，但是在多层次的大幕间也不乏其他强者，数人冲了过去并攻击她，让她失落奇物。

接着，王煊又一次发呆，他疑似又见到了一位熟人。

在激烈的大战中，一名白衣女子横扫周围的对手，一把抓住柔和光团中的奇物，冲向多重大幕深处。

虽然相隔很远，但王煊看她的背影很像女方士。

不过，她也被阻击了。

在多重大幕中，不乏绝代高手，有个男子从大幕的深处走出，与她激烈地对决。

各方大战，无比混乱。

在那场争夺大战中，王煊甚至看到红衣女妖仙与女方士因为奇物也数次碰撞，激烈地交手。

王煊惊异不已，然后有些期待。这两人在历史上交过手，在现世中如果再相遇，说不定还会打起来。

咚！

多层次的大幕震动，各方顶尖高手全部出击，在混乱中争夺，最终将那件器物打得飞了出来，器物洞穿大幕，落在了现世中！

就是池底的那件器物！

还有什么好迟疑的，王煊觉得看过了、摸过了，那就带走吧！

他双手探进池底，去捞那件器物。如果错过这件东西，估计他此生都会后悔，他必须将它带走。

这可是让多重大幕后的绝世列仙都惦记的宝物，连红衣女妖仙、女方士都曾为它激烈地对抗。

"落入了现世，人间的归王煊！"

第165章
内景之变

"起！"这不是王煊第一次喊了。他连搬三次，硬是没有将之撼动分毫，那东西像扎根在了池底。

他终于知道为什么也有其他凡人的精神体进来改命，却带不走这东西了。连他这个形成了精神领域的人都搬不动，其他人就更不用想了。

"给我出来！"王煊全力以赴，精神体发光，接引周围的神秘因子为己所用，瞬间，这里能量沸腾。

然而，这件器物依旧纹丝不动，王煊感觉像在搬一座大山！

这件器物说是碗，但比碗深，里面有很多密密麻麻的小字。

王煊心中一惊，在这个级别的器物上刻的字绝对非同小可，多半是了不得的惊世秘篇。

说不定，列仙就是为了得到器物上所刻之字而战的！

王煊向下挖，发现这件器物似乎有底座。

"它……有特殊的清香？"王煊愣住了。他现在可是精神体，而他的手指上居然弥漫着药香。

王煊露出惊讶之色。什么药能影响精神？他只亲身经历过一次！

那次，他与陈永杰、青木开着飞船去云层中的雷霆间采药，采到的是红衣女妖仙投放的香饵，那是一株天药！

这器物是炼过天药，还是存放过天药，又或者本身就能温养出惊人的"精神秘药"？

他一阵胡思乱想，反正有一点绝对是没有错的，那就是这必然是一件稀世宝物。

"给我起来！"

王煊竭尽所能试了十七次，感觉精神体都要炸开了，但还是挪不动这件器物。

池子中的神秘因子如浆液般浓郁，被搅动得沸腾起来。王煊在下方又找到一个盖子，摸起来和那器物是同一种材质的，盖子上面也全是密密麻麻的字。

终于，当王煊感觉精神体即将四分五裂时，盖子稍微被挪动了一点儿，撞击到了主体容器上。

咚！

仅仅是那种轻微颤动的声音，就让王煊感觉自身快要炸开了。

很快，一团朦胧的光绽放并且缓慢地扩张，器物复苏了。

王煊疾速后退，他有种感觉，若被那种光触及，自己可能会没命！

这到底是什么鬼东西？

他与器物相距很远，可精神还是被压制着，宛若要解体了，心神都要被撕裂了！

轰！

突然，在王煊的精神被镇压到极限，随时都会爆碎的情况下，他的内景地竟直接开启了。

他都快遗忘这个地方了，很久没有进来了。

外部，神秘因子如山崩海啸，向内景地中倒灌而来，而内景异宝竟有解体的趋势。

难道在内景异宝中不能开启内景地？王煊完全不了解这些。

他亲眼看见内景地一开，外部内景异宝就开始不断龟裂，看样子坚持不了多长时间就会走到终点。

就在这时，一大一小两团朦胧的光飘浮起来，嗖嗖两声没入王煊的内景地中，是那件器物与它的盖子。

王煊快速倒退，怕被那件器物镇压，毕竟刚才就很惊险。

然而在他退出来后，内景地竟在一刹那关闭了！

"我……"王煊想骂人。

这是什么状况？他好不容易再次开启了内景地，结果被那件器物闯入了。而且它进去后内景地就立刻关闭了，将他这个主人挡在了外面！

王煊站在原地，默默地思忖。

而后，他抬起头来，心想，没什么好计较的，不就是浪费了一次内景地机缘吗？以后又不是进不去了。

关键是那件被列仙觊觎的器物现在落入他的手中了！

不过他得严守秘密，原本红衣女妖仙、女方士就都想找他呢，如果她们知道至宝落入了他的手中，还不得疯？！

王煊在内景异宝中踅摸，看是否还有其他机缘。

"可惜了，福地碎片带不进来，不然的话，我就将这一池子神秘因子取走。这可是可以改变肉身活性并滋养精神的物质！"

王煊不断汲取池子中的神秘因子，但最多也不过消耗了十分之一。

他发现内景异宝不再龟裂，随着他的内景地关闭，这里不至于毁掉了。

既然内景异宝保住了，他短期内还可以再回来，如果确保外面安全，他会将赵清菡与"马大宗师"也接引进来。

王煊向外走去，一点儿都不担心被大网剿灭，反正列仙所争的至宝又没在他身上。

果然，他顺利地走进了通道，并未被阻击。

在途中，他再次看到地仙散开、金翅大鹏瓦解、千臂真神破碎，不禁心有感触：修行途中多诱惑，多劫难！

王煊回归肉身，睁开眼睛。黑白土台渐渐平静，神秘因子变得稀薄，那条通道已经消失了。

"马大宗师"将脑袋探了过来，贼兮兮的，那意思是在问：有什么机缘？

现在就算王煊赶它走，它都不会离开了。

这还不到十天，它就吃了十几种灵药，连妖魔果核都吃了四颗，它觉得王煊这个人还不错，是个很好的马夫！

王煊虽然发现"马大宗师"的眼神不对劲，但不知道它在想什么，不然的话保准饶不了它。

突然，王煊汗毛竖立，感觉到了熟悉的气息，是那只超凡蜘蛛，但它的生命气息在迅速地衰弱。

"快走！"王煊低吼，翻身上了马背。

"马大宗师"反应迅速，拍动双翼，冲天而起。

半空中，王煊将精神领域催动到极限，感知地面山林中的情况，果然发现了异常。

三个人在快速接近此地，他们在这片区域干掉了那只恐怖的蜘蛛，足以说明他们实力强大，应该踏入了超凡领域。

"快，向太阳升起的方向飞！"王煊抱着马脖子，让"马大宗师"转向，因为它还没有发现敌人的踪迹。

三人中有一人抽出箭，拉开大弓，开始瞄准"马大宗师"。

毫无疑问，他们即便踏入超凡领域了，也对造化地有想法。他们从密地深处摸回来了，想要截和。

"那种奇雾能改变一个人的根骨，如果第一时间从得到奇雾的人体内汲取奇雾，说不定能得到部分造化。"一人眼神冷厉，说道。

"不知道逃走的这个人是否得到了奇雾。"

"我将那一人一骑射下来！"持弓者爆发出刺目的光芒。他的弓箭被注入了秘力，箭矢像长虹贯日，带着长长的能量尾光，向"马大宗师"飞了过去。

"马大宗师"绝望了，它拼命振翅，电弧流转，不断改变方位，但是下方那个人连珠箭齐射，封堵了各个方向。

直到箭从旁边飞过，才有大爆炸声传来，数支箭远去，能量波动骇人。

"马大宗师"拼命向远处逃，连着躲过了数支足以将它射爆的超凡之箭，但有的箭它真的避不开。

在"马大宗师"闪躲时，其中一支箭朝它射来，光束璀璨，这样的箭足以将一座山头射得塌陷一角！

所有箭都是秘制的，其上刻着超凡符文，再加上开弓者给其注入了惊人的秘力，对于凡人来说，根本无法阻挡。

王煊凭借精神领域预判，直接翻下马背，抓住一条马腿，挂在半空。他的心口发光，雷霆绽放，阻挡了那一箭。

然而，箭上符文大盛，箭体穿过了雷霆，只稍微暗淡了一些。

王煊浑身散发着淡金色的光芒，手持短剑，朝那支疾速而来的利箭劈去。

锵！

锋锐的剑刃将刻着神秘符文的箭斩断，箭头因此改变了轨迹，贴着马腹的一侧飞了过去。

相距还有三十几厘米远，箭头上的符文先是发光，而后就撕裂了"马大宗师"的皮毛，让它身上出现了一道伤口。

下方，王煊劈断秘制的箭后，遇到了致命的危机——上半截箭头飞过去，剩下的半截合金箭杆变向，噗的一声刺中了他。

在此过程中，王煊的心口雷霆绽放，将箭杆爆发的符文磨灭了大半，他的体表也金光大盛，那是金身术的秘力在流转。

但箭杆还是刺进了他的身体，这是超凡之威！

虽然箭上的符文被雷霆击溃了部分，但他毕竟是凡人，无法抗衡超凡之箭。

地面上的开弓者披散着一头黑发，野性十足，目光冷厉，道："即便是断箭，中箭者也必定立时殒命！"

另外两名超凡者点头，凡人与超凡者之间的差距是无法跨越的！

天空中，带着符文的金属箭杆刺进王煊的胸口，重创了他。这是他踏上修行路后遭受的最为严重的一次创伤。

尽管金身术防御被破的刹那，他就运转了五页金书上记载的体术，五脏共振，光焰熊熊，将刺入身体的箭杆上的符文又一次磨灭了不少，但最终箭杆还是带着一些秘力，将他击伤了。

王煊咬牙翻上马背，剧痛让他咳嗽不断。他生平第一次吃这么大的亏，险些被人射杀！

"马大宗师"拼命振翅，冲向高空，飞向远方。

这一刻，"马大宗师"眼珠子通红，心中有愤怒，更有感激。它知道，如果不是王煊阻挡，它必然被射杀了。

"有点儿意思，他没有马上殒命。看来他手中的短剑很不简单，能随意削断秘制的超凡符箭。"地面上，一名超凡者开口道。

"确实出乎我的意料。他的体质很强，不比你我弱多少。"持弓的男子眼神冷厉，再次拉开大弓，道，"超出我的射击范围了，换几支爆裂箭，争取送他上路！"

显然，持弓的男子没能一箭射落"马大宗师"，也未能射中王煊，心里有了几分火气。

数支箭划破长空，无比恐怖，"马大宗师"无论怎么逃都不可能完全躲开。

王煊释放雷霆，劈向那避无可避的一箭，结果像引爆了火药桶，让那支箭发生了恐怖的大爆炸。

他赶紧转过身去，伏在马背上，听天由命了。

还好王煊发出的雷霆足够远，提前引爆了那支箭。如果再让它靠近一些，那相当于超凡强者倾尽全力的一击，必然让他与"马大宗师"当场殒命。

"马大宗师"如同发了疯一般，拼尽全力逃亡。

大爆炸席卷而来，王煊感到后背火辣辣地疼，那种超凡的符文光芒绽放时，他身上的甲胄与战衣全部破碎了。

金身术防御再次被破，王煊的后背伤痕累累，唯一值得庆幸的是，这次没有伤及他的脏腑。

"马大宗师"一只翅膀被重创，一条后腿也留下了一道伤口，相当凄惨，但好在并不是致命伤。

"手有些生了，最近半年没怎么动手，居然让一个凡人逃了。"

地面上的男子放下大弓，深感可惜，摇了摇头。

"一个凡人而已，下次如果再遇上，直接灭了就是！"

"他那柄短剑是好东西啊，希望能很快再遇到他。"另一人冷笑道。

三人走入山林中。

天空中，王煊忍不住咯血，他的身体第一次被这样重创。

他回首看向那片大地，盯着那三人的背影，道："这是逼我踏入超凡领域。我很快就会与你们清算！"

第 166 章

地仙泉

山上，微风吹过，大面积的绿竹青翠欲滴，在风中沙沙作响，清新且富有生命力。

王煊赤裸着上半身坐在这里，以精神领域仔细查看伤势。

他默默反思，自从踏上旧术路以来，虽有惊险，但从来没有这样惨烈过，自己都没有与对方正面接触，就险些被人隔空射杀。

是他大意了吗？并没有，他十分谨慎，甚至提前逃离了。

说到底还是他的实力不如人，连他一向仰仗的金身术都挡不住对方的超凡之箭，这是他第一次吃这样的大亏。

赵清菡将剩下的几株灵药都捣碎，敷在王煊体外的伤口上。这些伤非常严重，但更重的是内里的伤，换作普通人，必死无疑。

"不要多想了，先养好伤。"她小心地帮王煊包扎伤口。

"马大宗师"在不远处哼哼唧唧的，羽翼、马腿上全都有伤。它痛得不断发出马语，应该是在骂骂咧咧。

它彻底记住那个射它的人了，等马夫将它喂养到超凡层次，它必然要去找那个人算账！

赵清菡走过去，将剩下的灵药敷在了"马大宗师"的身上。

"险之又险啊！"王煊感叹道。如果没有金身术阻挡，如果不是以张仙人的体术磨灭了箭上的大部分符文，他就没命了！

王煊深刻明白了自己与超凡者的差距，即便自己的肉身已经立在凡人的顶点，也挡不住那个层次的力量。或许，自己这样还不算是凡人之巅峰？

"远处那片山林中有一群黑狱鸦飞走了！"赵清菡开口道。她站在竹林外，眺望远方的山林。

鸦群的首领在准宗师层次，这种群居的猛禽既捕捉猎物，也食腐肉，看到尸体就会扑过去。

"相邻那一侧的山地也有些怪物逃走。"赵清菡观察得细致入微，平日那两片区域没有什么大的动静。

王煊起身，当看到又一个方向也有动静时，他的脸色微变。

"我们走！"他拍了拍"马大宗师"，示意它准备上路。

"是那三个人追过来了吗？"赵清菡问道。

林地中的凶禽猛兽成规模地躁动，一般都是超凡生物过境导致的。

"有可能！"王煊点头道。

"马大宗师"忍着痛，用马语发誓：总有一天，"马超凡"会踢死那几个人。随后，它载着两人展翅飞向高空。

王煊在空中观察那片区域，竟真的见到了那个持大弓的男子站在一座山上，正向这边眺望。

很快，另外两个男子也出现了，与那个持大弓的男子站在一起。

王煊眼神冷漠，在空中注视着他们。他的胸腔中有一股怒焰在跳动，这三人居然盯上他了，一路追了过来，还在想着攻击他。

他们这是惦记他身上的奇雾，还是单纯地觉得失手了，有损颜面，想给他补上一箭？

三人都踏入了超凡领域，却回到外围区域争夺机缘。按照王煊了解的大致情况，这违背了规则，不知道是否有什么力量能够约束他们。

王煊心中有股怒火在燃烧，三位超凡强者一而再地针对他，他准备不久后自己去找他们算账！

山峰上，三人注视着"马大宗师"远去。

"不释放超凡气息会被不少怪物当作猎物袭击，可一旦释放超凡气息，就会惊扰林中各种猛兽，被那个年轻男子察觉。"

"熊坤，有必要回来对付他吗？"同伴反问道，看向持大弓的男子。

"他临去时的最后一瞥，让我回想起来有些不安，我怕他成为我祖父那样的人。你们看，他与我祖父的确有些像，他同样收服了一只异兽。"持大弓的男子披散着黑发，他名为熊坤，来自河洛星。

"还是赶紧回去吧。虽然这片区域归黑角兽管辖，可一旦我们泄露行踪，被那只白孔雀知道我们来到外围区域，就危险了。"

"是啊，若被它知晓我们攻击没有达到超凡层次的人，会出事的。"

手持大弓的男子熊坤道："在黑角兽的地盘不会有事，我们去拜会下它。"

熊坤已经知道外围区域的金属牌子还没有完全集中在一个人的手中，他还有机会！

一百年前，熊坤的祖父也参加过密地的竞逐，他获得了列仙留下的奇雾，改变了根骨，重塑了五脏，在河洛星快速崛起，如今已经是赫赫有名的人物。

所以，熊坤知道内景异宝的所在地，也明白奇雾的逆天效果，想来截和。

他的祖父是活生生的例子，得奇雾者必冲云霄！

当年，熊坤的祖父在密地外围救过一个怪物——黑角兽，一人一兽结伴而行很久。如今，一百年过去，黑角兽早已是超凡领域的厉害怪物，统辖一片区域。

这么多年来，熊坤的祖父也曾多次回到密地，同那怪物之间没有生分。这次熊坤违规来到密地外围区域，就是靠的黑角兽，它对此睁一只眼闭一只眼，没有理会。

"起初我没觉得有什么，可是现在忽然有些不安，他该不会要复制我祖父的路吧？"熊坤说道。他的黑发像瀑布般披散着，眼神冷厉，整个人有种野性的气质。

在足够远的地方，"马大宗师"停了下来，它的伤口裂开了一点儿，有些精神不济。

王煊坐在青石上，调动神秘因子修复身上的伤口，他有信心将自己治好，但最起码需要五天的时间。

如此严重的伤势，居然只用五六天就能大致复原，这如果传出去一定会让人目瞪口呆。

主要是王煊刚从内景异宝中出来，从那里获取了大量的神秘因子，不然的话，他也得慢慢熬着。

即便这样，他也不满足，想以更快的速度恢复。因为这里是密地，每一天都有变化，他们随时都会遇到危险。

他现在这种状态，很容易出事。另外，"马大宗师"的情况也不容乐观，万一遇上强敌，可能飞不了那么快。

"我们去找地仙泉！"

王煊决定去密地较深处，以地仙泉洗礼肉身，让身体迅速恢复。不然，他以这个状态去走逝地秘路的话，等于自取灭亡。

"会不会太激进了？那里可是怪物横行啊！"赵清菡蹙眉道。

"没事，连一百多岁的老钟都敢去搏命，最终活着跑了出来，我们总比一个风烛残年的老人强吧？"

赵清菡一阵无语：老钟那叫风烛残年吗？他分明苦修了一百多年，有可能是旧术领域的第一人！

"'马大宗师'，想吃妖魔果实吗？想让身体立刻复原吗？想变成'马超凡'吗？走，我们去痛饮地仙泉！"

"马大宗师"一跃而起，重新变得生龙活虎，马嘴笑得都有些歪了。它很振奋，马夫终于又要喂养它了！

赵清菡起初有些谨慎，但她能不动心吗？饮下地仙泉，能延寿五十年！对于一个为了美而踏上旧术路的人来说，这种诱惑实在太大了。

因此，一向冷静的赵清菡也不再劝阻王煊了，反而对此很期待。

"那就是地仙泉？"王煊他们在一座山头上眺望那片奇异之地，隔着很远都能感觉惊人的灵性物质在弥散。

王煊一阵无语，因为地仙泉不是汩汩而涌的，谁知道它竟这么"孱弱"，像房檐下的雨滴般，从峭壁的缝隙间落下。

地面有个水洼，其中积存着一点儿晶莹的液体，不过两三升。

在地仙泉中泡澡，那是想都不要想，那么点儿水，估计也就能洗把脸，或者暴殄天物泡个脚。

地仙泉晶莹剔透，腾起阵阵氤氲雾霭，气象非凡，但是量真的太少了。

"我还想请你在地仙泉中沐浴呢，可就这么个小水坑……"王煊遗憾地道，这与他想象的不一样。

赵清菡闻言，给了他一个大大的白眼。

"马大宗师"也傻眼了，就那么一点儿水，它舌头一舔就全没了，这够谁喝啊！

很快，他们警觉起来。

崖壁下的那片地带蛰伏着一些怪物，眼下一头鬃毛很长的黑色雄狮走了过去，一口就将地仙泉给吞了。

它有十几米长，散发着超凡能量，一看就是很恐怖的怪物，绝对不好惹。那么一点儿水，大概都不够它润喉咙。

"估计四条蚕蛇加在一块儿都打不过它！"王煊叹气道。

山崖上，那道缝隙间，水滴不断落下，过了段时间又将水洼注满了。

这次，那头黑狮没有出现，来了一只雪白的蝎子。在阳光的照耀下，它像是用白玉雕刻而成的，晶莹灿烂，居然有种艺术美感，但它的剧毒绝对致命。

它的身体有磨盘那么大，待将地仙泉喝光，它才慢慢离去。

当水洼再次存满灿烂的液体时，一个浑身冒着火光的怪物来了。它有点儿像大象，但獠牙锋锐，周身赤红，光焰缭绕，一看就不好惹。

王煊与赵清菡看出来了，这些怪物轮流去饮地仙泉，彼此并不冲突，像是有各自不同的"饭点"。

他们想插手的话有些难度，因为地仙泉的周围全是超凡怪物，而且个个都很强悍，看长相就知道没一个好惹的。

"马大宗师"变得十分低调，看着那些怪物轮流痛饮地仙泉，它没敢骂骂咧咧，只是看着王煊，那意思是：全指望马夫了！

观察了很久后，王煊深感庆幸的是，这里没有会飞的凶物。但赵清菡觉得他们的机会不大，这里很危险，附近的超凡怪物实在太多了。

"据说，这片区域可能有地仙洞府，所以盘踞着不少怪物，它们都在等待着某一天地仙宫突然出世。"赵清菡告知了王煊一些情况。

有些超凡怪物可以用精神与人交流，这样的消息是很久以前传出的，并且，近年来地仙泉的出水量越来越少，所以怪物们越发关注这里了。

王煊叹道："老钟半截身子都埋进土里了，还能回光返照，在怪物群中搏命，痛饮了一把，然后活着逃走。"

他认为钟庸肯定用什么特殊的手段引走了怪物，不然难以成功。

"你就编派他吧，老钟可就在密地，说不定我们很快就会和他打交道呢。"赵清菡提醒王煊，钟庸很厉害，同时心眼不大。

王煊点头，表示知道，他肯定不会主动去惹老钟。不过等他踏入超凡领域后，去密地深处找老钟切磋的话，还不知道会是谁吓到谁呢。

"这么多怪物都去舔那个小水洼，老钟也是直接冲过去一口吸干净的吗？"王煊想象了一下那样的画面。

他盯着崖壁上的缝隙道："你看，那道缝隙在一个鼓肚上，我严重怀疑那片区域内部存着数百甚至上千升地仙泉。如果在那里迅速开个大口子，用容器接满就逃，我估计收获会很大！"

赵清菡摇头道："很早前有人就试过了，那崖壁十分坚固，根本无法劈开，疑似是太阳金原石。"

王煊发呆，而后摇头道："又不是真正的太阳金，最多只是混入了一部分而已，我觉得问题不大。"

他认为自己能切开那片山壁，他曾用短剑削过钟晴的钢板，轻松斩落过一根尖刺，所以他有信心。

最终，王煊去找了个特大号的野葫芦，将之挖开后，感觉能装二三十升地仙泉。不过，野葫芦不是最主要的容器，他的福地碎片才是。

他们观察了很久，选中了下面水洼中的泉水被喝光、没有怪物出没的安全时间点，两人一马快速行动起来。

　　"马大宗师"负责驮他们过去，风驰电掣般来到山崖前，赵清菡负责举着刚剖开的野葫芦，王煊则猛然挥动短剑。

　　哧！

　　山壁被剖开，顿时有带着芬芳的浆液涌了出来，赵清菡赶紧用葫芦去接，对她来说，这可是养颜神液！

　　王煊觉得口子不够大，他猛力挥动短剑，将这里挖出一个洞，直接将手伸了进去，用福地碎片去装地仙泉。

　　很快，他就感觉到福地碎片满了。

　　"怎么没水了？"赵清菡疑惑地道。

　　当王煊收回手时，地仙泉涌动，野葫芦也装得差不多了。

　　"快走！"王煊喝道。这里的动静不小，多半惊动了附近的怪物。

　　"嗯?!"他一眼看到石壁内部的水不是很多了，里面有个亮晶晶的东西，他一把将其掏了出来。

第 167 章
造化

亮晶晶的东西入手的刹那，王煊感觉到了一股蓬勃的生命气息，有一股活力沿着他的手掌蔓延，让他的血肉仿佛都在欢呼。

绝对是好东西！他赶紧将之收进福地碎片中。

似乎还有？不得不说，这地方很奇异，特殊的岩壁能阻挡精神领域的探察，他是以肉眼看到的。

最后的瞬间，王煊用短剑将洞口劈大了一些，上半截身体快速探进去，将剩余的数块发光的晶体全部捞了出来。

地仙泉打湿了他的衣服，淌过他的伤口，他顿时感觉伤口酥酥麻麻的，被浓郁的生命物质滋养，细胞活性猛增。

"快！"赵清菡催促"马大宗师"。他们若再不走就真的来不及了，恐怖的戾气自山岭中腾起，像大浪拍天，前所未见。

"马大宗师"歪着脖子，咧着大嘴，接着落下的泉水，喝了大半口，没敢耽搁时间，冲天而起。

它美滋滋的，嘴都笑歪了，因为它浑身湿漉漉的，这是沐浴地仙泉了？这件事它能吹一辈子，密地许多超凡生物可都没有这个待遇。

嗷！

一声巨大的狮吼，比惊雷还恐怖，在两人一马的耳畔炸响，震得"马大宗师"在空中一个趔趄，差点儿一头栽落下去。

那头十几米长的黑狮站在山地中，水盆大的黄色瞳孔如刀锋般逼人，一吼之下，许多大树炸碎，能量肆虐，飞沙走石，这是典型的大妖魔出世的气象。

狮吼震天，居然有黑光像浪涛般拍击向高空，从这里飞过去的几只猛禽瞬间殒命。

王煊胸口释放雷霆，阻挡那片黑光，五脏强行共振，催动秘力，他胸前的伤口顿时再次裂开。

值得庆幸的是，他们逃到了高空上，那片黑光冲击过来时早已变淡，不过是余波而已。

即便如此，两人一骑也不好受，感觉胸部发闷。

"向右飞！"王煊喊道。他探出精神领域，发现那只白蝎子尾巴发出一道光束，那光束像长矛般投掷向高空。

想都不用想，他们真要被击中，不是被超凡能量轰得当场殒命，就是中剧毒而死。

"那头'大象'会飞！"赵清菡提醒道。

山岭中，那头周身赤红、缭绕着光焰的"大象"的一双大耳朵上符文闪耀，交织出璀璨的纹路，能量化的耳朵宛若红色大翼扇动起来，让它飞上了半空。

"大象"居然靠扇动一双耳朵飞起来，满身光焰升腾。

只见一道红色火光冲上高空，灼热得可怕。还好它的速度不是那么快，追不上"马大宗师"。

那超凡火光有些可怕，将挨着"大象"的山头都烧得通红，甚至熔化了一部分。

"马大宗师"吓得拼命飞逃，咧嘴直叫，它的尾巴被烧着了，火光点点。王煊赶紧挥剑，斩掉一截马毛。

王煊也不怎么好受，他以雷霆轰击席卷上来的残余火光，引得旧伤复发。赵清菡将地仙泉水涂抹在他的伤口上，防止伤势恶化。

终于，他们成功逃离了。

赤色的"大象"眼看追不上他们，愤怒地咆哮起来，将一座山头踩得崩塌，地面岩浆流淌。

在一片草食性动物较多、没有怪物的山地中，"马大宗师"降落了。

它躺在草地上不想动了，它先后受伤，身体很虚弱，此时累得快口吐白沫了。如果不是提前喝了半口地仙泉，它都飞不回来了。

赵清菡小心翼翼地抱着大葫芦，为王煊和"马大宗师"冲洗伤口，可以说这是十分奢侈的用法。

"老钟当初肯定达到超凡层次了才跑去盗取地仙泉，这老头子隐藏得真深啊！"王煊确信，如果只是大宗师，钟庸即便准备充分，提前引走了大批怪物，也活不下来。

"老钟怎么你了，为什么你总是对他念念不忘？"赵清菡微笑着问道。

"实不相瞒，我很惦记老钟家里的东西。"王煊脸不红心不跳，很坦然地说道。

"钟晴？"赵清菡瞥了他一眼。

"我惦记小钟干什么！"王煊赶紧摇头，这种关口坚决地否认就对了。他直言自己看上了钟庸的书房，惦记上了钟庸收藏的各种秘典。

"你看上他哪本书了？回头我找小钟去交换试试看。"赵清菡的语气平静中带着自信，似乎认为自己能说动钟晴。

"金色竹简、五色玉书。"王煊说道。

赵清菡听后，感觉难度极大。金色竹简总共只有两部是完整的，钟庸收藏了一部，从来都秘不示人。

"我试试看。"赵清菡依旧决定尝试一下。

王煊摇头道："暂时不用，等我达到超凡层次后会有办法的！"他不想赵清菡拿她自身的利益去交换，钟庸一向吃人不吐骨头，绝对不会做吃亏的买卖。

"都说了，找小钟。"赵清菡微笑着道，"这里不是有地仙泉吗？我们又喝不了这么多。如果遇到小钟……你永远不会明白一个女人对青春以及对长久保持美貌的执念有多大。我觉得小钟如果知道我手里有地仙泉，肯定会豁出去将老钟的书房翻个遍！"

随后，她又叹道："可惜，地仙泉蕴含的活性物质保存不了多长时间，希望我们短期内能回新星。"

"分战利品！"王煊说道。

他们冒着生命危险采集到了地仙泉，该是分享收获的时候了。

原本病恹恹、躺在地上"挺尸"的"马大宗师"顿时一跃而起，眼睛蓝幽幽的，口水都快流出来了。

王煊找了一块大青石，直接用短剑挖出个石盆，给"马大宗师"倒进去十升地仙泉。

"马大宗师"非常满意，咕咚咕咚畅饮起来，惊人的生命活性立刻起了作用。原本它身上被淋了一些地仙泉，伤口已恢复得差不多了，现在它一口气喝了十升，浑身毛孔都有光芒迸发。

然后，它回头看了一眼，便有些不淡定了，那两人居然拿着银杯在饮地仙泉，为什么给它用石盆？

"你那么大的嘴，好意思用银杯吗？"王煊将"马大宗师"凑过来的大脑袋扒拉到一边去。

"下次我给你带个银盆来。"赵清菡抿嘴笑道，这种精巧的器具她自然是随身带着的。

赵清菡虽然动作优雅，但是真的没少喝。她每喝一杯，都会闭上眸子，像在回味，嘴唇亮晶晶的。

王煊也在畅饮，他感觉身上的伤口不断在愈合，身体状态大幅度提升了。

虽然王煊很能喝，但也不过喝了数升而已，赵清菡喝得比他要少。不过这些已经足够了，地仙泉饮上一两升就能达到效果，再多也没有多大的区别。

"这样就能延续五十年的寿命？人生真是奇妙！"赵清菡心有感触，满心欢喜。

"你努力修行，晋升到超凡层次，可以更长久地保持青春。"王煊笑着说道。

赵清菡点了点头，采摘了几个能装数升水的小葫芦，分别装满地仙泉，递给王煊道："带回去送给你的父母与亲朋。"

接着她又狐疑地道："你身上怎么又多了几个包裹？这些是甲胄？"

赵清菡很细心，发现王煊多了几包东西。

王煊为了装地仙泉，清理干净福地碎片，自然将那些甲胄与杂物都背在了身上。他将几个小葫芦推向赵清菡，道："这些你留着吧，我这里还有。"

他犹豫了一下，最后还是向她展示了神奇的福地碎片。赵清菡十分吃惊，这是古代传说中的物品吗？新星科技高度发达，但也没有这种神话器物。

"马大宗师"知道王煊还有大量地仙泉后，立刻仰着脖子，表示它还要喝。

王煊给"马大宗师"倒了近二十升地仙泉。如果没有它，他们根本无法采集到地仙泉，所以王煊充分满足它的愿望，要喝多少有多少。

最终，"马大宗师"肚子鼓胀，躺在地上浑身冒光，一动不动了，它喝撑了。

王煊取出两块亮晶晶的东西，这东西鸽子蛋大小，散发着惊人的生命活性。他递给赵清菡一块，自己拿了一块仔细研究，道："这是我从山壁里掏出来的，感觉像浓缩的生命物质，该不会是地仙泉的结晶吧？"

"这……真有可能！"赵清菡说道。

王煊将结晶块放进嘴里，发现它居然慢慢溶化，而后化成磅礴的生命元气冲进体内。他不由自主地颤动，各种外伤以惊人的速度愈合，新陈代谢猛烈得吓人。

按照这个趋势，他要不了多久就能复原，睡一觉再起来，估计就会生龙活虎。

赵清菡也将这结晶块含在嘴里，无比欣喜，道："我觉得我能多活一百年！"

事实上，这种结晶蕴含的生命活性远大于地仙泉，但因为人体抗性，吸收更多的活性也是浪费。单以总量而言，这种结晶的活性无比惊人。

"可惜这种活性物质有一个饱和度，不然的话，活性总量会更惊人。"王煊惊叹道。

他也有种感觉，自己的生命可能会多出百年，这绝对是惊人的造化！

他还这么年轻，肉身就得到这样的洗礼，潜力大增。虽然这种活性物质并不能让人突破，但它补充的是人体本源性的东西，意义更大，价值更高。

"我感觉到身体有细微的变化，似乎潜在的力量更强大了。"赵清蒻开口道。她一双漂亮的眼睛在发光，居然是淡紫色的。

她那新星原住民的血脉被激活了一部分！

"马大宗师"瞪大了眼睛，马夫喂它喝这么多地仙泉，让它躺在地上都不能动弹了，结果他们两个去吃发光的神晶了？没给它吃！

它挣扎着，好不容易站起身来，直接吐了一口水，然后开始说"马言马语"。它功劳这么大，就不配吃块发光的石头吗？

王煊给父母留下两块结晶，现在还有富余，自然不会亏待"马大宗师"。他什么都没有说，直接往它嘴里塞了一块。

王煊叹道："以后你如果不变成天马，不成为绝世大妖，真是对不起我这么培育你。"

"马大宗师"吃了一块结晶后，没有突破，但是属于内在本源与潜能性的东西激增，其羽翼与身上浮现的符文比以前的更为复杂、深奥，血脉也提纯了。

与此同时，在密地的外围区域，一处较为出名的地带——黑角山，超凡者熊坤等三人正在拜访此地的主人。

这里有一个妖魔，它实力强大，比一般的超凡怪物要厉害一截，最起码在外围区域，它的对手不多。

它名为黑角兽，接受白孔雀的统御，负责某一片区域，确保超凡者不从密地深处出来作乱。

从某种意义上来说，黑角兽是密地外围区域的执法者之一。

到了这种层次，黑角兽可以用精神与人正常交流，并且它的巢穴颇具规模，在刻意模仿传说中的妖魔洞府。

黑角兽形似一头老豺狼，通体漆黑，背生双翼，头上长着一只独角。

"见过叔祖父！"熊坤到来后，居然直接喊其叔祖父，这让另外两名超凡者也不得不硬着头皮上前打招呼。

"你祖父还好吧？"黑角兽开口道。

"我祖父最近又要突破了，一切都好。他让我为您带来一张修行图，是妖魔族的珍稀秘籍。"熊坤送上一张古图，补充道，"上次在密地深处虽然见过叔祖父，但人太多，不好当面送上。"

黑角兽接过古图，眼睛顿时亮了，连声称好，道："你祖父有心了！"

很快，熊坤说明来意，他想获得外围区域的造化，也就是那群年轻人争夺的机缘——奇雾。而且，他想成为他祖父那样的人，冲霄而上。

黑角兽皱眉，这是让它破坏规则，一旦被发现，后果会极为严重。

它叹道："这有些难办。你先回密地深处，我会让手下的小兽盯着，如果谁得了奇雾……到时候看吧。"

"请叔祖父一定要及时通知我！"熊坤施大礼，恳求黑角兽帮忙。

然后，他补充道："还有一人一马，请叔祖父'照顾'一二，在外围区域找出他们的行踪，他们让我感觉不安。"

"你这样有些过了吧，凡人而已，至于这么在意吗？"黑角兽瞥了熊坤一眼，这让它很难做。

"叔祖父，那个年轻男子手中有一柄短剑，我觉得那有可能是地仙级的武器！"熊坤说道。

"嗯，我知道了。"黑角兽点头。

次日，王煊、"马大宗师"果然痊愈了，精气神十足，比之前的状态更好。

赵清菡没有受伤，越发容光焕发。她很满意自己雪白、细腻的肌肤，觉得越发有光泽、有弹性了，轻语道："这就是百年青春的力量吗？"

他们向逝地而去，王煊准备提升自己。

在路上，他们感觉到有些异常，因为时不时就有异禽出现，远远地盯着他们。

"情况不对，掉头！"王煊喊道。

然而，已经晚了，一个形似老豺狼的怪物无声无息地出现在他们身后，它头上长着犄角，拍动着一对漆黑的羽翼。

"你们过来。"它冷漠地开口。

王煊汗毛倒竖，一个能用精神与人交流的怪物，实力绝对惊人，居然盯上了他们！

"马大宗师"垂头丧气，它远没有这个怪物飞得快，只好无奈地跟着对方降落在下方的山林中，来到一个开凿在山腹中的超凡巢穴内。

"听说你们很不安分，利用规则漏洞，数次挑衅超凡者，知道他们不敢走出密地深处，骑马凌空叫嚣。我是外围区域的执法者，要询问你们一些事，了解一些情况。"黑角兽慢吞吞地说道。

"马大宗师"一听就怒了，这么颠倒黑白，也太过分了！

"你的那柄短剑呢？拿出来给我看看。你们是不是发现了一座地仙洞府？"黑角兽问道。

王煊心中火气涌现，这个超凡怪物也配做执法者？真是岂有此理！

黑角兽淡淡地逼问道："你们该不会在地仙泉那片区域发现了入口，找到了那座地仙宫吧？有些造化你们承受不起。"

王煊心想，在这么近的距离内，干脆直接斩了这个怪物算了！

第 168 章
斩超凡

黑角兽欺人太甚，王煊忍不住想反击，真当超凡者杀不死吗？！

不过，在此之前他想确定一些事，这个怪物是不是与那三名超凡者有勾结，不然怎么会知道短剑，而且这么有针对性？

另外，如果自己提及白孔雀，是否会让它忌惮？不到万不得已，王煊真不想动用自己的撒手锏。

"我们只是凡人，又怎么敢去密地深处挑衅超凡者？是有人在误导你。"赵清菡开口道。

并且，她告知黑角兽他们在路上曾遇到另一个超凡生物，那个超凡生物也是执法者，曾向他们表示会公正执法。

"那位执法者发现三名超凡者越界，已经去追捕了。"赵清菡平静地说道。

"马大宗师"一阵狐疑，他们什么时候遇上另一位执法者了？很快，它就恍然，那个漂亮的女马夫在骗黑角兽。

黑角兽闻言，瞳孔微缩，但不动声色，盯着赵清菡看了又看，眼神冰冷，给她造成莫大的压力。

"我们告诉它，我们曾被三名超凡者追击，险死还生。那位执法者对我们保证，如果我们有意外，它会追查到底。"赵清菡镇定地说道，没有因为黑角兽的注视而恐惧。

在这种生死险境中，她表现得很沉稳。她诓骗一个妖魔，不过是为了让它有所顾忌，保住她与王煊还有"马大宗师"的性命。

王煊没有开口，赵清菡把能说的都说了，他负责戒备，以防黑角兽突然发难。

黑角兽的目光冷幽幽的，它问道："另外一位执法者长什么样子？"

"一只孔雀，五米多长，身体洁白如雪，周身瑞光缭绕。"赵清菡道。

她确实见过这只孔雀。

黑角兽眼神冷厉，注视着她，道："你很机敏，应对从容，竟敢用一个大妖魔震慑、恫吓我，确实不俗。但是你不了解那只白孔雀，它会有行动，但不会有言语保证。"

黑角兽又道："你看，刚才你的心脏跳动加速了几分。另外，你收束思绪，怕我强大的精神力量感知到细节，捕捉到你的精神碎片，了解到你没有接触过执法者的真相。"

黑角兽十分狡诈，观察仔细，警觉性很高，竟然洞悉了真相。

赵清菡想要说些什么，王煊示意她不需要多讲，挡在了她的身前。这黑角兽不是善类，随时可能会翻脸，而且不好糊弄。

"你的态度我已经明白，短剑确实与地仙有关。只是我有些不明白，你为什么这样偏袒那三人？"王煊开口道。他通过蛛丝马迹已经确认黑角兽是被三名超凡者鼓动，因而针对他的。

"真有地仙宫？"黑角兽眼神闪烁，带着几分贪婪。它通体都是黑毛，此时像人类一样在打坐，戾气隐现。

"有！"王煊看着黑角兽道，"只有我一个人知道，我无意间发现并捡到了这柄短剑。你如果想让我带你去，就不要伤害我们当中的任何一人。不然，我保证一个字都不会吐露出来，我这个人还是很硬气的。"

黑角兽装模作样，放下漆黑的利爪。刚才它真的想直接动手，先将两人一马拿下再说，以免有什么变故。

王煊道："那地方很危险，我感觉一个超凡强者不足以应对，只是你自己的话，我奉劝你不要前往。"

"没关系，我有个侄儿也进入超凡领域了，可以让它跟着。"黑角兽不在意这些，只要找到地仙宫，它可以慢慢去摸索，去探察。

王煊心头一跳，他只是试探一下而已，还真有第二个超凡怪物？幸亏他没有急着动手。

黑角兽发出一声低吼，不多时，山林中传来兽吼回应。

片刻后，一头像装甲车那么大的野猪进入洞中，其身上的黑毛如同钢针般直立着，碰到洞壁上，居然将石壁都划出了痕迹。

"马大宗师"眼中流露出异样，这就是这形似豺狼的怪物的侄儿？分明是头猪啊！

"走吧，带路！"黑角兽起身，而后像想起了什么，大喇喇地开口，"先把短剑给我看看。"

所谓的给它看看，自然是上缴，东西落在它手中还会被还回来吗？

"你能不能让我知道，你为什么偏袒那三人，执意针对我这个凡人？你这么破坏规矩，就不怕那只白孔雀找你的麻烦吗？"王煊将短剑取了出来，展示给黑角兽看。

"为什么？自然是我与他的祖父有交情，只能怪你们运气不好。"黑角兽移不开眼睛了，盯着短剑道，"有些门道，我竟看不透，这是件古物。"

"你身为执法者，不约束超凡者越界杀人，反过来这样对付我这个受害者，这样好吗？"王煊冷冷地问道，并且倒退了几步，调整角度。

"好与不好，还不是我自己说了算。你主动挑衅超凡者，无事生非，我身为执法者，自然可以纠正你的错误。"黑角兽笑道，一副无所谓的样子。

"马大宗师"顿时瞪大双眼。还有没有天理了，这黑角兽想只手遮天吗？黑角兽身为执法者却这么黑心，这让它愤懑不已！

"这么说，就算我将你带到地仙宫，你也不会放过我们？"王煊再次移动脚步，选了个很好的位置，他觉得差不多可以了，不用再拖延时间了。

"看你们的表现，如果你们有诚意，我自然不会伤害你们。说不定你们是天选之人，去了地仙宫，会在那里先行得到莫大的机缘。"黑角兽笑道，暂时不想让猎物绝望。

它打定主意，到了那个地方后，直接一爪子将这两人一马拍晕，免得出什么意外。

"说话算话！"王煊将短剑抛了过去，一副满怀希望的样子。

黑角兽一把接住短剑，放在爪子上，仔细地端详，那古朴的剑体吸引了它的注意力。

王煊动了，他手中的银簪被激活，爆发出刺目的光芒，向前劈去。

黑角兽震怒，想要躲避，却发现根本来不及了。

它全力对抗，咆哮着，黑光大盛。然而那道白光无坚不摧，直接贯穿了它的身体！

白光速度不减，贯穿黑角兽后，又劈向了它身后那头庞大的野猪。

王煊故意选了这样一个位置，确保三人在一条线上，这样或许动用一次银簪，就能够劈中两个超凡怪物。

噗！

装甲车那么大的野猪被击中，直接倒在了地上。

黑角兽虽然被劈中，但是还未殒命，它的体内有一团光亮起，想要扑向王煊。

不过，在黑角兽与野猪的肉身间，有白色能量涌动。伴着虎啸声，一道白虎虚影轰鸣，黑角兽与野猪双双殒命。

"马大宗师"目瞪口呆，感觉难以置信，马夫这么厉害？挥手间就灭了两个超凡怪物！

赵清菡捂住嘴，十分吃惊，两个妖魔居然被斩灭了！

王煊叹气，低头看着手中的银簪，这银簪总共只能用两次，现在就挥霍掉了一次。

不过，想到这银簪来自对头之手，是自己从白虎妖仙手里骗过来的，他又心情大好，用对头的宝物杀敌还是有些成就感的。

"你们别看我，这是红衣女妖仙养的那只白虎送出来的武器。"王煊坦然相告，接着催促道，"搜索战利品，然后赶紧撤！"

毕竟，这里是妖魔的地盘，说不定什么时候就会有超凡怪物来拜访。

"咦，这里有张古图，上面有许多幅图案，像是一个怪物在吞吐日月精华，也有观想图，像是异类的修行方法。"赵清菡找到了一张图。

"马大宗师"一听，激动得直尥蹶子，快速冲了过去，探出大脑袋在那里观看。

"先离开再说！"

嗖嗖嗖！

两人一马没影儿了！

一座安静的山峰上，王煊用荷叶包着几块肉，递给了赵清菡。

"来，趁热吃，这可是大补之物！"

与此同时，密地深处，地仙废城中，钟晴与钟诚姐弟二人正在啃超凡兽肉干。他们有些反胃，不过想到钟庸的叮嘱，这是大补之物，他们又不得不硬着头皮吃下去。

远方，熊坤等三名超凡者都面带笑容，等待黑角兽的好消息。

"黑角兽实力强大，手下小兽众多，应该已经发现并顺带解决那两人一马了吧，可惜了那柄短剑。"

"奇雾更珍贵，可以重塑根骨，真正意义上逆天改命，我们必须要得到！"

他们在闲谈，心情相当放松。

王煊道："你们自己小心，注意安全。我要去逝地，准备进入超凡领域，到时候就可以去密地深处了。"

"马大宗师"一路小跑跟了过来，张着嘴，吐着舌头，一脸假笑。

王煊发愣，误以为看到了"二哈"。

很快，他就明白过来了，"马大宗师"这是提醒他别忘了采摘妖魔果实，它想成为"马超凡"！

“行，我知道了，给你采摘回来。保护好清蓢！”

“马大宗师”顿时猛力点头，咧着嘴笑，它无比期待马夫归来，带来珍稀的妖魔果实。它想蜕变，与马夫一起冲向密地深处，到时候“马踏超凡”！

“小心，安全第一！”赵清蓢叮嘱道，目送王煊远去。

第169章
金榜垂钓

逝地外面的山地缠绕着光带，能量的浓度极高，八大超凡怪物环绕绝地而筑巢。

王煊远远地眺望着，心想，不知道摆渡人看到他后会是什么表情，是相见甚欢，还是认为活见鬼？

他站在一座山峰上，看到了蚕蛇一家，两大两小正趴在蛇洞外懒洋洋地晒太阳呢。他不愿去破坏这温馨的气氛，算了，放过它们吧。

他也看到了山龟，它还是那么活跃。超凡果实被采摘后，它每天都在那片区域练习灵龟微步，寻找敌人的踪迹。连超凡药草都没有的龟有些可怜，他决定不去打扰它了。

然后，他看到了那头银熊，它肉乎乎的，都快圆成一个球了，几乎不怎么离开巢穴。他也不忍心去打扰这么恋家的熊。

接着，王煊又去另外一处超凡巢穴外观察，远远地就看到那只金色的怪鸟站在山崖上，正在大快朵颐。

这么难相处的一只怪鸟，算了。王煊看了又看，不想理它。

王煊绕了一大圈，发现八大巢穴戒备森严，不好靠近。估计是上次他频频拜访，三次登门，惹得八个超凡怪物都不怎么好客了。

"欧拉星人，他手里最少有四块金属牌子！"几人发现了王煊，怒不可遏，而后悄然退走，准备找人围攻他。

王煊早已看到了他们，但他淡淡地瞥了一眼他们离去的方向，懒得理会，他现在的目标是超凡怪物。

他准备直接进入逝地，因为妖魔果实现在采摘不到，所有怪物都有防备。

王煊觉得自己身上积攒的能量应该够了，奇雾被他消化了，地仙泉他也喝了不少。

迷雾弥漫，逝地依旧如故，没有任何变化。

当王煊踏足其中时，所有声音都消失了，原本阳光充沛的密地呈现出一幅银月高挂的清冷夜景。

到了这个地方后，王煊的身体又开始剧痛，但他不在乎，已经习以为常了。

有些不同的是，通向蓝色湖泊的必经之路上出现了一块黄澄澄的金属疙瘩，这块金属很大，有五米多高。

蒙尘的大块金属明显饱经岁月的洗礼，隔得很远就让人觉得不一般。

王煊走过去，用手稍微擦拭，金属没有灰尘的部分顿时光芒璀璨，露出本来的样子，宛若大日横空，太绚烂了。

"这是太阳金?!"王煊惊呆了。传说，列仙炼制兵器都要加入这种材料，此地居然有这么大一块？简直不可思议！

看样子这太阳金横陈在这里有些年头了，逝地很奇怪，为什么他前两次没见到它？

王煊将短剑取出来比画了一下，先小心翼翼地切了一剑。让他心头震动的是，短剑居然能切割太阳金！

这东西是留给有缘人的吗？王煊可没忘记，一百克太阳金价值五亿新星币，称得上价值连城！

他看了又看，准备用短剑削下来一大块。列仙炼制武器的材料属于神话物品，把太阳金交给赵清菡去同钟庸换经文，这买卖应该能谈成。

锵！

王煊用短剑劈了下去，太阳金上顿时出现一道很深的裂痕，估计再劈两剑，这块数十斤重的边角料就能割下来了。

然而，变故发生，太阳金大疙瘩整体发光，一层光幕浮现，将他隔绝在外。

王煊退后了几步，虽有遗憾，但也没有过多地惋惜，他就知道逝地的东西没那么好拿。

"有字。"他有些诧异。

硕大的太阳金疙瘩上刻着密密麻麻的字，从五米多高的顶端蔓延到下方。但是，这些鬼画符他全不认识！

王煊从最下方开始轻触金色光幕，然后他就震惊了，有精神烙印可被感知，那竟然是关于他的记述。

那行金色的鬼画符在他的眼中可以辨识了，写着："王煊，三进逝地，一介凡人。"

这五米多高的太阳金疙瘩是什么东西？表面罗列着这么多鬼画符，该不会都是人名与人物事迹的记述吧？

他三进逝地，且为凡人，所以才在金疙瘩上有一席之地？

王煊用手去触摸在他上方的那一行字，结果显示："等级不够，无权查阅。"

"什么破金疙瘩排名，阅读体验太差了！"

他先后触摸了一行又一行文字，结果都显示无权查阅。

突然，仙乐响起，五米多高的金疙瘩发光，缥缈的白雾弥漫，在上面很高的位置有一行字显现出来。

那行字可以阅读，事实上已经有精神印记传出，表达其意："陈抟，西土行，五陀树下九色金丹大道圆满，另辟九转羽仙法，斩杀……"

然后，王煊就看到代表陈抟的那字向上提升了十几位。

他目瞪口呆，这金疙瘩居然在播报一个传说中的人的近况，这是其实力地位的体现吗？

陈抟是内丹术领域的绝顶人物，其五色金丹术名动天下，在旧术史上赫赫有名。

现在，金疙瘩证明陈抟还活着，只是不知道他究竟是哪种生命形态，只知他又有新法问世并且战力惊人。

可惜，陈抟究竟斩杀了谁没有播报出来。

王煊眼神异样，走逝地路的较为特殊的强者有这样一个排名？

王煊在这里站了片刻，不想耽搁时间了，向蓝色的小湖走去。途中，他感觉今天夜空中的月亮格外大，并且他自身的变化有些怪异。

呼！

王煊的背后出现一对洁白的羽翼，那是由能量符文构成的。他有种冲动，竟想奔月而去！

接着，他背后又出现一对金色的羽翼，依旧让他有飞上天的强烈渴望，希冀接近月亮。

情况相当不对头，因为他没有吃妖魔果实，所以这次是神化吗？不对，神化也不至于想着奔月。为什么会有这种冲动？王煊不解。

今晚的月亮格外神圣，与往常有些不同，洒下的光芒明亮了很多。

恍惚间，王煊仿佛看到月亮上有宫阙，而且有人影晃动，但这应该不可能，相距如此遥远，他怎么看得见？

浪涛起伏，碧水上，一只金色的竹船疾速而来。

摆渡人目瞪口呆，又见到了那个小子！数日间，他连着跑进来三次了，依旧好好地活着，真当这里是他家后院了？

"没事儿，慢慢来。您老先缓缓，再多几次就彻底习惯了。"

王煊跳上竹船，越发自来熟。这次坐到船上后，他直接给自己倒了一杯地仙泉，并问摆渡人要不要来一杯。

"不要！"摆渡人一口拒绝了。

"前辈，我看到了一个金疙瘩，那是什么？"王煊开门见山，直接询问。

"你能看到它？一个凡人能在上面留名？！"摆渡人有些吃惊。显然，他知道这个东西，以前却从未提过。

"那里的记录涉及的都是超凡层次以上的人，那些人都有独到之处，可在太阳金榜上留名，你还未达到超凡层次啊……"摆渡人感慨。

"正是因为我未达到超凡层次，却能三次进来，所以被录入了？"王煊猜测。

"排名多少？"摆渡人问他。

"最底下一行文字记述的是我。"

"倒数第一，可以理解。"摆渡人点头。

"我想问一下，那些文字究竟是谁刻在太阳金疙瘩上的？这有什么意义吗？"王煊问道。

摆渡人摇头道："不知道。从古到今，进过八大逝地的人也不算少了，但能被金榜录入的生灵并不多。"

"今天的月亮也有些特殊，格外大，感觉快要坠到水里了。"王煊说道。他觉得今晚处处有异样。

摆渡人心中咯噔一下，霍地抬头，而后又看向王煊，低语道："你这么特别吗？近期在你身上是不是发生了什么事？"

"没有！"王煊直接否认，好一会儿才补充道，"我只是吃了点儿超凡肉，喝了点儿地仙泉。"

关于列仙争夺的至宝投入他内景地的事，他打死都不会说，万一走漏消息，所有大幕都会向他靠近。

下次开启内景地，他一定要好好研究下那至宝上刻写的文字，看看那究竟是让列仙觊觎的秘法，还是什么秘闻，他很期待。

"月亮上有东西掉下来了！"王煊吃惊道。今晚果然全是意外！

洁白的光洒落，像是羽化登仙时的光雨，无论怎么看都像有宝物落了下来。

"一本经书?!"王煊发呆，这是从月亮上掉下来的？

"果然，真的来了。你以凡人之躯三进逝地，被录入太阳金榜，这是被另眼相看了啊！"摆渡人叹道。

"前辈，你不是没登上过这轮逝月吗？"王煊狐疑。

"没上去过，但我看到它发生过一些奇异的事。"摆渡人道。

那本经书坠落到了王煊眼前，散发着朦胧的光晕，就悬在竹船的上方。

王煊觉得不对劲，经书上连着一根丝线，那丝线晶莹透亮，看着像鱼线！

王煊去看摆渡人钓竿上的丝线，结果吃惊地发现从月亮上垂落的线比摆渡人的鱼线更坚韧，还密布着细微的符文，似乎有大道的气息。

王煊去看那本经书的封面，上面有几个鬼画符，他完全不认识，但是很快有精神烙印显现，让他明白了字意："丈六金身。"

王煊练的是金身术，结果现在降落下来一本疑似苦修门的炼体秘籍，实在有些惊人。

说不动心那是不可能的，但是他一想到苦修门练到最后要一把火将自己给烧了，兴趣就不大了。

王煊问道："前辈，以前发生过这种事吗？取了经书的人后来怎样了？"

"似乎沿着这根线登月了。"摆渡人不确定地说道。

"这是登月吗？我怎么感觉这是被钓上去的？"王煊严重怀疑这就是鱼线，它连着香饵，如果再多个金钩，那就名副其实了。

"我对月亮上的情况真的不清楚。"摆渡人摇头。

"逝地算是古老的秘路之一，也就意味着，有逝地后才有超凡，否则列仙可能都没有出现呢。"王煊认真分析。

"也就是说，天上这轮逝月可能比列仙出现得还早？"王煊说到这里，脸色变了。

现在，逝月上有怪物或者有人，这是在垂钓吗？王煊根本不了解月亮上是什么状况，打死也不会上去。

王煊看着《丈六金身》，道："什么破秘籍，还不如老钟书房里收藏的经文好，真当我没见过世面，拿回去吧！"

在他与摆渡人的瞠目结舌中，鱼线远去，将那本《丈六金身》带走，瞬间消失在夜空中。

时间不长，光雨洒落，天空中又一本经书坠落，来到竹船的上空，连着鱼线。

"你这是盯上我了？当我是鱼，想把我钓上去？"王煊将短剑拔了出来，准备看看是什么经书，好的话可以琢磨琢磨，不好的话就退回去。

　　他仔细看着这本经书封面上的鬼画符，最终通过精神烙印理解其意："太初清神术。"

　　王煊感觉这名字很唬人，似乎极为不凡，不禁转头看向摆渡人，询问他是否听说过这本经书。

　　"本土教早期赫赫有名的锻炼精神的秘籍，相当不简单，算是高端绝学了！"摆渡人郑重地说道。

　　王煊看了又看，但还是克制住了，道："老钟书房里有比这更厉害的顶尖秘篇，这篇还是不行。"

　　无声无息，那本经书又远去了，消失在夜空中。

　　摆渡人悠悠地开口："老钟是谁？他的书房中都有哪些秘篇绝学？"

　　就在这时，月亮上的鱼线又垂落了。光雨洒落，一本流光溢彩的经书带着道韵，显现出各种符文，缓缓落下。

第 170 章

万法皆朽

夜月下，鱼线垂落，又一本经书来了，快速到了竹船上方。

王煊攥着短剑，没有惊喜，反而皱眉。对方真是锲而不舍，这是彻底盯上他了？

逝地出现后才有超凡，这意味着逝月存在的岁月比列仙还久远。

"上面到底是什么怪物？居然在月亮上垂钓。"王煊的脸色阴晴不定。

那本经书悬在竹船上方，光芒四射，道韵天成，还没有打开，就有数百个神秘符文绽放，气象非凡。

"神照内景图？"王煊盯着这本经书看了又看，这东西和内景地有关系吗？

他很动心，他对内景地的了解真不多，每次都是被动打开，不知道这东西中是否有关于内景地的详细描述。

"这本经书怎么样？"王煊看向摆渡人。

"很了不起，称得上本土教秘传的绝学，很少有文字记述，一向都是师徒口口相传。"摆渡人给予了经书高度赞誉。

王煊掂量着短剑，盯着这本经书看了又看。

"在内景经文中，它能排第几？"他忍不住又问了一句。

摆渡人沉声道："对内景的论述，它有独到的见解，我估摸着，最起码能排进前十七名内。"

"前十都没有挤进去？破经书，也就卖相唬人，它还吸引不了我！"王煊后退几步，没有触碰它。

"老钟的书房里有更好的？"摆渡人提前将这句话说出来了，他觉得这小子肯定会加上这样一句。

王煊点头，然后就看到那本经书飞走了。他不禁喊道："还不如人间一个风烛残年的老人的收藏品，这样的经书谁看啊！"

摆渡人看不过去了，道："你和我说说，老钟是谁，手中都有什么经书。我还不信他的藏书能将《神照内景图》比下去。"

"他是一个养生家、收藏家、考古学家。为了照顾儿女，他不得不养生，让儿孙辈都熬白了头。他收藏丰富，各种典籍包罗万象，地仙字画、羽化经书、列仙手札、上古奇物，都藏于书房中。他的文学素养不错，每日鉴赏古物，陶冶情操。"王煊颇为感慨，对其评价甚高。

"你先等会儿，他的那些东西都是怎么得来的？"摆渡人一脸严肃地问道。他觉得有点儿离谱，一个凡人也能有这么多秘典？

王煊道："我都说了，他也是一个考古学家。知道旧土吧？地下都快被他与其他一些老家伙组织的人手挖空了。"

"怎么可能？别说羽化级的净土，就是地仙洞府他都进不去。它们可以自行隐藏于虚空中，他怎么找得到?！"

摆渡人不信，如果那个所谓的老钟真做到了，那他的家当说不定也被盯上了。

"前辈，时代不同了，旧土都没有人能修行了，一点儿超凡物质都没有，所以典籍也就只能当文物来鉴赏与研读了。那些所谓的地宫、遗址都很普通，纵然有些异常、有些危险，但是用战舰也都能轰开。"王煊讲出了一些事实。

摆渡人发呆，而后怅然，叹息道："那是超凡能量消退到最低谷的体现。当超凡星球没落时，万法皆朽，一切神通异象皆沦为虚影！仙家洞府也不过成为迷窟，没有天威可言，所有非凡因子都消退……道法腐烂！"

不然的话，按照他的说法，即便是地仙的洞府都能常年隐藏在虚空中，常人怎么可能触及？就更不要说羽化级的府邸了，常人想都不用想，即便看到，也可望而不可即。若靠近的话，一道羽化雷霆轰落，连战舰都要被轰碎。

"问题是，老钟连列仙遗址都挖过。"王煊平淡地说道。

摆渡人一阵出神，片刻后才道："我在旧土也有一处落脚地，该不会也被他挖开了吧？"

"有可能。"王煊点头道。

比如一些名山，别说主峰了，就是边缘区域，甚至连超出范围的地下都被挖空了。

"太过分了，这是挖列仙的根啊！万一有人越界回来，这老钟……哼哼！"显然，连摆渡人都不能心平气和了。

摆渡人补充道："这个老钟被大幕中那些人知道后，必然会成为名人。"

密地深处，钟庸莫名连打了九个喷嚏，他一阵狐疑，而后警醒。他什么书都看，立刻为自己起卦，然后他就不淡定了，怎么是神仙卦——无解！

竹船上，王煊赶紧道："前辈，你可不能乱说话。这人间变了样，你们也不能苛责后人。老钟不是个例，他代表的是一群人，什么秦家、宋家都没少挖！"

"行，我都记下了！"摆渡人说道。蓑衣中浮现出一张模糊的脸，他在那里默记。

"老钟以后要是请我去他的书房，他的事我会接手，人间的终归要人间的人说了算！"在这里，王煊很低调，没敢说人间的归他管。

这次时间间隔较长，两人谈了很久，月亮上才又有动静，鱼线落下，一本经书飞快地降落。

经书绽放五种光彩，烟霞缭绕，其上有一颗五色金丹转动，承载着青天，气象惊人！

一本经书而已，居然腾起漫天的金丹大道的气息。

"《五色金丹术》号称金丹领域的绝世秘典，丹成一品，五色流转，而后可升华为超品！"王煊看着经书，这样评价道。

这是陈抟的法，王煊对这个人真的不陌生，钟诚送他的那本书里面除了钟晴的写真外，就是陈抟的部分经文。

再者，不久前王煊还在太阳金疙瘩上了解到了陈抟的近况——在西土的五陀树下九色金丹大道圆满，所以他看不上这本经书，道："五色金丹术过时了，九色金丹术都出来了！"

摆渡人都觉得他挑三拣四，要求太高了，道："老钟的书房里到底有什么，让你眼界这么高？"

"先秦时期的金色竹简。"王煊说道。

摆渡人一听，顿时心神震动，有些难以置信，道："你们……不过是凡人，都能接触到这种东西了？"

"有什么问题？"王煊问道。

摆渡人彻底不淡定了，道："金色竹简自古以来就只有几部啊，连我都没有研读过，老钟将其中一部收藏在书房中，摆在书架上？！"

王煊一看摆渡人这架势就知道了，金色竹简对他这个级别的强者来说都意义重大。

王煊打定主意，回到新星后，他一定想办法去钟庸的书房转上一圈，省得夜长梦多，毕竟连摆渡人这种大佬都惦念金色竹简。

三年后必有大变，有些列仙可能会回归，保不准以后这金色竹简就会神秘消失。

"要不，前辈和我去人间走一遭？各种典籍都能在人间找到，连我都有一块金色竹简。竹简上刻着一个人首蛇身的生灵，没什么文字注解，我看不懂。"

王煊的话又刺激了摆渡人，他心中震惊，连这小子都有金色竹简？时代变了，实在可怕啊！

在摆渡人看来，眼下的旧土人间简直遍地宝藏！

王煊确实有一块金色竹简，是他选择加入秘路探险组织时青木给他的，可惜只有一块，离完整的一部还差数十甚至上百块。

"人间什么经书没有？只要用心，我早晚都能看到。"王煊看着这次久久未离去的鱼线与经书，道，"所以啊，这些所谓高深的秘传之法，就不用向我展示了，差得太远了。如果没有最强的经书，没有让列仙都眼红的至高秘篇，就不要送来了，我看不上！"

摆渡人心中不平静，同时一阵无语，这小子是在鄙视月亮上的垂钓者？

那本经书离去，没有再停留。

王煊补充道："对了，老钟的书房里还有五色玉书呢，据说同样很不简单。"

瞬间，那本经书加速远去，直接没入夜空消失了。

"忘记说了，这只是一个风烛残年的老人的书房，我估计别家加起来还得有十几个类似的书房吧。"王煊冲着夜空大喊。

很长时间，月亮上都没动静，再没有经书落下。

这时，王煊从脸上开始不断掉皮，这是金身术在晋阶！

他立刻施展金身术，不久后，他脱下一层极其坚韧的皮，身体发亮，略微用力，便迸发出强烈的金光。

"金身术第八层初期了！"王煊感觉体内有用不完的爆炸性力量。

理论上，金身术每提升一层都极其艰难。比如，单第七层就需要六十四年，单第八层则需要一百二十八年。这样耗时耗精力，根本没有几人敢去练，大部分人认为得不偿失。

王煊走秘路，通过内景地、逝地将金身术提升到第八层，极大地缩短了修行时间。

"我这算是超凡之体了吧？"王煊觉得如果再遇上那三名超凡者，对方秘制的符箭不一定能射伤他。

"你这肉身很强，自然达标了，你的精神能量也不简单，属于超凡领域的强度。但是你的精神与肉身为什么没有共振，引发超凡蜕变？"摆渡人疑惑地道，盯着王煊看了又看。

很快，他想到了什么，又道："难道你的肉身与精神还有潜能可挖掘，所以没有共振，未入超凡？！"

摆渡人露出异样的神色，这么说的话，眼前这个年轻人的潜能极大？他确信这个年轻人的实力现在就接近超凡了，甚至单论肉身的话会更强。

　　"以凡人之躯可横扫超凡？"摆渡人心中震动，不禁抬头望向月亮，上面的生灵之所以垂钓，是不是也因为如此？

　　"原来凡人领域还真有个极点啊，我现在达到这个极点了吗？"王煊自言自语，接着，他又道，"我觉得我的蜕变还未完成，今晚还能再次大幅度提升实力。"

　　因为他觉得自身的血肉活性猛增，新陈代谢加快，细胞还处在最活跃的状态，并且他的身体不缺少能量，在超凡辐射下应该还能继续破关。

　　此刻，王煊练起五页金书上的体术，前四式一气呵成，第五式也推进下去了，最终他将其完整地演练了出来。

　　"第五式也练成了?！"王煊大喜。这有些出乎意料，但也在情理之中。

　　因为他的金身术又晋阶了，能够支撑他练更为艰难的后一式了。金书上记载的秘法需要强大的体魄作为根基。

　　王煊发现自己即便施展完五式，身体也没有那么滚烫了，不需要过多的冷却时间。这意味着他的攻击力将增强一大截！

　　"看到没有，我练的是本土教创始人张仙人的体术，记载于五页金书上。我各种功法都见过，所以真的不要给我送一般的秘籍了！"王煊开口道，言语不怎么招人待见。

　　最起码，摆渡人看他有些腻歪，心想：这小子是想骗经书吧。

　　王煊低语道："前辈，逝月存在的岁月比列仙还久远，上面到底有什么怪物？你要是告诉我的话，我回头送你一块金色竹简。"

　　"一块，不要！"摆渡人坚定地说道。

　　王煊撇嘴，一部的话，他自己都还没看到呢，不给！

　　王煊琢磨着，等第二次蜕变完成后，他就立刻闪人，他不想在这里待下去了。

　　这时，月亮上有动静了，鱼线落下，一块石板从天而降。

但是这次没有什么惊人的异象，只有淡淡的迷雾笼罩着石板，无声无息地悬在竹船上方。

"我只要最强经书，不然的话，还比不上老钟的藏书！"

王煊觉得这块石板有点儿普通，上面布满裂痕，有人形图，有文字，但只露出一角，其他部分被特殊的雾气遮住，无法看清楚。

"这……"摆渡人震惊不已。看着这块石板，他的身躯颤抖起来，蓑衣中浮现出他模糊的面孔，他的嘴唇居然在哆嗦。

王煊一看，立刻就知道这石板的来头无比惊人，让摆渡人都失态了。

"这石板很不凡吗？"他小声问道。

"当然！"摆渡人伸出手，连他都想去触摸石板，但他又忍住了，道，"这应该就是你想要的经书。"

"月亮上的生灵垂钓失手的话，也算正常吧？"王煊问道。他觉得月亮上的生灵如果有能力直接干预逝地，就不用这样费劲地垂钓了。

摆渡人点头。

咻！

王煊二话不说，无比果断地抡动短剑。锵的一声，火星四溅，他艰难却有效地将鱼线斩断了！

第 171 章
石板经书

摆渡人瞠目结舌，还能这样？这小子找他确定钓鱼失手是否算正常，就是为了这一刻？这是早有预谋啊！

最让摆渡人震惊的是，那柄短剑怎么会如此锋锐？

摆渡人早已确定那鱼线极不简单，虽然很细，但是上面刻着无数符文，比他船上的鱼线还要坚韧。

但眼下它被人割断了！

他以为王煊挑三拣四，言语不招人待见，是想要最好的"鱼饵"，然后冒险一搏去拿鱼线上的经书，结果这家伙直接切断鱼线，釜底抽薪。

王煊没有去接石板，任它坠落在竹船上，而后他跃上了船篷，手持短剑，对着那漂荡的鱼线比画了一下。

这鱼线比太阳金都难削断，异常结实，必然是稀世宝物。

摆渡人瞪大眼睛，这小子摘走鱼饵后，还想接着割鱼线？！

他很想问一句：你是不是想把钓竿也给扯下来？

摆渡人看王煊那架势，甚至觉得他想把钓鱼人都给拉下来！

鱼线失去石板后，轻飘飘的，在那里随着夜风摆动，晶莹透亮，符文密布，散发着骇人的气息。

王煊连着比画了几下，最终忍住了。虽然推测月亮上那个垂钓的生灵无法干预逝地，但他觉得稳妥起见，还是不要再刺激那个生灵了。

王煊很喜悦，不久前他故意表现得很轻狂，最后来了一下狠的，斩落了石板经书！

"不止你会钓鱼，我这是以身为饵，无竿无线无钩之钓！"王煊满脸都是笑，这般说道。

王煊落在竹船上，看到摆渡人正瞪着眼睛看着他，顿时一脸郑重之色，道："前辈，请！"

"什么意思？"摆渡人看向他。

王煊道："请前辈先过目，如果没有您为我解惑，我恐怕也得不到这块石板。"

"跟我没关系，是你自己……"摆渡人发现没什么言语能夸王煊，不想昧着良心说他的好话。

不过，摆渡人真的动心了，这石板有天大的来头，如今就摆放在眼前，有几人可以无动于衷？

"你真的给我看？"摆渡人的手指轻微地发抖，他努力克制自己，但还是忍不住去触摸船上的石板。

"前辈，咱们之间不用客气，以后会常打交道的。"王煊认真地说道。

"当年，列仙当中前十的高手都有两人因石板经书而死。我的师祖排名没那么高，意外得到这经书，被人知晓后，遭围攻而死。"

摆渡人一阵伤感，那是他师父的父亲，实力极强，人也很好，却没能善终。

王煊神色一动，一块看起来很普通的石板居然染着列仙的血，有这么多的故事，难怪布满裂痕，笼罩着雾气。

王煊越发重视这块石板，这或许将是他以后主修的经书。

摆渡人道："这样来历惊人的经书你舍得给我看？它很有可能真的是最强的几本经书之一。"

接着，摆渡人补充道："按照旧约，我是没权要求你给我看的。"

王煊点头道："前辈，你的风骨、为人，我很钦佩，面对这样的经书你都能这样坦诚。放心，我是真心实意想请您来看的。"

接着，王煊补充道："石板上有迷雾，我怕震不散，还得请前辈出手。另外，前辈如果能有所悟，也请为我解惑。"

"我小看你了，连这种真正意义上的至高绝学你都愿意与人分享，确实有大气魄啊，比某些列仙强。当年他们如果能够看开一些，也不至于沦落到那个地步。"

摆渡人颇为感慨，而后无比严肃地告诫王煊："那我就告诉你一些实情，这经书不练也罢，因为，练的人都出事了，连最古老的列仙中成佛做祖的存在都有两位因为练它而死。"

"不是因为厮杀、争抢而死，而是因为练这经书而亡？"王煊震惊了。

"其中一人受了重伤，又练石板经书，结果不久后便殒命了。还有一人没有负伤，练了这经书，最后也消亡了。"

摆渡人的蓑衣中一片漆黑，他的肉身早已不在了，如今的他只是超凡力量的残余。他郑重地告诫王煊这经书很可怕。

"既然经书有问题，他们为什么还要练？它也不配被称为无上经书吧？"王煊心有疑惑。

"经书没有问题，争夺它的强大列仙反复推演，发现理论可行，一旦修成，威力无与伦比，但是真正练起来实在太艰难。"

摆渡人将笼罩着迷雾的石板捡了起来，它有一米多长，六十几厘米宽，满是裂痕，更有黑色的血污，大概率是列仙落下的血，没有擦净。

"我也只是触景生情，怀念过去而已，对这经书还是很敬畏的。我不敢去看，不敢去练，怕出事。"摆渡人捡起石板，用手一抹，散去迷雾，然后快速解开了鱼线。

他转过头，没有去看经书，怕自己忍不住去练，将自身折腾没了。

王煊站在摆渡人身边，仔细地研读。不大的石板上共有九幅图，每幅图下方都有密密麻麻的文字。

王煊不认识这些鬼画符般的文字，但是，有精神烙印传递出来，让他了解了经书的真义，并且让他顺带着认识了那些鬼画符般的文字。

不管练还是不练，先牢记在心中再说！

很快，摆渡人觉察到了不对，石板上有莫名的光一闪，进入襄衣中，与他纠缠在一起，像给他打上了标记。

襄衣中黑洞洞的，浮现出摆渡人模糊的脸，他的脸色变了又变，默默体会，而后猛地抬头看向那轮逝月。

"这石板上有陷阱，果然没那么好拿！"摆渡人沉声道。然后，他觉得更不对劲了，这石板和他原本没什么关系，是那个小子的！

与此同时，那鱼线远去了，消失在夜空中。

"前辈，这石板有什么状况？"王煊很关切地问道。

摆渡人神色不善，道："你这小子，是不是预感到有问题，才让我先看？！"

他刚才还觉得这小子有气魄，现在看却很不顺眼——故意的吧？这小子提前警觉，有所怀疑与猜测，这是让他挡灾了？！

"前辈，我真不知道月亮上的垂钓者这么阴险，我以为白抢了那怪物一本经书，没想到他还有后招，防不胜防啊！"王煊叹息，一副心有余悸的样子。

摆渡人仔细地感应身上的那个印记，再听到王煊这样的言语，脸色更黑了：你不是全防住了吗？是我的防御被攻破了，你是搁这儿跟我炫耀呢？！

王煊仰头看天，道："阴险歹毒啊，这种老怪物没有一个善类，就想着坑害后世人！"

摆渡人心里很不是滋味，看着他，冷声道："我怎么觉得是你坑害了我？！"

"真没有！"王煊打死也不能承认，道，"我哪里能想到月亮上的垂钓者的各种套路？他实在太阴险了！"

然后，他又小声问道："前辈，经书没问题吧？"

摆渡人此时确定这小子绝对早就有所警惕了，刚才就是要找自己挡灾。

这实在是让摆渡人想违背旧约，教育他一顿。

"到现在你还在想着经书的真假？"摆渡人愤懑不已。

王煊举起短剑就要劈石板，道："我为前辈出气！"

"不要毁了石板！"摆渡人赶紧阻止王煊。他还想用石板和月亮上的垂钓者讲讲道理呢。

王煊一听，心中顿时有谱儿了，看来石板经书没问题！

他盯着石板又仔细研读了一遍，将九幅人形图和密密麻麻的文字都牢牢记在心中，确定没有任何问题。

突然，摆渡人汗毛倒竖，仰头望天，那消失的鱼线又出现了。这次没有什么经书降落，而是一组金光闪闪的钓钩冲着他来了！

"我……"摆渡人震惊不已，而后目光凶狠地看向王煊，他竟然不断替这小子挡刀！

那组钓钩全是以太阳金铸造而成的，无比硕大，撞在人身上的话，立刻就会让人受伤。

"误会，不是我！"摆渡人不断躲避，而后手持用羽化神竹制成的钓竿触及那组钓钩，与之对话，"我是逝地的摆渡者，也是守约人。其中有误会，我替人挡灾了，可以将石板经书还给你！"

王煊看到摆渡人化成一道光，不断躲避，那组大钩子也留下成片的残影，没完没了地追着他。

"陷阱接二连三，全是套路。"王煊擦了一把冷汗，又道，"前辈，我以为你算是他们的人，没想到月亮上的怪物六亲不认，连你都想钓走！"

"你闭嘴，我不想和你说话！"摆渡人无比愤懑。

他虽然只是超凡力量的残余，但他很清楚，他的肉身还在时是列仙时代的人，至于月亮上的垂钓者，那就说不清了。

逝地太古老，早于列仙存在！

终于，摆渡人用羽化神竹再次挡住了以太阳金铸成的那组鱼钩，不断低语，像在快速解释着什么。

然而，钓钩颤动，似乎还在发力。

王煊找准机会，一跃而起，挥动短剑，锵的一声斩断鱼线，让那组钓钩全部坠落下来。

摆渡人目瞪口呆，他这边还在谈呢，那小子就趁机下手了，手太黑了！

王煊道："前辈，他干预不了逝地，我们该出手时就出手，软中有硬才行！"

竹船颠簸，差点儿翻覆，那组钓钩太沉重了，璀璨生辉。

王煊走过去，依旧没敢触碰钓钩，但眼神很亮，这可是一堆太阳金啊！

"你想都别想，都得还回去！"摆渡人道。

"凭什么？他想钓鱼，我这是反钓！"王煊不满道。

摆渡人劝道："我对月亮上的生灵真不了解，但我怕将他逼急了会出事。"

"那留下一个鱼钩！"王煊坚决地说道，从一组鱼钩中选了一个。

"你要它干什么？也想钓鱼吗？"摆渡人不解。

"这么大的鱼钩，砸直了不就是一杆长矛吗？太阳金炼制的长矛，听说专破邪祟与鬼神，谁不动心？"王煊坚决要留下一个鱼钩。

摆渡人看着他，真是无话可说了，过了好久才叹道："行吧，你留个钓钩当矛用，将石板还回去。"

王煊不情不愿，再次研读了一遍石板上的经文，这才放弃。

最终，船中只剩下一个金灿灿的钓钩，这钓钩掰直了的话能有两米长。

摆渡人将石板和其他钓钩都送到了鱼线跟前，结果才一触及，嗖的一声，那些东西就被拉上了夜空，回到了月亮之上。

此地终于平静了下来，摆渡人盯着王煊，神色不善。

突然，摆渡人的脸色再次变了，从石板进入他体内的印记开始发光，在轻微地震动，传出很明确的意思。

"逝地跨域大战随时开启，请种子选手积极备战。也许在十年之后，也许就在今天，时刻准备远征！"

摆渡人简直不敢相信自己的耳朵，没有最坑，只有更坑！

他替那个小子"背锅"后，不良反应持续发酵，连环坑一个接着一个，替那小子挡灾也就罢了，还要替那小子参赛去远征？还让不让人活了！

王煊得悉此事后，真心觉得月亮上的生灵不好对付，这简直是连环套啊！

如果不是他足够谨慎，让摆渡人先去试试水，那他就彻底玩完了。他自以为没有被钓到月亮上去并拿到了石板经书，心中充满成就感，其实陷阱才刚开始！

"我还是太年轻，连环陷阱啊，垂钓者太阴险了，我一不小心就会翻船！"王煊感慨道。

摆渡人的蓑衣中一片漆黑，他感觉自己快要爆炸了，尤其是听到王煊这么说，他整个人都不好了。他冷幽幽地开口："是我翻船了好不好，什么都替你扛了！"

摆渡人自然不会这么善罢甘休，他绝对不可能替这小子去参战，得想办法纠正这一切。

王煊一看情况不对，立刻道："前辈，我现在就去练石板上的最强经文。等我实力强大后，我一定会为你报仇，替你出气！"

"你别练，会没命的。先让我将今天这个错误纠正，你再去练！"摆渡人赶紧阻止道。

王煊虽感觉有些为难，但坚持要练石板上的经文，他道："不练不行，我感觉自己马上就要再次蜕变了，身体细胞的活性激增。我想趁此难得的机会转换功法，奠定我未来的根基！"

"你会把自己练死的！"摆渡人急眼了，他还打算想办法将那印记转给王煊呢。

"那请前辈多指点，为我护道，我要开始了！"王煊盘坐在了竹船上。

摆渡人简直想将王煊一巴掌拍晕算了，这小子惹了那么多事，还让他护道。但他的确不知如何是好，因为王煊现在真的不能死。

第172章
最强根须养成

皎洁明月高挂，碧水波澜起伏，金色竹船随波而动。摆渡人心情复杂，一会儿看向天上的那轮月亮，一会儿看向王煊。

这叫什么事？他守在逝地这么多年，从来没有见过这样的年轻人！

"我领悟得差不多了，今夜准备练第一幅图。"王煊睁开眼睛，站起身来。

"你不要和我说话！"碍于旧约，摆渡人无法干预王煊的行动，所以不想搭理他了。

王煊一脸郑重之色，他站在月光下，准备放弃先秦方士的根法以及金身术，改练石板上的经文。

九幅人形刻图加上密密麻麻的文字虽然深奥，玄之又玄，但是他读懂了。

经文不是很长，却无比惊人，涉及全身各部位的共鸣、催发，蕴含不同的秘力等，非常复杂。

王煊认真揣摩过经文，这经文异常难练，稍有差错，就可能伤及精神、肉身等。但他觉得第一幅刻图就是为他准备的，属于凡人之学，能激活各种潜能，其中便有护体之术。

这经文的第一篇不涉及神通秘法，着重肉身的开发，认为这好比一株植物的根须。

植物想变得繁茂，成为参天大树，拥有带着伤病的根须是不行的。

在这经书的论述中提到如果不养好根须，留下祸患，即使勉强羽化渡劫，肉身也会于雷霆中崩溃，不是好兆头。

这让人深思，经书是在指摘列仙的缺陷吗？可是它没有提及"列仙"二字。

真实情况是，它出现的时期有可能比列仙更早。如果是这样的话，那就更惊人了。

在列仙没有出现的年代，就有这样一本经书揭露了羽化登仙的弊端，实在不得不让人心惊。

这就可以理解了，列仙看到这经书时的心情一定极为复杂，甚至是惶恐。

第一幅人形图下方的经文有先秦方士根法的精粹，很神秘。

王煊在月下摆出第一幅人形图的姿势。按照经文所述，这是真形图，可充分调动身体的潜能。

深入研究的话，会发现这幅真形图有攻击力的爆发，也有秘力的蛰伏与收敛，可阻断外部能量的接近与侵蚀，亦可视作防御之法。

最难的地方在于，这幅真形图要求人体全身上下的各种秘力都流转起来。如果内视就会发现身体的不同区域都有不同色彩的能量，一个弄不好就会导致肉身崩溃。

王煊深吸一口气，体内轻轻地震动，开始演绎石板上的经文。

现在他的身体活性极强，即便有伤，也能在最短的时间内修复，所以他想借此机会改换修炼的经文。

轰！

果然，这才刚开始，他就遇到了一些问题——体表渗出了一点儿血。

这就相当惊人了，他练成了金身术，肉身无比坚韧，子弹都打不穿，结果才练这篇经文就流血了。

摆渡人的脸色当时就变了，这小子刚练就毛孔溢血，真要死了的话，自己怎么纠正错误，如何将印记还给他？

不过，摆渡人没有伸出救助之手，他想如果才刚开始对方就撑不住，那就让对方早点儿解脱吧，不然到了后面会更难练。

王煊舒展身躯，摆出真形图的姿势，并且不断变化姿势，根据自身领悟的经文来让身体各处的秘力共鸣。

他体表出的血更多了，但是他没有一丝恐惧，反而释然了，觉得这样走对了路。

王煊在破壁，在将金身术转换到这篇经文的领域中来。

或许可以说，这篇经文涉及的领域更多，秘力流转得更为复杂与精细。

如果说金身术流转是沿枝干路，那么这幅图还包括了细小分支甚至末端的叶片，更为全面。

这第一幅真形图属于凡人之学，是向超凡过渡的秘篇，最适合现阶段的王煊。

在这个时期，第一幅真形图就是以肉身为主，王煊的金身术已晋升到第八层初期，为练这篇经文打下了坚实的基础。

王煊正在打通其他不曾涉足的细微之处，现在不是路断了，而是在接续各种神秘之路。

金身术、先秦方士的根法都被这篇经文囊括，现在转换起来不是很艰难，因为该主修的部分他已经完成了。

最难的是五脏六腑，这些部位是释放秘力的主要区域，但在达到高深的境界前，这里是最脆弱的，一个不慎就会四分五裂。

这种新生的秘力极其霸道，这意味着攻击力更可怕！

王煊血肉中的秘力的更迭很顺利，他全身上下一片殷红，贯通了未曾走过的神秘区域。

终于，他的肉身不断发光，震掉了污渍，体表恢复了光滑，没有了金身术特有的金光，光芒更为收敛。但他明显感觉到自己的血肉更为坚韧了。

摆渡人很惊异，这小子转换得太顺利了吧？血肉部分已经快完满了。

此时，最危险的时刻来临，经文改变，秘力新生，替换旧路，开始涉及脏器区域了。

只是刚开始而已，王煊就觉得心脏像被一只大手攥住了，肺部仿佛被人用超凡符箭射穿了，其他各部分的脏器都有些痛，像被针扎一般。

他暂缓运转这篇经文，站在原地默默回想通篇，将那幅人形图想象成他自己，烙印在心中，与他自身相合！

揣摩了很久，王煊再次开始修炼。

他的五脏发光，六腑轰鸣，有雷霆从血肉中迸发出来，更有像仙雾般的能量物质弥漫。他的体内景象极为神秘，仙雾氤氲，缭绕蒸腾。

这一刻，王煊自己都是震惊的，似有真实的景物若隐若现，仙山缥缈，瑶池悬浮，蟠桃树成片。

他亦看到血肉中似乎有药田，其中栽种着奇药，这让他的身体活性猛增，生机蓬勃，真身无比强大。

接着，他又仿佛看到天空中有药草浮现，那是天药在沉浮。

……

王煊惊异，这是人体吗？他出现幻觉了吗？这篇经文真的很异常。

他突然警醒，内视自我，把握真实的世界，再次依照真形图，引导新生的秘力缓缓流动。

改换经文后，新生的秘力果然更强大，王煊都能清晰地体会到自己比以前要强一截。

新生秘力所过之处，那些虚无的景物全都破碎，化成了五颜六色的光，成为特殊的秘力。

这篇经文催生出的全新秘力还原了真实世界，让王煊没有陷入那些奇异而又神秘的景物中。

王煊遇上了麻烦，五脏出现了一些细微的伤，虽然肉眼不可捕捉，但是他能真实地感觉到。

摆渡人心一沉，他很清楚，经文的改变一旦涉及脏器，就会变得极其艰难、可怕。

"一个弄不好，就会身受重伤！"摆渡人警告王煊，实在坚持不住的话，就不要乱来。

"这条路我必须走下去！"王煊很坚定，然后，他又问道，"您有羽化级丹药吗？没有不要紧，地仙丹也行，为我护道。"

摆渡人那张模糊的脸顿时从蓑衣中消失了，他着实不待见这小子，自己不仅替他挡刀，还要为他护道，这还有天理吗？！

王煊闭上眼睛，一切还得靠自己！

他调动神秘因子，滋养脏器，修复那些细微的伤。他之前在内景异宝的池子中吸收了大量的神秘因子，现在那些神秘因子有了用武之地。

从某种意义上来说，改换经文最艰难，因为要重新开路，改变原有的一切。

好在王煊早先所练的根法与金身术都与这篇经文契合，不然的话问题更严重。

神秘因子修复了王煊的伤处，他再次向前推进。他这是在筑下最强经文的"根须"，在这一过程中，他可能会濒死，但他不愿意放弃。

如果没有得到石板经书也就罢了，他现在有幸研读，得悉这有可能是最强经书，怎能不动心？

不久后，红衣女妖仙可能就要进入现世了，会找他的麻烦，他如果不将最强经书的秘法修炼成功，而后再抵达超凡领域，怎么对付她？

即便红衣女妖仙付出代价，只能以早期的超凡之身回归，不足以与羽化成仙者以及地仙相提并论，但她毕竟是绝世妖仙，同层次恐怕罕有对手。

轰！

王煊的五脏六腑中出现仙山，天药在雷霆中沉浮，各种神秘景物和传说中的奇异景观若隐若现。

"又来了！这是与身体器官对应的秘力引发了异象，还是人体对外界万物有感，与之相互呼应？"

轰隆！

如太阳火精席卷星空，王煊体内的新生秘力暴涌，焚毁一切虚景，炼化它们，使之成为新生的能量。但是在这种转化过程中，他的身体也出现了新伤。

数次过后，王煊的伤势不轻，他觉得不能再消耗神秘因子了，决定改用地仙泉，他咕咚咕咚喝了几大口。

最严重的一次，王煊的五脏都出现了伤痕。

摆渡人心一沉，感觉这样的伤过于严重了。

"你有些急躁了，如果多花点儿时间，你大概率能练成这第一幅真形图，并成功改换经文。"

王煊没有说话，准备动用地仙泉浓缩的精粹，那东西蕴含着浓郁的活性物质。这是他敢于迅速改换经文的底气所在，他不想慢慢去打磨了。密地中太危险了，他得迅速提升自己的实力才行。

尤其是在得到石板经书后，他渴望在凡人阶段改换功法，以此筑下最强根基。再拖延一段时间的话，他可能就直接踏足超凡领域了。

就在王煊准备动用地仙泉结晶时，摆渡人叹了口气，突然开口道："算了，便宜你了！"

摆渡人催动羽化神竹船，金色船体迸发绚烂的光芒，像无数竹叶在飞舞，灿烂得如同羽化光雨。

密密麻麻的光雨洒落在王煊的身上，滋养他的血肉，修复他的脏器，让他的身体活性大增。

"多谢前辈，我必有厚报！"王煊郑重地开口，这是发自真心的。

尽管他自己也有手段，能够摆脱危局，但是摆渡人的这种举动让他很感激。

事实上，羽化神竹洒落的光雨的作用远超王煊的预料，这是真正的稀世珍物，不然女方士何以用它保护肉身？

"你还不知道成熟的羽化神竹多么稀有、多么珍贵，它的每一滴光雨都价值连城，这是提升潜力的东西啊。当年多少大人物想找羽化神竹培养后人都不可得。这番大造化，你以后得好好还我！"摆渡人道。

王煊发现自身改换经文的速度加快了，羽化神竹果然是造化神物。他的血肉、他的精神，似乎都被滋养了。天赋潜力强如他，都感觉自身潜力的上限似乎松动了，又有所提升！

很快，王煊全身各处，各种秘力齐涌。他的身体在换血，自毛孔中排出不少浊雾。

他知道自己改换经文成功了！

毫无疑问，王煊的实力又提升了一截。他默默地体悟，喃喃自语道："比金身术练到第八层中期更强！"

改换经文后，在实力上立刻就有了这样的体现，让他自己都很吃惊。

王煊估摸着这种重塑还会继续，随着时间的推移，哪怕他什么都不做，过上一段时间，他的实力也会提升一截。

第173章
现世最后的大方士

"这就是凡人领域的极点吗？"

王煊感受着自身的变化。走到这一步后，他能清晰地预测到，自己再前行的话，就是超凡领域了。

摆渡人看着他，模糊的面孔上神色有些复杂，这还是凡人吗？

"你的肉身与精神都超脱了凡人的范畴，一旦两者共振，就会产生超凡蜕变。"

摆渡人确信现在的王煊不怵超凡领域的一部分人了，仅仅因为改换经文，他的实力便大幅度提升。

石板上的经文神秘莫测，让摆渡人都敬畏。

"不愧是让列仙都为之厮杀的传承啊！"摆渡人心有感触。

王煊对摆渡人施大礼，对方赠予了他羽化神竹的光雨，这个人情太大了。他问摆渡人现阶段有什么需要他去做的，在旧土是否有什么未了的心愿。

"以前没有，现在真有了。那个老钟……他是否真的挖了我的落脚地？！"一提及这个，摆渡人就火冒三丈，那个什么老钟竟敢对列仙旧址下手，大概率挖了他的根子！

王煊点头，本来他就想找机会拜访钟庸，也想知道其挖出过什么惊人的东西，能不能交换一些奇物。

"你老人家的洞府在哪里？老钟挖了太多，我不提地址与名号的话，让他自己一个一个地去回想，估计会很难。"

摆渡人一听，心中既别扭又恼火，原来这老钟挖的列仙遗迹不止一处，自己心里都没数，还得让他这个受害者自报家门。

"我是先秦时期的人，对后世本土教的法门很熟悉并相当精通，还出海采摘过不死药。"摆渡人平静地说道。

王煊发呆，而后眼睛发光，自己这是……看到了一个古人？！

"你出海去采摘不死药，结果划船划到了这片碧海中，不对，划到了这个湖里？"王煊露出异样的神色，有太多的问题想问摆渡人。

这可是几千年前的人，一部活着的历史，他掌握先秦方士的法，也精通本土教的绝学，是一个"宝藏老头"。

摆渡人黑着脸，不想回应他的疑问，道："别的我不在乎，如果他挖了我的落脚地，我只要求他将我的那一小段腿骨保存好！"

至于将腿骨送到逝地中，摆渡人觉得没有那种机会了，因为要不了多久，这片逝地就会转移，不知道会落在哪颗生命星球上。

真要去了深空尽头，摆渡人认为自己与眼前这个年轻人就再也没有见面的机会了。

"羽化登仙时，雷霆劈碎肉身残留下的骨？这样的骨对你们有什么重要的意义？"王煊一直想知道这当中的秘密。

摆渡人没理他这茬儿，又道："印记也要还你！"

随后，摆渡人补充并劝道："逝地跨域远征是一场大机缘，你千万不要错过。"

"那就以此机缘答谢前辈了。"王煊摆出一副忍痛割爱的样子。

"还你！"摆渡人瞪眼道。然而，他试了几次，印记都无法离体而去。

这让摆渡人变了脸色，一时间他竟解决不了这个问题。

王煊不敢笑，盯上了竹船上的太阳金鱼钩，小声问道："前辈，这钩子能掰直吗？"

摆渡人的脸色阴晴不定，他在思索怎么解除印记，好一会儿才道："你走吧，争取近期再进来一次，我帮你炼制一杆神矛！"

"要不我自己带出去吧，现在的冶金技术非常发达，我找人去炼，就不麻烦前辈了。"王煊觉得这老头在憋大招，自己短期内还是不见他为好。

摆渡人瞥了王煊一眼，道："我原本还想指点你怎么练石板上记载的神秘经文……"

"前辈请指教！"王煊很配合，不等摆渡人说完，立刻改口，并表示近期采摘妖魔果实后就来逝地破关。

事实上，他想达到超凡之后再去密地深处。

王煊现在虽然不怵部分超凡者，但是密地深处肯定有极其厉害的人物，他自然不愿被人压着打。再相见的话，他约莫要吓陈永杰一大跳！

"你觉得这次改换经文顺利吗？"摆渡人问道。

"很凶险，多亏前辈相助。"王煊适时再次表示感谢。

"其实你还算可以了，你知道有多少人想练这经书而不能吗？动辄伤了脏器，毁了精神。"摆渡人看着他，有些感触。这个年轻人有些幸运，但也很厉害。

"你之所以能练成，是因为你在凡人阶段就形成了精神领域，对肉身的感知到了极其细微的地步，可以随时调节。当然，最为重要的是你提前打下了坚实的基础，将金身术和先秦方士的根法练到了高深的境地，那几乎算是凡人所能达到的极限了。"

王煊闻言，道："这进一步说明了这篇经文的恐怖之处，在凡人极限层次，它又将我的实力生生拔高了一截，提高了凡人领域的上限。"

"这不是重点，我要说的是练这神秘经书的一种可行的办法。"

王煊很严肃，认真聆听。

"金身术支撑了你的肉身，张仙人的体术锻炼了你的五脏，这是你能活下来并成功的关键。试想，如果你没有练这两门法，这次你能成功改换经文吗？"

王煊认可他的说法，确实如此。

"踏足超凡层次后，第二幅真形图你还可以用这样的办法来练。我猜测第二篇经文除了肉身，应该还涉足精神了，因为超凡领域本就与精神层次的提升有很大的关联。"

摆渡人建议王煊提前练一些精神秘籍，同时锻炼出极限肉身，这比直接练第二幅真形图要容易一些。

王煊思忖了一会儿，道："我原以为有了这篇经文就不需要其他秘法了，现在看来还是需要各种经文辅助。"

一时间，他又想到了钟庸的书房。

"先秦时期的金色竹简比之石板经书，如何？"王煊问道。

"我个人认为金色竹简不会弱于石板经书。"摆渡人竟说出这样的话。

王煊顿时震惊了，完全没有料到他会有这样的点评。

"列仙中最强的几人有两人练的就是金色竹简上记载的经文，而且那两人都有机会得到石板经书，但都没有理会，未去争夺。

"金色竹简共有四部，得一部就可以直通顶尖的列仙领域。传说，四部金色竹简合在一起其实才是一本完整的经书，号称先秦第一奇书、最强修行秘册，没有之一。但很可惜，从未有人集齐过。"

王煊听到这些，感觉被信息轰炸了。

摆渡人看了他一眼，道："我要提醒你，不要过于迷信一本经书。时代在发展，即便是最强经书也可能有疏漏以及局限性，当取长补短。"

"您说得有道理！"王煊认真地点头。

摆渡人道："除了方士的金色竹简，本土教的几册玉书也很恐怖，这些都不会弱于石板上记载的神秘经文。"

王煊深深吸了一口气，默默记住了。

其实不久前转换经文时，他就有些感触。石板上的经文囊括了金身术与根法所能开发的身体秘力，涉及的内容更广、更细致。

当时他就在想，是否可以借鉴其他顶级秘篇，拓展出新的潜能区域，挖掘出更多的秘力。

人体各部位皆有不同的秘力，现在他内视的话，内里色彩斑斓，若将力量全部调动起来，会非常恐怖。

摆渡人给王煊捅破了"那层窗户纸"，让他豁然开朗。

现在他已经主修一本最强经书，而如果有机会研读金色竹简、玉书，他自然要加倍珍惜机会，认真比较与验证。

摆渡人又道："苦修门对精神领域的挖掘不容小觑啊！他们开辟出的净土，其实本就是一个真实存在的精神层面。而在净土的后方，还有深层次的精神界域。精神世界的秘力也是色彩斑斓的，挖掘到哪里，获得相应的精神秘力，你就会在某些方面变得更强大一些。"

王煊心中一动，精神竟然还分多个层面，像是一个又一个精神世界，那些斑斓的秘力隐藏在潜意识的深处吗？

摆渡人的话，让王煊知晓了以前从未听闻过的领域。

"方士对精神层面的探索自然也很惊人，内景地就是这样的产物。其实在内景地深处还有更惊人的层面，甚至羽化登仙都参考与对照了这些……"

这些话语像雷霆般，震得王煊双耳嗡嗡响。第一次有人对他提及羽化登仙的部分秘密。

他有太多的问题想问，但是摆渡人自顾自地说下去，没有搭理他。

"这个时代对你们凡人来说，当真是机缘无数！过去不可见的经书都被你们挖掘了出来，本应藏在虚空尽头的秘典如今却落在红尘间，被老钟这样的人收藏于书架上。机会难得，遍地宝藏啊，你们应当把握住，不然愧对这个时代！"

王煊闻言，郑重地点头。

直到最后，现场寂静，再无说话声。

王煊明悟，各种经文都可以涉猎，本质就是对肉身与不同精神层面中蕴藏的各种秘力的挖掘，那是一个色彩斑斓的世界。

今天虽然只得窥一角迷雾笼罩的修行世界的真相，但是他已经能从较高的层面规划自己未来的路了，摆渡人的话对他影响巨大。

很久后，王煊才问道："我改换经文时，新的秘力出现了。我在体内看到了仙山，发现了仙雾蒸腾的药园，见到了瑶池、蟠桃园等，这难道是精神层面的某个世界的显现？"

摆渡人点头道："你在凡人领域就能看到那些东西，确实不简单。"

他告诉王煊下次再见到那些景象不要刻意去炼化它们，那是精神层面的秘力显现，也是即将达到超凡的体现。

王煊有些出神，道："难道某些神话传说真的只是在精神世界里发生的？比如瑶池宴请群仙，蟠桃盛会。"

摆渡人不语，没有回应。

……

王煊精神恍惚地离开逝地，心不在焉，他在想各种问题，今天他对修行的理解与以前不同了。

远方，熊坤与两名同伴再次出现了，他不想再等黑角兽的通知，怕错过内景异宝处的奇雾，于是又一次来到外围区域。

"我觉得十二把钥匙应该快被人集齐了，是时候去守株待兔，熬炼其血髓为我所用了。"

同时，三人在猜测那两人一骑的命运，觉得他们应该被黑角兽杀了，只是可惜了那柄短剑。

"不会有任何意外，一介凡人而已，根本不可能对抗超凡者。"熊坤确信凡人永远无法挑战超凡者。

第 174 章
狐狸精吴茵

密地中很难见到碧空万里的景象，因为各种能量物质很浓郁，天空中与林地间都有光带飘动，煞是美丽。

王煊一阵出神，走出逝地后，还在想自己与摆渡人的对话。

真身所在的现实世界也就罢了，竟然连精神都有不同层面的世界，这就让他遐思万千了。

不同的精神层面，精神秘力也不同，需要深入挖掘才能找到高层次的世界，从而获取强大得不可思议的力量。

"羽化登仙，该不会也是进入某一层精神世界中了吧？"王煊产生了这种怀疑。不过他又摇头，大幕后的世界分明有真实的物质，白虎真仙"赠送"的簪子还在他身上呢。

……

"你们看，那个小子居然没死，一副痴痴呆呆的样子，失魂落魄，在逝地外游荡，该不会刚遭受重大的打击吧？"熊坤与两名同伴远远地看到王煊，都露出异样的神色。

"黑角兽是百年老妖，心思深沉，估计这小子被它折磨惨了，精神受刺激了吧？"

"有可能。他的女伴还有那匹飞马都不在了，估计被黑角兽当着他的面除掉了，这是故意留下他好折磨呢。"

熊坤刚要拉弓射箭，就被两名同伴拦住了。

"没有飞马，他又跑不了，担心什么？你一箭射过去，他还不得趴下？"

三人带着淡漠的笑容，迎面走了过去。

王煊自然在第一时间感应到了他们，他不动声色，依旧一副走神的样子，想着精神世界的事。

即便他现在不怵部分超凡者了，但他也不想直接暴露，不愿在战斗中给人当靶子。

"傻子，是不是痛失女伴，所以精神恍惚，茫茫然不知立身何处了？"一名超凡者笑道，但带着冷意。

不知不觉，王煊走到了他们近前。

虽然王煊没有骂人的习惯，但他现在只想骂他们一顿。然后，王煊就付诸行动了，他多少年没有这样骂过人了，但依旧能够一气呵成。

"什么鬼语言！"一名超凡者狐疑。这既不是欧拉星语，也不是羽化星语与河洛星语。

但很快，这名超凡者的脸色就变了，因为到了这种层次，他已经能够用精神感知其意，这居然是一种不敬的"问候语"。

这名超凡者顿时大怒道："你最好挖个坑把自己埋了，不然我让你生不如死！"

"欧拉！"

最后，王煊还不忘这样大叫一声，似乎在表明自己的身份。

"欧拉星人，你找死吧?!"另一名超凡者也大喝道。

然后，他们就看到这个失魂落魄、没有精神的年轻人突然冲向他们。

双方本就距离近，到了这种层次，别说几步距离，就算上百米也是刹那即至。

王煊没有对付另外两人，而是首先认准了熊坤，这个背负大弓的男子有些危险，为了避免在战斗中被他放冷箭，还是先解决他为好。

出乎王煊的预料，熊坤实力强大，除弓箭术外，身手也很不凡，他如同一条蛟龙摆动右腿，向王煊踢来，并且释放精神领域，对王煊进行震慑与攻击。

王煊的精神领域同样释放了出去，一刹那，所有人都无比吃惊，连他自己都一怔。

他的精神领域伴着仙雾缥缈的山峰，向对手撞了过去。

这不是他改换经文后在体内看到的仙山吗？这是属于精神层面的景象，现在居然浮现在身外，他已略微触及第一层精神世界了？！

"怎么可能？！"三人全都惊叫起来。

一个凡人怎么可能触及这个层面？他们难以置信！

即便他们晋升至超凡领域了，也苦苦追求这个层面而不可得，一个凡人居然做到了？

他们确定这个年轻人还不是超凡者，因为他没有那种超脱凡人的气息，呼吸吐纳间不见浓郁的超物质。

这真的是见鬼了，他是怎么做到的？！

在快如闪电的进击中，王煊避开熊坤扫来的那条腿，迅速贴近熊坤的身体并一把抓住了他的一条手臂。

"假的，他的精神领域中虽然浮现了景物，但是并不能借用第一精神层面的山体攻击我的领域。他只是摸到了那个精神世界的边缘，还不能化为己用！"熊坤喝道。

然而，刚喊完这句话，熊坤的脸色就变了。这个凡人的手臂力量大得离谱，竟然无法震断，更无法摆脱。

在另外两人前冲的过程中，熊坤自身也在发力，手臂发光，一道粗大的雷霆轰在了王煊的身上。

王煊终于明白自身与超凡者之间的区别是什么了。达到超凡领域后，超凡者能够动用近乎神通般的术法，这种雷霆比大宗师的强大了很多倍！

而且，这雷霆不再是从五脏释放的，而是从手臂发出的，更可以打出传说中的掌心雷。

王煊现在肉身与精神都极强，但自身释放的雷霆与火焰都还是大宗师层次的，并未达到超凡。

砰的一声，王煊手臂上的衣服炸开了，化成灰烬，连皮肤都有些发黑，但他依旧没有松手，挡住了这一击。

主要是现在他的肉身极强，比练金身术时更恐怖。并且在这个时候，他忍着被雷劈的剧痛，施展第一幅真形图，检验它的威能。

噗的一声，王煊将熊坤的小臂重创了。

"啊——"熊坤惨叫一声，剧痛让他的面孔都有些扭曲了，甚至让他冒出了满头冷汗。他怎么也想不到，一个凡人而已，居然直接重创了他。

这才多长时间，前一天还险些被弓箭射杀，狼狈逃命、身受重伤的年轻人，现在竟对他造成了威胁。

另外两人眸子发光，杀气腾腾，全力以赴地攻击王煊。

一人拍击的刹那，火光四射，熔化了附近的岩石。另一人周身都是白雾，带着狂风，将王煊席卷了起来，而后一拳向半空的他轰去。

王煊发现自己还真没有好的办法对付此人的风暴秘法，不过当他一拳打来时，王煊迅速捕捉到战机，一把抓住他的拳头，借此机会从暴风中挣脱，落在地上。

王煊锁住此人的手臂，然后拖着他向不远处的逝地冲去。

这个人身上电光浮现，劈在王煊身上，被王煊利用第一真形抵挡住了，雷霆并不能击穿他的身躯。

后方，另外两人开始追击王煊。

熊坤不顾断臂之痛，眼冒凶光，恨不得立刻诛杀王煊。

熊坤还想如他祖父般冲霄而上，结果现在被一个凡人折断手臂，以后还怎么拉弓？

王煊的身体被闪电击中，被火光触及，但他依旧没有松手，将那个人拖进了逝地中。

"不……啊！"这个人大叫着、挣扎着，但是他的力气竟没有王煊大，渐渐地他被淹没在迷雾中。

这个人自然知道这是什么地方，平日谁敢进这里？

果然在进入的刹那，他的身体就几乎要被撕裂了，而后开始发生变化——金色羽翼剧烈地生长，银色心脏鼓胀。

他承受不了这种剧烈的变化，片刻间就殒命了。

这就是逝地的恐怖之处，普通的生灵进来就会异变，如果不能控制住这种变化，会死得很惨。所以，这里常年寂静无声，一般情况下没有生灵敢接近，就算有生灵敢接近，也是一进来就会殒命。

王煊才踏足这里就松开了那个人，都没有看他第二眼就直接走出去了。

"你……能活着走出来?!"熊坤震惊了。

另外一人的脸色也变了，他们是知道逝地的，这里有一条秘路，但是没人敢走，谁进去都会殒命。

故老相传，但凡闯秘路不死者都是非凡人物，日后会有大成就。

他们竟惹了这样一个人，难怪这个年轻人还是凡人时就能有这样异常的表现！

王煊没有开口，大步走了过去，趁他们因被震慑而心神不宁的时刻，悍然发动攻击。

他动用张仙人的体术对抗两人的雷霆、火光，全身秘力流转，掌指发光，竟轰散了对方那恐怖的光焰。

五页金书上记载的体术有其独到之处，即便王煊学了石板上的神秘经文，也不会放弃这种体术。

不过，对方的雷霆速度太快，王煊很难全部挡住，只能用身体去扛。

在快如电光的交手中，王煊改变攻击姿态，完整地施展出石板上的第一真形图，轰的一声，他震伤了对面那名超凡者的手掌。

不得不说，超凡者都不简单，被王煊施展真形图打伤手掌后，他依旧不退，满脸杀气，全身发光，光焰升腾，将自身都快淹没了，与王煊拼命。

这个时候，断了一条手臂的熊坤也被激起了凶性，不再顾忌，攻了过来。

对于王煊来说，这是一场艰难的战斗。尽管两人都残了，但是拼起命来，依旧杀伤力惊人。

王煊身上除那一柄短剑外，其他东西要么掉了，要么被光焰与雷霆摧毁了，连他的衣服都不保。

虽然王煊在凡人领域可与超凡者对抗，但是过程有些艰辛。

噗的一声，王煊硬抗了一片火光，用真形催动秘力，抵挡住超物质的侵蚀。随后，他一剑扫出，将那人斩灭了。

只剩下一个熊坤，战斗没有什么悬念了。他支撑了一会儿，被王煊一拳打中胸膛，当场殒命。

王煊搜寻战利品，而后找到自己的一个包裹，来到水潭边冲洗身体。他身体的有些部位微微发黑，这是被雷劈的，好在没有伤到内里。

他在凡人领域连斩三名超凡者，这种战绩如果传出去一定会引起轩然大波，是轰动性的重大消息。

王煊穿好衣服，清醒地意识到自己必须进入超凡领域了，不然的话战斗太辛苦了。

他完全是以强大的肉身硬抗对方的术法！

"真奇怪，居然有良善的超凡异兽，不仅不攻击人类，还在收徒。"

"是啊，说是替列仙收徒，太诡异了。但我看那只狐狸也不过刚进入超凡层次，有那么玄乎吗？"

"到目前为止，那只狐狸只收了一个女子，还说她是列仙的后裔，马上要带她进密地深处。"

王煊惊异，他竟听到了这样的对话。

这是一支羽化星的队伍，其中都是年轻的大宗师，他们居然在谈论这样的事。

"那女子的面孔精致而美丽，可惜要被狐狸带走了，看她的样子很不情愿。"

"那个女子有点儿奇怪，无论是穿着还是说话，都不像是我们三颗超凡星球的人。"

"想什么呢！那女子是狐狸精好不好，妖狐幻化成了人形在演戏，她身边的超凡狐狸只能算是幼崽。"

……

王煊一听，心中翻腾。他第一时间想到了吴茵，那狐狸精该不会是她吧？

他立刻走了出来，二话没说，将几人都按在地上，以生涩的羽化星的语言重复他们刚才那些话的关键词。

"狐狸，狐狸精，收徒……"王煊追问道。

几人着实被吓得不轻，这主儿怎么会如此强大，年龄可能还没有他们大呢，难道他进入超凡层次了？竟随手一抓就将他们制住了。

"在那边！"其中一个女子领会了王煊的意思，指向一个方向。

"赶快去吧，不然她就要进密地深处了，成为狐狸精的弟子——不对，成为列仙的弟子，机会难得！"这个女子还挺会忽悠的。

王煊没理她，快速跃起，一步迈出。此地顿时发生了大爆炸，附近的林木全都崩碎了。

王煊按照女子指的方向，一路追了过去。

不久后，他远远地看到了一个女子。

真的是吴茵，她竟然没有死！

第 175 章

狐王茵

此地山林青翠，湖泊点缀，烟霞蒸腾。密地虽然非常危险，但是景色绝美。

吴茵没有死，消失多日后又出现了！

远远望去，她亭亭玉立，在阳光下，她的发丝竟泛出淡紫色的光芒。

她身边有一只狐狸，相对于其他超凡怪物来说，它的个头不算大，一米多长，乌黑的皮毛像绸缎似的闪烁着光辉。

它的背后有一对流动着黑光的翅膀，这竟是一只能飞天的狐狸。它的一双眼睛宛若黑宝石，很有灵性。

难怪羽化星的几个年轻人怀疑吴茵是狐狸精，多日不见的吴茵面孔白皙精致，漂亮的双唇鲜红性感，尤其是她与一只超凡飞狐走在一起，自由行走于危险的密地之中，让人想不多联想都不行。

不过，仔细感知的话，能够发现她很不情愿，似乎不太乐意与那只黑色的小狐狸同行。

这只小狐狸很有特点，直立着行走，像走猫步般扭动着身躯，有刻意模仿吴茵姿态的嫌疑。

吴茵虽然没有走猫步，但是双腿笔直修长，走起路来自然摇曳生姿。

王煊看了又看，这一人一狐行走时体态轻盈婀娜，确实容易让人误会为一大一小两只狐狸精。

"你别学我走路，我想回家！"吴茵开口道。她的眼睛很亮、很有神，也藏着几分倔强。

如果留在密地，她恐怕从此会离开红尘，一个人与各种怪物为伍，实在是太孤独了。她怀念新星的飞船与摩天大楼，更思念那些熟悉的人。

黑色的小狐狸叫了几声，听声音倒不凶，像在劝解吴茵。

很快，林中出现了几个年轻人，他们是小狐狸主动找来的。

它真的在挑选弟子！

这有些离奇，密地中所见的怪物哪个不是见人就扑，主动攻击？这只小狐狸居然在选徒弟。

王煊观察良久，认为那只小狐狸虽然灵性十足，但是进入超凡层次没多久，实力并不惊人。它多半是因为血统不凡，所以比一般的怪物更聪敏。

最终，小狐狸放过河洛星的几个年轻人，要带着吴茵赶路，进入密地深处。

"我不去！"吴茵的反应比较激烈。她知道这只小狐狸要结束密地外围区域的旅程了，即将带着她彻底远去。

王煊无声无息地靠近，像一道闪电般扑了过去，挡在吴茵身前，对小狐狸动手了。

这只小狐狸有翅膀，真要让它抓起吴茵那就麻烦了，他肯定追不上。

"小王！"吴茵简直不敢相信自己的眼睛。看着那道背影，她的眼睛睁得很大，那种感觉很熟悉。

小狐狸反应迅速，居然避开了王煊的扑击，轻灵地滑行了出去，而后迈着优雅的猫步，偏着头看向他。

"你是来拜师的吗？"小狐狸精神领域震动，问道。

王煊再次动了起来，准备进击。

"你只是个凡人，呼吸吐纳间不见浓郁的超凡物质，不是我的对手。你要拜入狐仙洞府吗？不过在这之前你得接受我的考验。"

这只狐狸很自恋，绕着王煊走猫步。

轰！

王煊一拳轰了过去，震得草木崩碎，破坏力惊人。

小狐狸的脸色变了，黑光一闪，它速度极快，再次躲避。

"小王，不要攻击了，它是一只超凡妖狐！"吴茵提醒道。

她深知这只狐狸看着好说话，可一旦翻脸，出手狠辣无情，它之前将大峡谷中那条超凡大蛇都给吞了。

直到这时，王煊才转身，看向面孔白皙动人、写满喜悦的吴茵。

一刹那，吴茵的神色有些发僵，然后她变了脸色，翻脸比翻书还快，提高声音，叫道："是你，王煊，老王！"

王煊腹诽：这也太无情了吧，同样是来救你，怎么待遇完全不同？

毫无疑问，吴茵看着他的背影，将他视作了旧土的小王宗师——王霄。

事实上，王煊、王霄的背影确实很像，因为本就是一个人，只是当初王煊的肩头垫了钢板，显得又宽又厚。

但吴茵依旧先入为主，认为是小王宗师来了，第一时间这样喊出口。

王煊有些无语，大吴这是多么恼恨他啊，连"老王"这种称呼都喊出来了，私底下和人提及他时估计没少喊。

吴茵的脸色变了又变，她对眼前这个人的印象真的是一言难尽，在旧土时对他没有一点儿好感。

第一次见面时，她就因为生理问题被他以旧术诊断，受了刺激，以致本就脾气很大的她觉得胸闷透不过气来。

又一次相见时，她更是直接被王煊一脚踹进湖中，气得不行。

可是王煊在来密地的第一天就从蚯龙口中救了她，只是救她的手段依旧让她受不了。

当时，王煊又是一脚将她踢飞了，从而让她脱离了危险地带。

她长这么大，尤其是步入少女时代后，还从来没有人敢对她这么无礼呢，这个王煊竟接连两次用脚踢她。

她每次想起来都一阵火大，即便是现在，回忆起那两次的情景她也会生气。

但她还是克制住了，她调整呼吸，恢复平静，艰难地开口道："谢谢……你。"毕竟，最近这两次王煊都是在救她。吴茵还是很明事理的，只是当初先入为主，对他的印象太糟糕了。

尤其是，她与眼前这个人的前女友凌薇还认识，而且关系很好。后来知道他们分开了，潜意识中她就有些抵触王煊。

她还有另一层潜意识，但有些不敢去揭开，因为她越来越觉得这个人和小王宗师很像！不然的话，她怎么会直接喊出口？即便他的容貌变了，但是当他投身于战斗时，那种气质是不会变的。

吴茵低语道："趁它还没有发火，你赶紧走。它只是想带我去某座列仙洞府，让我修行，我不会有性命之忧。你不用管我，立刻离去。"

她怕王煊激怒小狐狸，惹来杀身之祸。尽管她怀念外界的人与事，但她不想害死眼前这个让她心情复杂的男子。

"没事，不就是一只小狐狸嘛。我带你走，绝不会让它把你带到深山老林中，从此与人类社会脱节。"

王煊转过身去，背对着她，挡在前方，话语坚定。这种自信与坚决让吴茵心中顿时生出一股暖意。如果她后半生独自与怪物为伍，生活在荒凉的大山中，那就真的太可怕了。

吴茵的心中有暖意，看着王煊的背影，对他的印象一下子变好了许多。而当她想到他很可能就是小王时，她的心情更为复杂了。

吴茵快速冲了过去，挡在王煊身前，伸开双臂，面向小狐狸。

她认为王煊根本不可能是小狐狸的对手，这是一只超凡灵兽，新星与旧土根本没有这么强大的人类。

"你快走！"吴茵催促王煊离去。她毅然做出决定，立刻随这只小狐狸前往密地深处，平息它的怒火。

"晚了，这个人让我生气了，他一而再地轻慢我，还敢对我动手，我要教训他！"小狐狸的精神领域震动，完整地传达出自己的意思。它那巴掌大的狐狸脸上满是不善之色，连细长的眼睛都发出冷冷的光芒。

"没事，这只狐狸在吓唬人，其实就那么一回事。什么超凡狐狸？我看它也就会走猫步，臭美得很。"王煊一闪身，站到了吴茵面前，并让她退后。

吴茵感到焦急而又无奈，因为她改变不了什么。同时，她看向小狐狸时有些气愤，这只狐狸不但模仿她走路，而且故意做出夸张的动作。

小狐狸扭腰，轻缓地迈步，而后突然释放精神领域，对王煊进行催眠。它果然不简单，懂得精神领域的秘法。

王煊佯装中招，呆呆地发愣，站在那里一动不动。

小狐狸迈步走了过来，甩了甩漂亮的黑色尾巴，仰着下巴，不屑地开口道："臭男人，敢对我嚣张，现在动弹不得了吧？还敢骂我臭美，我这都是和吴茵学的！"

吴茵又焦急又羞愤，这该死的狐狸精，她什么时候那样夸张地作态了！

小狐狸莲步款款，到了近前，偏着头看了看王煊，又看向吴茵，道："这该不会是你的伴侣吧？"

"不是！"吴茵羞恼，快速否认。

小狐狸摇头道："我一看就知道你们两个之间有什么事，可是修仙无情啊，当断则断，我帮你断了吧。"

"不行，你不能伤害他！"吴茵叫道，向前冲去，想要阻挡小狐狸。

王煊也动了，因为这只狐狸精晃荡到他眼前了，这么近的距离，它还想逃吗？

砰的一声，王煊一把就按住了小狐狸，双臂用力将它锁住。任这只小狐狸怎么挣扎，动用精神领域攻击，都没有任何效果。

小狐狸刚放出一道雷霆，就被王煊一巴掌拍在脸上，他严厉地威胁道："再敢放电，我将你的脑袋拍烂！"

小狐狸愤怒无比，剧烈地挣扎。它称得上力大无穷，足以压制很多位大宗师，此时面对它眼中的凡人却显得很无力。

"你是什么怪物？明明还没有达到超凡层次，怎么会……"小狐狸尖叫着，精神领域频频震动，但是毫无效果。

吴茵顿时愣住了，这是什么状况？

在她的认知中，这只小狐狸极其可怕，曾将十几米高的凶猛熊怪重创，更斩过超凡大蛇。那种打斗将山崖都摧毁了，绝非人类所能对抗的。可是现在，王煊将小狐狸按在了地上，正在找绳子，准备将它捆上呢。

王煊找了一根两米长的晶莹丝线，就是月亮上那个垂钓者的鱼线，它比太阳金都坚韧，曾绑在石板上，如今成为王煊的战利品。

他将小狐狸按在那里，三下五除二，将它捆得结结实实。

小狐狸简直要气炸了，自己的祖上追随过列仙，守着列仙的洞府，号称仙兽，它怎么会这么逊？而且它还这么倒霉，被一个凡人给制住了，这让它无法接受！

"啊啊……"小狐狸尖叫着，无比愤懑，即便被捆住了也在挣扎，在地上滚来滚去的。

"看到没有，这就是一只普通的小狐狸，你被它唬住了。其实就那么一回事，我一只手就能拿下它。"王煊灿烂地笑着，让吴茵莫名地心安。

但是她很快回过味儿来了，这怎么可能是普通的狐狸？它早就成精了，现在还在用精神与人交流呢，这是一只无比强大的妖狐！

"不准叫了，再烦我的话，一会儿将你扔到逝地里去！"王煊威胁小狐狸。

"不要啊，我才成年没多久，这样貌美如花，你怎么忍心掳走我？我想家了！"小狐狸叫道。

王煊愕然，这是什么乱七八糟的话？

不远处，吴茵一阵脸红，这该死的狐狸什么都模仿她，语气是很像，但她绝对没有说过这样的话！

吴茵很快将心态调整过来，她走到近前，认真地看着王煊，又仔细地闻了闻他身上的气味，道："你到底是谁？"

她目光幽幽，盯着王煊。

"你觉得我是谁？"王煊反问。

吴茵美丽的面孔上没有表情，但是目光开始变得灼人，她凝视了他片刻，而后又去看他的一双手。

当初雨夜大战时，王霄的指甲都脱落了，吴茵曾帮忙包扎过。突然，她一把抓起王煊的一只手，用力咬了一口，道："你这个骗子，你们是一个人！"

"别！"王煊倒不是怕痛，而是怕伤到她，毕竟他现在练的经文比金身术还恐怖，肉身无比坚韧。

他很无奈，只好快速撤去秘力，不然的话还真怕伤到她的牙齿。

但他也不想被人咬，于是往回收手臂，结果吴茵被带得一个踉跄，咬着他的手，撞在他的身上。

王煊倒退两步，想要避开。

吴茵站立不稳，侧倒在他身上。

吴茵的脸又红了，感觉胸口发闷。

小狐狸被王煊踩得嗷嗷直叫，无比愤恨：还说你们两个没有关系？但不管有没有，你们看着点儿脚下啊，踩到我了！

第 176 章
赔进去两人一兽

王煊低头，不就是踩了一条腿，似乎……也踩了条狐狸尾巴，至于叫得这么大声吗？然后，他还是没有移开脚。

"吴茵，我被踩扁了，快让你的熟人抬起脚啊，一会儿你们再继续！"小狐狸叫道。

吴茵的脸顿时红了，这狐狸怎么说话呢？！

她刚才步履不稳，踉跄着撞到王煊并倒在他身上，现在又被一只狐狸这么说，相当尴尬。

她快速站直身体，也没有再咬那只手了。

"你还是……抬起脚吧。"吴茵小声说道。

不管怎么说，这只狐狸虽然在大峡谷将她掳走了，但是也救了她的性命，不然的话，这些天她在危险的密地中肯定活不下来。

王煊抬起脚，低头看了看这只狐狸，明明是超凡灵兽，装什么可怜？

他将被鱼线捆得结结实实的小狐狸拎了起来，看了又看，神色不善。

"狐狸肉好不好吃？"王煊偏头问吴茵。

"啊？"小狐狸听到后，顿时被吓得不轻。

"不要吃我，我倾城倾国，是个好人——不，是个好狐仙，从来没有做过伤天害理的事，你不能这样对我！"它可怜巴巴地望着王煊。

吴茵气得不行，这该死的狐狸，从表情到语气都在模仿她！

"你这都是跟谁学的？"王煊拎着这只小狐狸，总觉得它有点儿另类。

"吴茵！"小狐狸理直气壮地大声喊着，"我和她是好姐妹，走路一样，气质也一样，所以你不能杀我！"

王煊："……"

他只是随口问问而已，这狐狸还真是跟人学的？

吴茵简直无地自容，有些话是她说过的，比如"漂亮女人永远都有一颗少女心"，但是这狐狸过于夸张了！而且，它怎么能讲出来？太气人了！

"你还是把它吃了吧！"吴茵气恼地说道。

砰的一声，王煊将小狐狸扔在了地上，警告它不准乱说话，便暂时不理会它了。

小狐狸很愤懑，它可是小狐仙，有很大的来头，居然被人随意地砸在地上。它很委屈，觉得自己太可悲了。

"这些天你没事吧？"王煊问吴茵，想到了她在大峡谷最后的留言。

这些天，王煊都在想着如何去那里看一看，即便吴茵殒命了，他也想找到她的尸骨。

"我没事，谢谢你！"吴茵说道。

她确实没有遇到什么危险，小狐狸当时负伤了，却一眼发现了她，说她祖上是列仙，她身上有列仙病，需要和它去修行。

所谓列仙病，指的是新星原住民的天人五衰病。不过，吴茵的病是隐性的，不会在她身上快速地体现出来，只是后代有可能会出现有这种病的人。

现如今，吴家有两位重要人物得了这种病，所以他们才不断深入密地，寻找与采摘"缓药"。

现场安静下来，吴茵看向王煊，心情复杂。如果这是小王宗师，那真是一点儿问题都没有，可偏偏他是王煊！

这让她有些无语，小王那么正直，身上充满阳光的气息，怎么就变成这个可恶的人了？

她对王煊那可真是没有好印象，王煊不仅挤对她，没有一点儿绅士风度，还一脚将她踹进湖里，各种恶劣的言行实在令人生气。

直到来到密地，王煊两次挺身而出救她，才让她对他的态度有所改变。可是当两道身影重合，她还是觉得有些遗憾，有些接受不了。

"没事就好，我带你去一个安全的地方。"王煊微笑着说道。

吴茵点头，脸色异样，因为这样灿烂的笑容分明就是小王的啊，但那张面孔又是王煊。

一时间，她的思绪还转变不过来。

"小王，你为什么有时候那么可恶？"吴茵实在没忍住，脱口而出，还翻了个白眼。

这说明她在努力接受现实——这就是同一个人。

"在旧土，你一见面就对我喊打喊杀。再说，在整个过程中，我也没对你怎么样啊，还经常夸你。"王煊说道。至于他踢吴茵那一脚，则被他忽略了。

"小王真诚与正直的一面是不是你故意装出来的？"吴茵恶狠狠地问道。

她腹诽，两个性格完全不一样的人居然是同一个人，这个人太能演戏了！

王煊觉得自己很冤枉，别人待他好，他自然真诚以对，别人对他凶，他反过来踢一脚怎么了？

"大吴，我是真性情，根本没有……"刚说到这里，王煊就感觉到了凶狠的目光。

吴茵瞪着他，这可恶的家伙说漏嘴了，居然再次当面喊她大吴，私下里估计就是这样称呼她的！

王煊以手抚额头，觉得自己大意了，张口就来，说出了心里话。但他一点儿也没有觉得不好意思，道："我是听钟晴那么称呼你的，其实这是变相地夸你呢。"

"胡说，小钟对我是用另一种称呼！"吴茵狠狠地瞪了他一眼。

"你们两个能不能先撒一把狐粮给我，然后再聊？"小狐狸突然不满地开口道。

"这也是她教你的？"王煊惊诧地问道。

"吴茵看到一对天鹅戏水，说是在撒狗粮，那明明是鹅粮。"小狐狸不忘纠正道。

"你闭嘴！"吴茵羞恼地道。这该死的狐狸不仅模仿她，还泄她的底，再这样下去她就没有秘密可言了。

砰！

王煊拎起小狐狸，将它扔到十几米外去了，一点儿也不手软，气得它牙根都痒痒的。

"救命啊！"突然间，小狐狸扯开嗓子大叫起来，并且它的精神领域在震动，向远方求援。

王煊的脸色变了，他不认为这只小狐狸是在乱喊，它真有可能在呼唤什么超凡生物。

"它最近和什么怪物接触过？"王煊快速地问道。

吴茵的脸色也变了，道："我没有见到，但有几次它似乎对远方喊过话。"

"快走！"王煊一把拉住吴茵，而后略微犹豫，将这只小狐狸也提了起来。

王煊一步迈出就能横跨二三十米远，吴茵根本跟不上这种速度，被带动得身体失去了平衡。

"我带你走，上来！"王煊要背她。

不过，他又想到了什么，他快速取出欧拉星的战衣让她穿上，并告知她最好蒙住脸与手。

因为他的速度太快了，可能会伤到她。

吴茵意识到了事态的严重性，没有迟疑，快速穿上欧拉星的黑金色战衣，护住全身，趴在王煊的背上。

王煊一巴掌拍在小狐狸的头上，将它打昏，然后拎起它一路狂奔而去。

吴茵觉得像是腾云驾雾般，速度太快了。她躲在黑金色战衣中都能够感觉到外面风声呼啸，如果是普通的衣服，触及草木等可能就会炸开。

这种战衣很柔软，却无比结实，加上吴茵头上戴了那种镂空的护具，因此她没有遇到什么危险。

"大吴……"王煊想开口问她一些事。

结果，吴茵使劲掐他，让他觉得莫名其妙。

当然，王煊是很敏感的，注意力稍微分散，就知道了是什么情况。不过现在他可没心思多想什么，直觉让他很不安。

小狐狸召唤的生物可能极其不简单！

不久后，那种不安的感觉消失了，王煊长出一口气，他们似乎离开了某个超级怪物的势力范围。

他放缓脚步，不在地上留下足迹，而后换了个方向快速奔行。

直到跑出去数十千米，翻过很多座大山，王煊才停下。他放下吴茵，然后将小狐狸扔在地上。

吴茵落地后，感觉轻飘飘的，有种失重的感觉，扶住王煊的手臂才没倒下去。因为不久前，王煊动辄越涧、跳崖，不断抄近路，跑动得太猛烈了。

"你没事吧？"王煊关心地问道，然后不由自主看向她。

怎么感觉她比自己还累，胸口起伏，大口喘息？王煊心想。

"你跑得比这只超凡灵狐飞起来还快！"吴茵转移话题。

确实是因为他跑得太快，路途过于颠簸，她才感觉不适，这比晕车厉害多了，她最后都差点儿吐出来。

这种翻山越岭的赶路，即便有修炼功底的她也有些吃不消。

"大吴，一会儿如果有战斗，你躲远一点儿。"王煊说道。

"不准叫大吴，以后称呼我吴茵！"吴茵使劲瞪了他一眼，脸色微红地强调，胸口剧烈地起伏。

"年轻人真不简单，跑得很快！"突兀的话语在王煊背后响起，让他汗毛倒竖。敌人都到近前了，他的精神领域居然没有感知到？！

他拉着吴茵，瞬间移出去二十几米远。

"放心，我没有恶意，如果想出手，我早就出手了。"这竟然又是一只黑色的狐狸。

不过，一看就知道这只狐狸上了年岁，它的皮毛略微有些发灰。它也直立着身子，并且穿着粗布麻衣，一副人类的打扮。

"爷爷，他欺负我，快帮我出气！"这时，那只小狐狸醒来，愤懑不已。

它不断告状，让老狐狸帮它出气，并断了吴茵的红尘缘，让她好好去修仙。

"起来。"老狐狸轻轻挥动右爪，发出一道黑光，想要割裂鱼线。结果那鱼线纹丝未动，没有损伤。

"嗯?！"老狐狸再次发出黑光，结果还是一样。它来到近前，用爪子去划，结果依旧无法割断鱼线。

老狐狸顿时变了脸色，强大如它都毁不掉一根细细的丝线，这就有些离谱了。这个年轻人到底是什么来历，怎么会有这种东西？

"这是我家教祖赐下的宝物，名为捆圣索。"王煊走过去，动手解开了鱼线。他有清醒的认知，知道自己打不过这只老狐狸。

在他的眼中，这只老狐狸深不可测，恐怕比那只白孔雀还要厉害。

"咦，我闻到了你身上的气味。不久前，你和另一名列仙的后裔在一起。真是不错的消息。列仙有后，苍天有眼。"

老狐狸感知力敏锐，嗅觉惊人。

王煊知道它说的肯定是赵清菡，因为她的家族也与新星原住民通过婚，并且她的眼睛已经微微泛紫了。

"是个女子，很年轻、很阳光，她也有潜在的列仙病，应该很适合修行。"老狐狸闭着眼睛说道。

吴茵看向王煊，道："你身上有一个女子的气息？你们……"

"想什么呢，我身上也有你的气息，不信你问老狐仙。"王煊说道。

老狐狸点头道："是的，他身上有你浓烈的气息，差点儿让我误以为他也是列仙后裔。"

"走吧，你带路。我不会伤害她们，甚至会给她们一场机缘，那是列仙后裔应该得到的。"老狐狸又道。

王煊不想领路，谁知道老狐狸说的是真是假。

然而老狐狸手段非凡，自行向前走去。不久后，王煊就看到了一座山峰上的

"马大宗师"与赵清菡。

王煊毛骨悚然，这老狐狸到底达到了什么层次？

"这匹小马也不错，适合随我去修行。"老狐狸点头道。

王煊叹息，这次估摸着要将"马大宗师"与两名女子都赔进去，而他却阻止不了。

老狐狸看向王煊，道："你不放心的话，也可以跟着去。"

第177章
天人五衰病的由来

王煊心中一凛，这是要将他也打包一起掳走吗？

他有些看不透这只老狐狸，不知道它的真实心意，无法判断它是真友善还是心思深沉。

"原来清菡在这里，是我连累她了。"吴茵轻语道。原本是她一个人被掳走，现在他们全都跑不了了。

"是去列仙洞府，又不是去妖魔窟，有莫大的机缘！"小狐狸纠正，然后不忘瞥一眼王煊，对吴茵咕哝道，"和他断了吧！"

如果不是老狐狸在这里，王煊非得教育一下这小狐狸怎么尊敬"王教祖"，它真是"狐假狐威"。

老狐狸凌空飘起，它没有展开一对黑色羽翼，就这么飞起来了，像一道黑色的闪电，向前方的山峰而去。

王煊心头悸动，这还是他第一次看到生灵不动用羽翼飞行，这只老狐狸恐怕是现实世界中他所见到的最强妖魔！

他即便有撒手锏，大概率也对付不了这只老狐狸。

大幕中的白虎真仙明确说过，它的银簪只能对付超凡初期的生灵，再强的话，那应该就没办法了。

大幕内的列仙无法干预现世，传过来的能量与武器都很有限，除非他们愿意付出极为惨重的代价。

这也是王煊一心想早日进入超凡领域,大幅度提升自己的实力,然后反攻红衣女妖仙的信心所在!

但眼下麻烦了,他无法制衡老狐狸!

"趁老狐狸离去并且没有翻脸,你赶紧走吧。"吴茵站在王煊面前,发出轻叹,劝他不要跟着去密地深处,因为她也不确定黑狐族是否可信。

"欺负过我的人不能走!"小狐狸反对道,在那里走猫步,绕着王煊转。被捆绑了一次,它记仇了。

"小狐仙!"吴茵走过去安抚它,让它不要喊叫,放王煊离去。

"臭男人!"小狐狸哼了一声,甩给他们一个后脑勺,不再看他们了。

"赶紧走吧,谢谢你救我!"吴茵低语,与王煊轻轻地拥抱了一下又快速分开,"小王,保重!"

王煊怎么能这样逃走?那也太没有担当了!他摇头道:"我和老狐狸谈一谈,看能不能讲通一些道理。"

如果老狐狸执意要留人,即便他想逃也根本逃不了,一个能凌空虚渡的妖魔,谁能跑得过它?

王煊抬头看向山峰,老狐狸已经降落。

赵清菡没有害怕,而是向山下望来,应该是见到了吴茵与王煊轻轻相拥的一幕。

王煊迈开大步,向山峰走去。

"吴茵,和他做个了断吧。你看,山上那个女人那么漂亮,让他念念不忘,都舍不得逃走!"小狐狸扭动腰肢,眨着一双细长的眼睛,撺掇吴茵当断则断。

"你在说什么呢?!"吴茵想揪它的耳朵,但考虑到这是超凡灵兽,终究还是忍住了。

"马大宗师"不吵不闹,低眉顺眼,本本分分,凭着觉醒的妖魔血脉,它很清楚这只老狐狸比飞马群中的头领都要厉害一大截。

赵清菡尽管知道遇上了大妖魔,但依旧保持从容与镇静,认真倾听老狐狸的话,没有一丝慌乱。

老狐狸对她很满意，道："不愧是列仙后裔，比那些普通人镇定多了。修仙就当有一颗不为外物所动的心，这种素质很重要。"

王煊来到山顶，听到它这种话，不禁腹诽：赵清菡在新星什么场面没见过？这是从小培养出来的气质，与列仙有什么关系？

"我能拒绝吗？"赵清菡反问道。

"你不应拒绝。"老狐狸这般说道，并且着重强调那是列仙留给后裔的东西，她应该得到那些造化。

赵清菡自从进入宗师领域后，眸子中淡紫色的光彩越来越明显了，让老狐狸一见之下就立刻觉得要带她去列仙洞府。

"前辈，列仙能为后代留下什么呢？"王煊开口道，"我们的星球有各种典籍，从本土教的秘篇，到苦修门的经文，再到先秦方士的银色兽皮卷，不缺少传承。"

老狐狸微笑着道："我已经了解到你们那颗星球退化了，不再是超凡星球，那里各种能量物质退潮，万法皆朽，列仙洞府自虚空坠落，不再适合修行。"

王煊摇头道："星球上的能量是变得稀薄了，但是我家教祖另辟他途，在外太空建立了道场。宇宙中各种能量物质还是有的，也就是古代传说中羽化级强者登临九天采气的地方，各种神秘精粹皆有。人类可以利用科技手段登临九天，汲取所需。"

"你说的天外，我知道那是什么地方，那里虽有各种能量物质，但如果不是超凡界域，能量物质依旧稀薄。"老狐狸不好糊弄。

王煊伸出手，道："您看，我家教祖另辟他途，可以赐予我们这种物质。"

他展现神秘因子，将之注入赵清菡的体内。虽然普通人看不到，但是老狐狸显然接触过这种东西，它顿时睁大了眸子，露出惊讶的神情。

"你家教祖竟开了内景地，着实不简单！"老狐狸认真地点头，很是郑重。

但它随即又摇头道："这种顶级能量物质密地深处也有，列仙洞府中有内景异宝。并且，你知道吗？列仙病不好治，唯有去列仙洞府的净池中接受洗礼才能解决问题。"

老狐狸解释，趁赵清菡的实力还不够，没有踏足超凡领域，最好把病彻底治好，不然的话，这种病依旧有可能传给下一代。

听到这里，王煊感到有些为难。

赵清菡对王煊微微地摇头，自己上前道："我不愿留下来是因为不想与家人永别，不想与身边的人就此分开，隔着星海，再也见不到。如果为了修仙，那些熟悉的、不能忘记的都将成为回忆，即便我羽化登仙，又有什么意义？"

"修仙并不是让你彻底断掉红尘。泯灭所有真性情，冷漠如冰川，麻木如山石泥土，并非真仙，只是误入歧途罢了。"

老狐狸耐心地解释，得了列仙造化，可以回去探望家人，但最好每隔一段时间来密地深处重新汲取造化。

"什么造化？"吴茵也登上了山峰，此时忍不住问道。她虽然与小狐狸在一起，但是一直不清楚这些。

吴茵轻盈地走了过来，拉着赵清菡的手，道："对不起，是我连累了你。"

赵清菡摇头道："说不定是机缘。"

赵清菡笑着和吴茵相拥了一下，拍了拍她的背，道："你内心不平静，波涛起伏，不需要这样担心。"

……

虽然她们在以微不可闻的声音低语，但王煊感知异常敏锐，还是听到了。

两人都曾濒临死境，多日不见后再重逢，如此算是劫后余生的相互宽慰。

很快，她们就各自沉静了。因为她们现在面对的是一个老妖魔，要做的是关乎她们命运道路的选择。

老狐狸郑重地说道："所谓造化，是专门为拥有列仙血脉的人准备的特殊奇药。这种奇药花开花谢很多年，别人享受不了，有数十种。"

"狐仙前辈，列仙病是怎么产生的？"赵清菡想知道病根，于是问道。

王煊点头，他也想知道答案。

"昔日密地深处栖居着数位强者，他们都足以羽化登仙，但迟迟不愿离开世间。随着岁月流逝，他们出现了各种问题，天人五衰病降临，并感染了他们的族人。最终，数位强者不得不接受雷霆的洗礼，解决了列仙病的问题，进入大幕深处。"

"因为实力太强大，已经等同于列仙，却常驻现世，便得了天人五衰病？"王煊思忖，这让人产生各种联想。

该不会也与旧约有关吧？但应该不至于，旧约限制的是大幕后的人。

一时间，王煊觉得关于羽化登仙有各种神秘的问题，所有前人都在摸索中前行。

王煊叹息，真实的羽化登仙与各种志怪小说所述的完全不同，即便漫长的岁月过去，到了这个时代，关于登仙也还有各种疑问呢。

所有人都在摸索中前行，没有真正固定的方向，连修行的法都几经变迁。

"前辈，羽化登仙是不是开启了高层的精神世界？"王煊忍不住问道。

"登仙离我等太遥远，不要妄加揣测，走到那一步就知道了。"不过，老狐狸告诉他，羽化者能够带着凡间宝物、自己最喜欢的物品等一同登仙而去。

"所有本应该登仙却滞留下来的人都会得列仙病吗？"赵清菡问道。

老狐狸摇头道："也不是，早年走肉身道路、体魄足够强大的人似乎不会得这种病，但最终他们也都离去了。"

这样的话让王煊心动，这与石板经书上的阐述是相吻合的，第一幅真形图下的文字就指出，肉身不固者登仙会有各种隐患。

"你们去密地深处会有莫大的好处，能得到祖先的馈赠。"老狐狸说道。

"你真能确保我们离开？"吴茵谨慎地问道。这样怀疑，对老狐狸似乎有些不敬。

老狐狸严肃地点头，道："我们这一族当年负责看守洞府，曾发过誓会照顾列仙后人。把造化交给你们以后，我们自然遵从你们自己的心愿。"

昔日，天人五衰病暴发后，起初无法医治，那几位强者送走了很多后人，匆匆登仙。直到后来，他们才透过大幕，给予了黑狐族一些解决办法，如栽种奇药等。

"现在各种能量物质前所未有地浓郁，我们的飞船无法降落，怎么离开？"

赵清菡问道。

吴茵也点头，这老狐狸是不是在骗她们，利用她们列仙后裔的身份去开启洞府？

老狐狸脸上露出微笑，它能捕捉到她们的部分思维碎片，道："谨慎是不错，但我如果想对你们不利，哪会说这么多话，直接把你们抓走并利用就是了。"

老狐狸解释道："列仙洞府有飞船，那是以仙家手段炼制的宝物，可以驶向外太空。"

还有这样的瑰宝？一时间，王煊与两名女子都很震惊。

老狐狸又道："另外，密地也是近期出现能量潮汐而已，过段时间应该会渐渐退潮，安静下来。"

王煊问道："欧拉、羽化、河洛三颗超凡星球的人是怎么来的，他们的飞船在哪里？"

"用你们的文明来解释，他们是从虫洞裂缝中走过来的，不是坐飞船，不过三颗星球的科技应该也不弱。"老狐狸道。

三人惊异不已，这意味着他们能从这里前往那三颗超凡星球？

老狐狸警告道："我劝你们不要冒险，虫洞裂缝那边必然有顶尖高手守卫，不会允许外界生物随便跨域过去。"

最终，赵清菡、吴茵答应了前往密地深处。

"你不要去！"赵清菡对王煊低语。她明确表示，如果密地深处有危险，他去了也没有意义，解决不了问题。

王煊沉默。

老狐狸笑道："你们还是不放心啊。最近地仙废城很热闹，超凡大战在城外爆发了。你们可以去看看，去那里向密地深处的一些超凡生物了解一下我黑狐族有怎样的来历。"

说完，老狐狸一把将小狐狸揪了过来，让它带路。然后，老狐狸凌空飞走了，消失在天际尽头。

"我有些相信它的话了。"王煊开口道。

"我爷爷当然不会说谎，只有像你这样的臭……"小狐狸刚说到这里，又赶紧闭嘴了，怕被打。

"马大宗师"四蹄蹬踏，看着小狐狸，最终没敢炀蹶子，因为它发觉这狐狸是超凡灵兽，倍感压力。

王煊干掉了熊坤三人，外围区域没有了威胁。他原本还想趁着自己依旧是凡人，带赵清菡等去内景异宝那里汲取神秘因子，现在发现用不着了。

既然如此，他决定去地仙城，找老陈和老钟！

第178章

列仙舞

王煊想去一趟地仙城，让陈永杰获取大量的神秘因子。

他即将达到超凡层次，现在不将内景异宝挖干净的话，以后就没有机会了。

在去密地深处的路途中，小狐狸告诉王煊等人，有的地方不能飞行。那里栖居着脾气不好的超凡妖魔，他们如果贸然从它们的领地横空飞过，可能会被一口吞掉。

"马大宗师"得悉要跟着去密地深处修行，竭尽所能地表现，围着小狐狸打转，摇头摆尾的。

王煊搂住"马大宗师"的脖子，勒得它差点儿断气，道："你给我出息点儿，实在太丢脸了！"

然而"马大宗师"怕进了密地深处没什么好下场，于是跟着小狐狸学走猫步，不断献殷勤。

连赵清菡都看不下去了，道："吴茵，小狐仙的猫步都是和你学的吧？听说有段时间你想去当超模？"

"没有！"吴茵连忙一口否认。

她恨死这只小狐狸了，低声告诉它："你这样走难看死了！"

小狐狸扭着腰，眨巴着大眼，道："真的吗？可我见你有段时间就是这么走的，我觉得挺好看的。"

吴茵终于忍无可忍了，揪住它的耳朵，道："你不要乱说话！"

"我没有，都是和你学的！"小狐狸叫道。

王煊露出异样的神色，看向吴茵的长腿。

赵清菡则笑了起来，这小狐狸真有意思，刻意模仿吴茵，连说话与气质都很像。

吴茵无地自容，这该死的狐狸精，明明是它夸大了！

这只狐狸简直让她受不了！

在她的反对下，小狐狸总算暂时不走猫步了。"马大宗师"也不学了，献宝似的将从黑角兽那里得到的那张妖魔修行图给小狐狸看。

"只能说前期还行，后期很粗陋，这是散修的妖魔自己琢磨出来的。"小狐狸点评道。

"马大宗师"简直要叛变了，都快成为小狐狸的坐骑了。

……

"赵赵，我发现你很坏，为了不让那匹马走猫步，你将火引到了我身上。"吴茵神色不善地道。

"你冤枉我。"

"赵赵，你是不是和王煊……要是让凌薇知道……"

"你乱说什么呢！我倒听人说在旧土你被人一脚踢进了湖里。"

"赵清菡，你这个叛逆的少女，是从小钟那里听到的吧？该死的小钟！"

"谁叛逆了？我那时才十一二岁，那是有性格。大吴，你最近火气很大，情绪起伏剧烈，你看，连小狐狸都在学你了。"

……

两人以微不可闻的声音谈话，居然针锋相对起来。

王煊觉得有些辣耳朵，但又听得津津有味。

"前方有地仙泉，你要不要喊你爷爷去采集一些？"王煊撺掇小狐狸。

地仙泉依旧从山壁上向下流淌，淅淅沥沥。

"密地深处的地仙泉汩汩而涌，比这里的强多了。"小狐狸不屑地道。

"这里有结晶。"王煊道。

"哪里的地仙泉没有？"小狐狸立刻狐疑地道，"这里的山壁是被你破坏的？"

"不是！"王煊一口否认。得悉密地深处同样有地仙泉，他也就不打算送吴茵地仙泉水了。

"马大宗师"扬扬得意，昂着头在那里表示就是他们联手干的，结果它立刻挨了王煊一顿揍。

傍晚，他们发现了一片松林，每棵松树都需要数人才能合抱过来，落在地上的松针很厚。

"黄金蘑！"王煊很惊异，想不到在这里发现了一大片黄金蘑，共有三十几棵，金灿灿的。

这在灵药中都属于较为珍稀的品种，因为它主要的功效就是改善人的体质，造出更有活性的血液，活化肉身，延年益寿。

在新月时，王煊还对秦诚说过，财团也不过用黄金蘑熬汤，显得小家子气，到时候他请秦诚吃小鸡炖蘑菇，现在看来似乎能实现。

"我去抓些山鸡！"在请秦诚来做客前，他可以在这里品尝一下。

不久后，一些山鸡扑棱着翅膀被王煊抓回来了，而赵清菡与吴茵则将一些黄金蘑清洗干净并切成片了。

王煊用短剑将一块大青石挖成一口锅，一切准备就绪。

不久后，林地中飘散起浓郁的芬芳。

然后……他们就出事了。

黄金蘑确实能够滋养身体，味道异常鲜美，吃下去后，就有一股热流奔涌，让人的血气随之增长。然而这里有与黄金蘑几乎一模一样的妖蘑，同样被他们切片炖熟了，他们全中招了。

王煊感觉眼前全是小星星，他用力地甩了甩头，看到天上的星斗在往下掉，强大的药效让他一时间有些摆脱不了。

接着，他看到红衣女妖仙回眸一笑百媚生，袅娜而行，开始大跳妖仙舞，动人心旌。

和灵药黄金蘑长在一起的妖蘑自然非同小可，即便是强大的怪物吃了也照样中招。

"马大宗师"正在像猴子一样爬树！

它觉得自己是神猿，可以在参天古树上腾挪，然后它就爬上去了，接着又砸在地上，一遍又一遍地重复，将林地都砸出坑来了。

小狐狸则展开双翼，在半空摇摇晃晃地飞行，嚷着："我是吴茵，貌美如花，倾国倾城，谁有我美？"

地面上，吴茵真正走起了猫步，娇笑道："我是狐狸精，来到人间修行，红尘多妩媚，烟视……媚行。"

王煊练的是石板上的最强经文，而且精神力强大，他很快恢复过来，将红衣女妖仙跳舞的画面从眼前驱逐。

结果他正好看到吴茵自称狐狸精，在那里走猫步呢，当真是莲步款款，摇曳生姿，让他目瞪口呆。

他们这是集体中毒了，黄金蘑中有其他蘑菇混入，好在他们吃了只是致幻，身体没有其他不适。

然后，王煊又看到努力克制自身，但最终还是失去冷静的赵清菡的表现了。她虽有强大的意志力，可还是被毒素影响了。

平日镇定从容、大多时候都很冷艳的赵清菡，现在居然在跳舞！

这让王煊不敢相信自己的眼睛，清冷绝艳的赵女神跳起劲舞来居然这么热情奔放，姿态动人。

毫无疑问，这完全是颠覆性的，冷静的赵清菡居然有这样的一面。

王煊想起了吴茵与赵清菡的对话，他之前推测赵清菡十一二岁时可能是个叛逆少女，现在看来还真是！

吴茵走了过来，非要拉着王煊走猫步，嚷嚷着："小王，王霄，和我一起学，将王煊那个臭男人给赵赵那个叛逆少女！"

"这个……真学不了！"王煊已经清醒了。他可不想和她疯，真要走几步，那会成为他一辈子的污点。

他赶紧躲了出去。

很快，吴茵将小狐狸呼唤了下来，拉着它一起走猫步，随后一人一狐又和赵清菡凑到一块儿去了。

最终，走猫步的还是拗不过跳舞的，吴茵和小狐狸跟上节拍，也一起跳了起来，两人一狐在那里跳舞。

"我是狐狸精，来到人间修行……"传染是相互的，连赵清菡都开始嚷着自己是狐狸精。

王煊盯着两人一狐，眼睛发直，这……

他有心走过去，给她们一人一拳，让她们清醒清醒，但他想了想还是算了，不能扼杀人的天性，就随她们释放吧。

王煊站在旁边看得津津有味，这是视觉上的盛宴。

他自己中招时看到了妖仙舞，现在又有列仙后裔在跳舞，这算不算列仙舞呢？

至于"马大宗师"，每次都爬上参天大树数十米高，一次又一次地砸下来，已经把自己摔晕过去了，现在很"安详"。

赵清菡、吴茵、小狐狸跳了大半个晚上，然后又集体走猫步，折腾到深夜，总算精疲力竭了，同时也清醒了。

"天啊！"吴茵一把抓住小狐狸，将它当抱枕用，然后不动了。

赵清菡也失去了从容，捂住自己的脸，倒在那里装睡。

清晨，赵清菡、吴茵内心强大，全都装作什么都没发生，开始赶路。

只有小狐狸是真的不在意，在路上很高兴地道："吴茵的猫步走得好，赵姐姐的舞原来跳得这么妙啊，有时间要教教我啊。"

瞬间，两名女子绷不住了，都想捶它一顿！

由于有黑狐族的小狐狸带路，沿途没有强大的怪物攻击他们，他们顺利地赶到密地较深处，看到了地仙城。

现在的地仙城破败不堪，几乎成为一座废城，许多建筑物都倒塌了，而在很久以前，这里栖居着一群地仙。

地仙城不算小，内部有宽阔的街道，有依矮山而建的洞府，也有客栈废墟、酒楼遗址等，可见当年这里很热闹。

现在除了一些石质建筑物，其他建筑物全都倒塌了。

城中有一些人类：有的是失败的超凡者，他们退出了战斗，在这里养伤；也有来自欧拉、河洛、羽化三颗超凡星球的凡人，他们是跟随超凡长辈来密地增长见识的。

王煊他们发现了老宋，意外得知钟晴与钟诚姐弟二人也在这里，就住在前方的石头殿宇中。

"小钟在吃兽肉！"吴茵兴奋地喊道。

"真的啊！"赵清菡附和。

她们进去时正听到钟诚在自言自语，说每天吃兽肉干都要吐了。

"小钟，肉好吃吗？"

"小钟，我这里有地仙泉……"

……

王煊在这里待了一天，终于等到了陈永杰，也远远地看到了钟庸。

参加超凡之战的人晚间可以在地仙城休息，不得动干戈，这是他们难得可以安心休养的地方。

"小王，你怎么进密地深处了？"陈永杰吃了一惊。

他身上有血迹，他与钟庸最近虽然解决了一批对手，但自身的处境也越来越差了。

"看你这个样子，我能放心吗？身为你的护道人，我为你护道来了。"王煊淡定地说道。

他准备将自己身上海量的神秘因子输给老陈，自己再去内景异宝中汲取，争取尽快突破到超凡境界，再来这里为老陈护道。

"别闹了，这里的人厉害得很，实力无比强大。老钟苦修一百多年，遇上一个异域的怪物后，竟被对方的掌力震得吐血，险些殒命。"陈永杰无比严肃地说道。

"没事，等我再踏足这里时，为你们两人出气！"王煊平静地说道。他有些犹豫是否要告诉老陈逝地秘路的事，理论上，老陈体内若有大量的神秘因子会安全很多，但他还是怕出意外。

第 179 章
地仙城

陈永杰虽是个老"钓鱼人",但也敢于搏杀,勇于冒险,不然的话也就不会有帕米尔高原大战,以及后来王煊接引他进内景地的事。

以这样的性格,陈永杰肯定敢进逝地,去走那条秘路。

可真要出事的话,王煊也无能为力,没办法救他。

一旦陈永杰出意外,那就真的要给他送终了。

"老陈,不告诉你呢,我怕你会错过一桩大机缘,可告诉你呢,我又怕直接把你害死,你说怎么办?"王煊将陈永杰拉到没人的地方,与他低声交谈。

"你先说,我听完再做选择。"陈永杰说道。

此时,晚霞要消失了,红色余晖下,断壁残垣,瓦砾遍地,让地仙城显得很荒凉与破败。

"我发现了一条秘路……"王煊告诉了他一些逝地的情况,表情严肃。

果然,陈永杰听到后眼睛像金灯般发光,精神振奋,恨不得立刻去看一看。

陈永杰所掌控的势力就是秘路探险组织,而他这辈子就是想找全旧术的几条秘路,听到这个消息,他怎能不亢奋、不动心?

"冷静!我跟你说,数百年来都没有人敢去走那条秘路,最近只有我一个人成功!"王煊给他泼冷水,严厉地告诫他那里异常危险。

陈永杰点头,变得很沉静,道:"我这次如果回避,那么将来再遇到逝地,也绝对不敢进去!"

王煊就知道老陈敢去探险，顿时有些担忧，这或许会将他送上绝路。

陈永杰很冷静地分析道："你不用担心，我陈永杰也不是常人，多次触发'超感'，在凡人时就形成精神领域，放眼古代，这都极其罕见。"

陈永杰说的是事实，以他的这种情况，在古代最起码也能成为一教之主，突破至地仙层次也不稀奇。

"即便旧土退化，不再是超凡星球，我也一样能崛起，我对自己有信心！"陈永杰昂首，摆出战斗姿态，周身有恐怖的煞气激荡。

他补充道："再怎么说我也算是一颗生命星球的第一人，在十数亿人口中拔尖，还走不通逝地秘路吗？"

"你马上就是第二了。"王煊提醒道。他得敲打下老陈，让其别太过自负。

然后，王煊琢磨，老陈和老钟似乎都很了不起，在超凡能量退潮阶段，他们能在各自的星球上崛起，确实不简单。

将老钟视为新星第一人绝对没问题，这老家伙隐藏得很深！

但是，王煊想了又想，现阶段他只能帮一下老陈，因为老钟太深沉了。

在密地或许没什么，老钟翻不了天，可是一旦回到新星那就不好说了。

钟庸是超级财团的掌舵者，一向吃人不吐骨头，他若知道王煊的一些秘密，保不准就会翻脸，将王煊抓起来研究。

"来，王教祖为你灌顶！"王煊示意陈永杰靠近一些，告诉他只有体内弥漫着浓郁的神秘因子，才有可能破解逝地的死局。

陈永杰的体内也有神秘因子，但是与王煊相比就差远了。

这一刻，神秘因子像鹅毛大雪般铺天盖地，全部向陈永杰体内涌来，茫茫一片，汇聚到一起，陈永杰深受震撼。

这一刻，陈永杰暂时愿意称呼王煊为"王教祖"，觉得他无愧于护道人的身份。

这个过程足足持续了半个小时，只能说王煊体内的神秘因子太多了，遍布他的每一寸血肉。

他没敢将神秘因子全部给陈永杰，他还要留下一部分去开启内景异宝呢。

"教祖，有什么需要尽管吩咐！"陈永杰的眼角眉梢都在发光，整个人如同新生了一般，浑身都是顶级能量，血肉活性激增。

王煊想了想，他还真的有所需，他练的是最强经文，需要其他秘法辅助，因为他马上就要去逝地练第二幅真形图了。

"我要顶尖体术，更需要锻炼精神的秘籍。"王煊没和陈永杰客气。

陈永杰当即点头道："我这里还真有一门顶尖体术，其在神话传说中都有些地位。"

陈永杰与旧土有关部门合作后，得以观阅部分书库秘藏，最近他都在练圣苦修士拳，所以又看中了苦修门的一门护体秘法——丈六金身。

王煊相当吃惊，居然是这门功法，当初在逝地中，月亮上的垂钓者还曾用它来当过鱼饵。

那时，王煊无比心动，但最后还是忍住了。

难怪摆渡人感慨，超凡能量退潮，万法皆朽，列仙洞府自虚空坠落人间，遍地都是宝藏经文。众人如果不能把握住机会，将愧对这个时代！

陈永杰道："这可比你的金身术强多了，丈六金身既可以锻炼肉身，又可以淬炼精神，是超凡秘法。"

相对而言，金身术还是凡人的功法，越到后面，练这种体术的性价比就越低。

王煊有点儿心动，道："老陈，回旧土后，你再去有关部门的宝库中找一下，说不定还有更厉害的！"

既然生在这个时代，那就应该练最好的功法！

"你以为那是我家开的？合作也是有个度的，除非我为他们立下大功。"陈永杰叹道。

王煊让陈永杰将水袋拿出来，然后给他倒地仙泉。

王煊是真的怕老陈死在逝地中，现在将各种保命的东西都给他预备好。

"地仙泉？！"陈永杰震惊了，眼神怪怪地看着王煊，很想问，咱俩到底谁是超凡高手？

他都没有采集到地仙泉，结果凡人领域的王煊将他的水袋灌满了地仙泉。

陈永杰清楚地知道，老钟累死累活也只喝到一升多的地仙泉，还没有王煊水袋里的多。

"还有吗？如果还有的话，我帮你去找老钟交易。他曾抱怨喝的地仙泉太少，不然还能年轻几岁。"陈永杰说道。

"那老家伙不是善茬儿！"王煊提醒他。

"是啊，老头子非常难对付。有段时间，我都在琢磨是不是找机会在密地把他干掉算了，我怕回到新星后他会谋害我。"陈永杰感慨道。

后来他想了想，认为老钟还不至于那么坏，再说他的背后是有关部门，老钟应该也不会跟他撕破脸。

王煊无语，老陈和他想到一块儿去了，不管怎么说，对老钟防备一手肯定没错。

"你先喝，喝饱了后我再给你灌。怎么和老钟谈，你自己看着办，记得透露地仙泉的来历时，就说是黑狐族的小狐仙给的……"

两人一阵低语。

"老钟可能也接触过神秘因子，有一次疗伤时，我感觉他身上飘出过相似的东西。"陈永杰告知王煊。

王煊吃惊，老钟身上有神秘因子，难道是因为他得到过内景异宝?!财团到底都挖出过什么？

王煊越来越觉得，这对某些人来说，或许真的是最好的年代！

……

不久后，王煊看到了钟诚，向他要了块兽肉干尝尝，味道似乎还行。

钟诚简直想哭，因为不久前赵清菡给他姐倒了杯地仙泉，又送了些新鲜兽肉，两相对比，他觉得自己太凄惨了。

"女人都爱美，我感觉我姐抵挡不住清菡姐的诱惑，为了多五十年青春，肯定会不理智，要祸害老钟的书房！"钟诚叹气，私下里居然直接称呼他的太爷爷为"老钟"。

王煊道："多五十年青春不好吗？你其实也可以多活出一世来，凭什么只有你姐能喝到地仙泉？"

"小王，你说得有道理，小钟注定要败家，我得向她索要好处去！"钟诚转身就跑了。

……

王煊知道，无论小钟多爱美，也不可能真的祸害老钟的书房，顶多拿出几本相对顶尖的经书，到头来估计是等价交换。老钟那么深沉，深受他喜爱的后人钟晴自然不会是"傻白甜"，最起码吴茵和她斗时，长期处在下风。

不久后，赵清菡来了，她从钟晴那里先得到了一部分订金，拿到了五色金丹元神术，这是一门很强大的精神锻炼法门。她将其背诵出来，让王煊记下，总共不过数百字而已。

接着，她又将自己的精神锻炼法给了王煊，它名为紫府养神术，竟然极其高深！

"吴茵没有到锻炼精神的地步，小钟也是近期在密地从老钟那里学来的。"赵清菡道。

"清菡，我就不说谢了。"说谢太见外。王煊将两种精神法门都背诵了下来，这对他再走逝地秘路有极大的帮助。

赵清菡平日是略带冷艳的气质，王煊看着此时从容平静的她，自然不可避免地想到她胡乱跳舞，又走猫步，口中还喊着"我是狐狸精"的情景，那种叛逆的模样和现在简直判若两人。

"你在想什么？"赵清菡立刻有所觉察，同时也猜想到了什么。

"我在遗憾没有手机、相机，不然那些美好的、让人难忘的画面都可以记录下来。"王煊感慨道。

赵清菡瞪了他一眼，快速离去。

陈永杰真的和钟庸做了交易，带回来半部九劫玄身秘籍。

"老钟说，这秘籍只有半部，另外半部他没练，也没有看，回到新星后可以补给我。这的确是神话中的超凡功法，很强！"陈永杰点评道。

王煊道："老钟的家底太厚了，有机会我一定要去他的书房，将他的那些金书玉册都看个遍，不然愧对这个时代！"

"除非你将钟晴娶了，不然没希望！"陈永杰觉得以钟庸的性格，绝不会请人去他的书房，他这辈子从不吃亏。

王煊与陈永杰约好时间，到时候一起去逝地。

次日，王煊准备上路，由小狐狸陪着，以此蒙蔽外人，不然他一个凡人出入这片区域太扎眼了。

"小王，你要保护好自己！"吴茵为王煊送行。

赵清菡挥了挥手，然后安抚身边的"马大宗师"，告诉它不用担心。

可"马大宗师"还是冲了过去，对王煊点了下头，接着对小狐狸摇头摆尾了数次。

王煊直接把它给捶回去了，这马要叛变！

"我觉得我和小钟长得也挺像，我们都身材细长，特别好看。"小狐狸直立着行走，说道。

钟晴顿时不开心了，气道："你赶紧走！"

王煊与小狐狸刚离开地仙城，在那残破的城墙上立刻就有人弯弓，要射杀他们！

"余山，你对凡人下手?!"陈永杰怒了，迅速冲了过去阻止他。

"呵呵，离开地仙城就不在庇护范围内了，我射杀他们并没有违反规则。"不过，余山被陈永杰干扰了，箭没有射中目标。

事实上，陈永杰并不是很担心，因为他知道王煊的战绩，也知道小狐狸是一只超凡的狐狸精。他只是不想王煊暴露实力，所以帮忙遮掩。

"你们出城，去把那一人一狐都杀了！"显然，余山等人是陈永杰的对头，要当着他的面除掉王煊。

王煊与小狐狸没入山林，飞快远去。

"我暂时不能奔跑，不然双足蹬碎地面会暴露我的实力，你带着我飞行。"王煊抓住了小狐狸的后腿。

"可恶，臭男人！"小狐狸恼恨地道，但最终还是晃晃悠悠地飞了起来。

后方，两人快速追了过来，都是超凡者！

"走之前帮老陈与老钟减少一些压力！"王煊说道。

他已经知道，两个老头子虽然联手干掉了一些对头，但是处境堪忧，迫不得已追随在河洛星一伙人的身边，经常遭到羽化星一批人的追杀。

"咱们一人干掉一个超凡者怎么样？"王煊问小狐狸。

"哼！"小狐狸虽然冷哼，但还是出手了。

追过来的两人无论如何也没有想到会踢到"铁板"，遇上超凡灵兽与一个年轻的怪物。如果正常交手，他们还能战斗一段时间，结果大意之下，他们直接被袭杀。

"追两个凡人这么长时间都没有回来，他们在干什么？"余山不满地道。

……

王煊一路风驰电掣，来到了密地外围区域，出现在内景异宝所在地。

"超凡从这里开始！"王煊低声说道。

他必须破关了，在密地中，实力决定命运。

第180章
妖魔大乱

这片地带瓦砾遍地，植被不多，自从那只超凡蜘蛛被杀后，这里便没有怪物了。

黑白土台如故，只有通过它才能进入内景异宝中。

小狐狸早在半路上就跑了，完成任务后，它就嚷着不想再和臭男人待在一起，明显记仇呢。

王煊在附近的山林里转了一圈，怕有超凡者埋伏，等他精神离体后，给他来一下狠的。

山林寂静，没有人烟，更没有强大的怪物出没。

王煊估摸着密地外围区域的那群年轻人不会来这里了，因为金属牌子无法集齐，有几块一直在他身上。

他来到黑白土台前，开始调动体内的神秘因子向"钥匙孔"中注入，顿时让这里变得不一样了。

黑白二气蒸腾，最后形成一条通道。

王煊的精神脱离躯体，瞬间冲进迷雾中。

总的来说，他不是很担心。他身在内景异宝中，对外界也是有感应的，如果有意外的话，他会第一时间回归肉身。

熟悉的场景出现，黑白二气涌动，通道的前方出现一道又一道身影，地仙在炸开，羽化者在解体，千臂真神在消亡，金翅大鹏在毁灭……

王煊没有任何耽搁，嗖的一声闯过通道，进入内景异宝中。

神秘因子翻涌，缭绕在他的身边，迅速为他补充所需能量。

神秘因子进入王煊的精神体中，接着又洒落到了内景异宝外他的肉身上。

一刹那，这种物质让王煊体内的血肉欢呼雀跃，活性开始激增。

王煊向内景异宝深处走去，径直来到那个池子近前。

现在这里没有神秘的雾气了，他连那件至宝都给连锅端了，只剩下浓郁如水的神秘因子。

王煊大口吞咽神秘因子，精神迅速旺盛，外部的肉身更是毛孔舒张，全身都在吸收浓郁的神秘因子。

王煊知道这是自己最后一次来这里了，以后没什么机会了，因此能汲取多少神秘因子就汲取多少。

最后，他干脆进入池中，痛饮神秘因子。

外界，王煊的肉身宛若被鹅毛大雪淹没了，海量的神秘因子洒落，从四面八方进入身体中。

一时间，他的五脏中都有神秘因子缭绕，宛若仙雾入体，洗礼全身。

王煊的血肉、脏器、骨骼都在共振，充斥着浓郁的神秘因子，不仅补回了失去的那些，而且早已超量了。因为他的实力比上次来时又提升了一截，所以可以容纳更多。

最终，王煊觉得无法再吸收了，肉身与精神状态前所未有地好，神秘因子充斥全身，"喂饱"了每一寸血肉。

这简直是一种神圣的洗礼，肉身中五脏发光、共鸣、共振，骨骼晶莹有光泽，血液越发鲜红透亮。

王煊从池子中站起，在内景异宝中转了一圈，这里确实没有其他宝物了。

他的精神体回归肉身，站起身来。

看着黑白土台，他心有感触，这里的确是一处造化地啊！

王煊想了想，将身上的几块金属牌子放在了土台上，在内部补充了一些神秘因子。如果欧拉、羽化、河洛三颗超凡星球的年轻人寻到这里，那么就留给有缘人吧……

王煊汲取神秘因子很顺利，没有被人打扰。他已与陈永杰约好，明日一同进逝地。

不过，陈永杰只能偷偷出来，要避开超凡怪物的监视，不能明着违规。

王煊找了一处山峰，这里古树青翠，清泉汩汩而涌，景色秀丽。他将在这里研究几种秘法，从丈六金身到九劫玄身，再到紫府养神术与五色金丹元神术。

毫无疑问，这些体术与淬炼精神的法门，任何一种在外界都是天价，在古代神话传说中都有些地位。

接下来的时间里，王煊除了吃些东西外，一直在精研几种秘法。

一天一夜过去。

清晨，王煊睁开了眼睛，时间不是很长，他已经理解了那些经义。

他按照约定，前往八大超凡巢穴。

王煊与陈永杰约好，在走秘路之前，要去采摘妖魔果实。这次他准备让那头银熊减减肥，成天恋家不好，得赶它出去锻炼一番！

等了很久，陈永杰都没有出现，这让王煊不禁皱眉，该不会出意外了吧？

午时，远处的山林传来动静，陈永杰总算来了，但是他看起来很狼狈，一副刚被人追杀过的样子。

不过，陈永杰变年轻了！

他终于不再显老，现在看起来三十出头，地仙泉的效果很惊人！再这么下去，他多半还会更年轻。

"老陈，自从进入密地，为什么每次见面你都在流血，都在被人追杀？"王煊看向他。

"该死的羽化星人居然勾结密地的怪物，有个执法者和他们站在一起，为他们提供各种方便，最后更是干脆与他们合力追杀我！"陈永杰一副恨恨的样子。他意外发现密地的执法者与羽化星的人居然沆瀣一气，想要除掉他。若非他反应快，善于奔逃，真就死在他们手中了。

王煊立刻变得无比严肃，道："我上次也遇到过这种情况，被一头黑角兽堵住了，看来密地的有些怪物执法者不可信！"

然后，他问："那个怪物强吗？干脆干掉它算了！"

"是条土狗，我感觉可能是很多年前的羽化星人故意放养在密地的怪物！"陈永杰说道。

"没事，等我们从逝地出来后解决它！"

"有麻烦，他们追来了！"陈永杰变了脸色，道。这些人可不简单，尤其是那条土狗，极其厉害，如果不是他用手段先砍伤了一只狗爪子，他肯定跑不过那条狗。

很快，王煊就发现那条所谓的土狗是条獒犬，它比大象都高大，浑身金色毛发浓密，流动着绚烂的金光，一双脸盆大的眼睛透着凶光。

獒犬从灌木丛中出现，比超级剑齿虎都恐怖，一声咆哮震得林木崩碎，叶片漫天飞舞。而且，在它的身后，有四人跟随，一同追杀陈永杰。

这还真是无比重视陈永杰，这么大的阵仗，只为对付他一人。

连王煊都有些气愤，这獒犬身为执法者却先行破禁，帮着羽化星的人追杀对手，比刽子手还可恶。

"走，去采摘妖魔果实！"

"让他们分担伤害！"

王煊与陈永杰一同说道，俩人想到一块儿去了。他们转身就跑，朝八大超凡巢穴而去。

现在，王煊即便自己一个人也敢闯进去，他可以力敌部分超凡怪物了，当然，太难惹的不行。

"万一那条土狗认识这里的怪物怎么办？"王煊低语。

"应该不认识，这条狗栖居在密地深处，不是这片区域的。"陈永杰说道。

王煊心想，认不认识倒也没什么，他们强行采药就是了。他们离逝地这么近，随时就跑进去了，别人敢追吗？

"胖胖，我带狗看你来了，快闪开，不然的话我放狗咬你！"王煊喊道。隔着一段距离呢，他就看到那头银熊睁开了眼睛，趴在超凡洞穴的出口处，正死死地盯着他。

显然，它认出了王煊。

尽管王煊没有得手，但银熊上次还是被气得够呛，现在它嗷的一声就跃了起来，朝他们扑杀过来。

陈永杰二话不说，直接就冲了过去，准备对抗圆滚滚的胖熊。然后，他就被胖熊一巴掌拍了回来，一个踉跄，差点儿横飞出去。

"不对头，这头肥熊很厉害！"陈永杰叫道。才见面而已，他就差点儿吃大亏。

他急忙朝后面喊："土狗，你还不快过来，助你的主人一臂之力！"

后方，那条金色的獒犬怒吼，震得山峰都在轻颤，像一头从天而降的史前凶兽扑击而来。

银熊再次挥了一巴掌，陈永杰很配合，自己向后横飞，并且发出惨叫声。王煊也顺势在熊掌下跟着倒飞。

然后，这头银熊浑身银毛乍立，银光闪烁，大吼一声，喷出粗大的银色闪电。闪电轰在了獒犬的身上，电得它簌簌颤抖，惨叫了一声。

但獒犬没有倒地，坚持住了，它想震动精神给银熊传音。

然而，银熊二话没说，又是一片闪电轰了过去，并且直接向前扑杀。

"土狗，你行不行啊？护驾！"陈永杰吼道。

然后，他与王煊趁着银熊扑杀出去时，一溜烟冲向洞穴，采摘了那簇雪白的药草。

瞬间，这个地方兽吼震天，山石翻滚，山林崩碎，闪电交织，彻底乱了。

王煊与陈永杰头也不回，迅速逃亡。

两人没有进逝地，而是又跑到下一处巢穴去了，他们认为采摘一种妖魔果实还不够。

第二处巢穴栖居着一只紫铜色的穿山甲，它实力虽强，但不是陈永杰与王煊的对手，被他们硬是扯住尾巴，从洞里扔出去了！

穿山甲愤怒不已，第一次见到这么蛮不讲理的人。

两人采摘了洞中六颗半青半紫的果实，转身就跑。果实药效是够了，但还不算彻底成熟。

事实上，果实真要熟透，就轮不到他们采摘了，怪物自己早就吃掉了。

后面，银熊快如闪电般追杀过来了。

只能说，陈永杰与王煊的速度足够快，一步迈出去就是好几十米。逃离这处巢穴后，他们还是有些不甘心，宁愿与银熊对抗，也想再采摘些果实。

轰！

陈永杰居然也口吐雷霆，与银熊碰撞，边跑边战。

这次很幸运，他们跃上一处山崖上的鸟巢，采摘到一种金色的药草。原本这里有只怪鸟，很不好对付，但它出去捕猎了。

"再采最后一种！"陈永杰与王煊被银熊的闪电劈得龇牙咧嘴，没想到这头银熊这么强大。

他们避开了最为粗大的电弧，但还是不时被闪电触及身体。

那个执法者怪物獒犬也在疯狂追杀，满身毛发乍立，还有些焦黑，怒不可遏。

好在这里是山林，王煊与陈永杰一头扎进密林中，很容易隐藏踪迹。

银熊在半空中向下狂轰滥炸，因为它视线受阻，只能靠着敏锐的灵觉追踪。

不久后，王煊与陈永杰成功从一只正在沉眠的银色大刺猬的巢穴中采摘到一种芬芳扑鼻的药草。

但这刺猬也不好惹，它瞬间惊醒，身上的尖刺一根又一根地飞出来，像射箭般击穿岩壁，击断巨木，朝他们而来！

两人极力躲避这只恐怖的大刺猬，再也不敢折腾了。

在他们后面，电闪雷鸣，飞箭如雨，又是犬吠又是穿山甲大叫，还有远空的金色怪鸟长鸣，都在追杀他们。

王煊与陈永杰无比狼狈，从山龟的巢穴旁边逃跑，先是跳绝壁，而后又跃溪涧。

那只山龟正在练灵龟微步呢，看到王煊后，分外眼红。这盗药贼还敢来？它这些天都在找他呢！

可惜，山龟注定要吃亏，王煊已今非昔比，再加上陈永杰出手，它被捶得龟壳轰鸣，横飞出去数十米远，撞在山壁上，瞪大眼睛，有点儿怀疑"龟生"！

王煊与陈永杰总算在最后关头逃进逝地中，险之又险，差点儿就被几个怪物扑杀。

进来后他们二话不说，快速服食四种妖魔果实。

"受不了了，真痛啊！"陈永杰第一次体验到这种撕裂般的感觉，浑身开始疼痛。他龇牙咧嘴，感觉身体要炸开了。

"嗯?！"王煊心惊，因为逝地中弥漫起大雾，他与老陈原本相距不过两米远，结果瞬间失去了联系。

"老陈！"王煊喊了很多声，都没有回应。显然他们被隔开了，这是要各自走秘路吗?

他有些担心，希望老陈无恙，活着离开这里。

很快，王煊又想到一件事，摆渡人如果和老陈交谈起来，聊起人间的事，提及老钟的话……

"老陈可千万不要乱说话，万一他说自己与老钟认识，并肩作战了很多天，多半会被打个半死！"王煊自言自语道。王煊忘记和老陈说这件事了，摆渡人简直恨死老钟了，老钟挖了他的家底，断了他的后路，他到时候肯定会"恨"屋及乌的！

第 181 章
常年背锅陈

王煊迷路了，到处都是雾气，这是从来没有过的事。由于辨不清方向，他只好凭着感觉向前走。

至于身上撕裂般的痛，以及身后那些影影绰绰的妖魔影子，他已经习以为常，完全忽略了。

很快，王煊发现了淡淡的金光，夜月下的黑雾中仿佛有一座灯塔在指引着他。

王煊来到近前，不出所料，是那块太阳金疙瘩。它五米多高，通体都是用太阳金铸成的，发出绚烂的光芒。

王煊去找自己的位置，看排名是否有变动。

噗！

忽然，王煊喷出一口血，是这次吃的妖魔果实过多了吗？他觉得自身真的要四分五裂了。

他意志坚定，强忍着痛，不为自己担心，反倒有些害怕老陈坚持不住，真的殒命在逝地中。

王煊盯着太阳金疙瘩，分散自己的注意力，首先看向最后一行，发现最后一行没有他的名字，这意味着他不是倒数第一了！

上一次，他在金色的羽化神竹船上练成了第一幅真形图，提升了实力，这是在金榜上得到体现了吗？

王煊自下而上去找自己的名字，发现自己竟排在倒数第十四位，连着超过了十三个人！

他很满意，一次修行就上升这么多吗？他自己都有些佩服自己了。

不过，他很快意识到似乎不对，在他的名字后方有鬼画符般的文字注解："以凡人之躯四进逝地，亵渎垂钓者。"

"怎么感觉不像是纯实力的排名？"王煊瞬间清醒过来。

自古以来，能进八大逝地的生灵，单一个时代大概率不多，但累积起来肯定不算少，精中选精，能留下名字的是极少数的天纵人物。而且，这个榜是以超凡层次为起点的。

王煊有自知之明，眼下他与普通的超凡者对抗还没问题，但与这种金榜留名的人相比，实力绝对不够。

"我的名字后面多了一行注解——是因为亵渎了垂钓者，所以排名上升了？"王煊一阵出神，这都能行？

金榜排名有什么用？

……

陈永杰满身是伤，意外与王煊失联。作为一个老"钓鱼人"，他没有慌张，冷静地前行。

但是，他身上的变化让他有点儿受不了，满头都是大犄角，身后长了十八条尾巴，各种翅膀、爪子更是挤满身躯。

虽然这些都是由能量符文构成的，但还是让他眼晕，心头沉重。

陈永杰身上有些部位撕裂了，真的在向外生长东西，好在他有一颗强大的心脏，沉得住气。

陈永杰脸色阴沉，忍着身体的剧痛，留下一行浅浅的脚印，翻过矮山，向蓝色的小湖走去。

总的来说，虽然陈永杰的情况不容乐观，身体随时会崩溃，但他到现在都还未殒命，已经算极强了。

终于，陈永杰看到了湖泊化成的瀚海，岸边出现一座又一座高台。看着那些神话传说中的生物盘坐在高台上，他虽然心动，但很清醒，这不是他的路！

"真体、妖魔之路，并非我之道。未来，我是陈教祖，当由我自己掌控命运。古代的修行法门有问题，到现在都没有解决。从方士到本土教，再到苦修门，修法几经变迁，都不完善。有隐患的法门会被纠正，羽化登仙将被重新定义。最璀璨的年代还没有到来，在等待我来书写，你们退散吧！"陈永杰冷静地开口，不为外物所动，只是借一座又一座高台除去身上的妖魔痕迹。

在陈永杰说完这些话后，那些高台上，一个又一个大妖魔倏地睁开眼睛，冷冷地看着他。

"各位不都是残余的超凡能量凝聚而成的吗？"陈永杰心中打鼓。这与王煊说的不太一样，这些妖魔怎么都盯上他了？

还好，这些神话生物又都慢慢地闭上眼睛，而后渐渐变得模糊。

这时，一只金色的竹船快速而来，撑船者居然背对着他，坐在那里一动不动，没搭理他。

这也太冷淡了，陈永杰腹诽：我又没惹你，没干什么天怒人怨的事，怎么感觉你有些嫌弃我？

"来了……"摆渡人开口道，然后声音戛然而止，猛地回头。

他是守约者，摆渡带人过湖，不能动用他的心通、天眼通等手段窥探人心。好不容易解决了某种麻烦，他正心不在焉，没想到来的人不是王煊。

"见过前辈！"陈永杰站在岸边，远远地施礼。

"后生可畏。这个时代有点儿不对劲，数天内怎么走秘路成功的人成对出现了？"摆渡人狐疑地道。

数百年来，这里都无人问津，结果短短数日间，那个叫王煊的小子接连跑来数次也就罢了，今天又来了一个人！

摆渡人让陈永杰上船，变得和蔼可亲，不再冷漠。

陈永杰眼皮直跳，这只船是用羽化神竹制成的？还有那小桌上的茶壶、茶杯，是以太阳金炼制而成的？茶壶、茶杯上面镌刻着花鸟虫鱼、古兽异类，光灿灿的，晃得人睁不开眼。

连那盏挂在船头的灯笼都是以太阳金为骨架？奢侈啊，不愧是疑似列仙的生灵！

襄衣中黑洞洞的，浮现摆渡人模糊的面孔，他居然和颜悦色地问陈永杰来自哪颗生命星球。

"晚辈来自旧土，在古代叫作……"陈永杰认真地回应。然后，他就看到摆渡人身躯微颤，这是心中颇不平静啊！

陈永杰严重怀疑自己遇上老乡了，他立刻热情地开口道："前辈，你是否有什么红尘心愿未了？"

"我惦念红尘中的后辈，好生想念啊！"摆渡人平复了情绪，这般说道。

"前辈，你在与世隔绝的逝地中还能与红尘中的人与事有联系？"陈永杰震惊了。

"是啊，我偶尔神游，遇到个了不起的后生，他胆气不小！"摆渡人深沉地说道。

陈永杰来了精神，问道："前辈，你遇到了谁？那个人我认识吗？"

摆渡人温和地笑着，问道："老钟，钟庸，你认识吗？"

陈永杰瞬间就多想了，他一直怀疑老钟是怎么在新星练到超凡层次的，现在看来，老钟这是遇到前辈高人了，有神话生灵神游到那里，指点了老钟？

他严肃地告知摆渡人："我与老钟是八拜之交，不久前还在一起并肩作战，生死与共。他要走的是金丹大道，目前正在积淀五色金丹气……"

陈永杰表现沉稳，以示重视。

然而，结果实在超出了他的预料。下一刻，他感觉天旋地转，月亮在地上，水在天空中。

他被摆渡人用羽化神竹的钓竿倒吊在船头，离水面不算远了。接着他看到水面破开，一条骨蛟张开骷髅嘴，朝他撕咬而来。

"前辈，这是怎么了？"陈永杰焦急地大叫。

"老钟他挖了我的坟，偷了我的骨，你说怎么了？！"摆渡人怒不可遏，吊着陈永杰一顿毒打，疼得陈永杰直翻白眼。

这叫什么事？陈永杰觉得自己比窦娥还冤！他只是多说了两句话，表示和老钟关系较近，结果就遭罪了。该死的老钟惹下大祸，让他来背锅！

"前辈，我跟你说，老钟就在逝地外，就在你眼皮底下呢！"陈永杰快速叫道。

他说什么也不会替老钟背锅，如果有可能，他愿意将老钟给拎进来，扔到竹船上，自己的锅自己去背！

"老钟就在外面，王煊那小子没和我说，这是怕我提前将老钟身上的各种秘密榨干净啊。"摆渡人自言自语道。

接着，他又叹息道："可是我出不去啊，要不你替我将老钟绑进来？"

陈永杰心思电转，道："老钟一百多岁了，资质非常差，说不定刚进逝地就会殒命，要不您先赐宝？"

扑通！

水面下又冲出来一具猛禽的骨架，它有数百米长，一口咬住了陈永杰。

巨鸟的骨架凌空，将陈永杰衔着不断甩动。

砰！

最终，陈永杰又落在了竹船上，一脸不解之色，他莫名其妙就被毒打了，找谁说理去？

"别动，你不要乱动！"摆渡人喊话，有些急切。而后他无可奈何，长叹一声。

陈永杰摇了摇头，有些清醒了，他从船板上坐起来，双手在后面撑着，触摸到了冰冷的东西。

这是一杆长矛，呈暗金色，矛头无比锋利，像棱刀被磨尖了，这东西疑似混着太阳金等多种材料。

它没有纯粹的太阳金那么耀眼，但仔细端详的话，会发现它是一件利器！

陈永杰觉得不怎么对劲，这长矛中有一团光没入了他的体内。他无比惊异，这是神兵认主了？

陈永杰觉得有点儿不好意思，解释道："前辈，我真的不是故意的，我对这神兵没有觊觎之心。"

摆渡人指着他，说不出话来，最后只能叹息。

这时，王煊终于到了，他冲着竹船挥手，脸上带着灿烂的笑容，热情洋溢，熟门熟路，就跟回自己家似的。

金色竹船迅速冲来，王煊跳了上去。看到陈永杰无恙，他总算长出了一口气，道："没事就好！"

陈永杰道："我觉得不太好，似乎有什么事情发生在我身上了！"

王煊诧异，竹船的小桌上怎么多了一组太阳金茶具，连灯笼骨架也是太阳金的，船舱中还多了一张由太阳金编织而成的凉席。

"前辈，我的太阳金神矛被你分割了一部分，炼成生活器具了？！"王煊问道。

摆渡人看了他一眼，道："喊什么？你见哪件古代仙兵是由纯太阳金铸成的？必须混入其他材料才更坚韧。再有，你拿杆纯太阳金的神矛上战场，是想成为所有人的攻击对象吗？那么明晃晃、无比珍贵的材料，谁不惦记？"

王煊道："你熔化太阳金，将其炼成茶具与灯笼还有席子是不是太浪费了？我还想用太阳金和大幕后的列仙交易，换些奇物呢！"

"老钟就在逝地外，你把他给我绑来。一会儿我帮你垂钓大幕，这些器具任你和他们交换！"摆渡人道。

第182章
古代修行路的八大境界

王煊感到有些为难，他不想去绑钟庸。钟庸都是一百多岁的人了，真要进入逝地，说不定立刻就会殒命。

王煊与钟诚关系不错，钟诚又是送经书，又是送他姐的写真，王煊怎么好意思对他家老爷子下手？

再有，王煊客观地评估了一下，老钟的实力似乎有些看不透，可能比老陈还厉害。

兼且，就心性而言，老钟绝对是个枭雄式的人物，贪生怕死不过是表象，真实情况是他老辣而阴沉。

王煊觉得自己现在去绑老钟，有可能会被老钟反绑。

"前辈，我与老钟无冤无仇，这样做违背了我为人的原则。那么大年龄的老人了，这样折腾他，万一他在逝地消亡，有些可怜。你那根腿骨应该只有老钟知道在哪里，稳妥起见，还是不要绑他。"

摆渡人一听，还真的迟疑了。不是每个人都像王煊，可以平安地走到这里，大多数人会殒命在逝地的边缘地带，剩下的人则会殒命在路上。

"让我再想想。"那根腿骨对摆渡人很重要，他变得无比慎重。

通过一件又一件与列仙有关的事，王煊认为他们留下残骨不仅是为了定位现世那么简单，他严重怀疑列仙的遗骨关乎他们的新生！

王煊接触过女剑仙的骨，其中有浓郁的生机，而且其部分精神意识留存在当中。女剑仙还请王煊将那块骨埋在她当年的渡劫之地，其中很有讲究。

女剑仙如果重现世间，王煊是欢迎的，是无比期待的。可如果是其他人，他得掂量下，这人间可不是列仙说了算的。

夜月下，碧水起伏，摇碎了水中的明月，波光粼粼。

陈永杰开口道："王煊，这战矛是你的？刚才我不小心触碰了它，一团朦胧的光入体，这神兵似乎认主了。没关系，我回头想办法转给你。"他露出歉意，一副不好意思的神色。

王煊却汗毛倒竖，看向摆渡人，这个身穿蓑衣的老家伙准备坑他？

一上船，他就看到了那杆长矛，但他压根儿没敢去摸，原来还真有问题，没想到被老陈提前引爆了。

摆渡人回过神来，听到陈永杰在那里道歉，都不知道说什么好了。

最终，他看向陈永杰，道："那团光是一道印记，随时会征召你去参加一场跨域大战，你要有心理准备。"

陈永杰顿时身体发僵，他被毒打后，还莫名其妙地被支配去参加一场不知道什么状况的跨域大战！他觉得摆渡人这个老头子太狠了！

"你别瞪我，同是天涯沦落人。"摆渡人说着，蓑衣中微微发光，居然也有朦胧的印记闪烁，印记虽然比以前暗淡了一点儿，但是始终无法彻底消除。

"如有征召，我可能也跑不了。"摆渡人幽幽地叹道。

"前辈，我还是不懂，这到底是怎么回事？"陈永杰忧心忡忡。

"你说。"摆渡人神色不善地指向王煊。从来没见过这样走秘路的人，让他这个守约者都跟着遭殃，他真想一拳将其打死算了！

但摆渡人又觉得王煊有点儿特殊，值得期待一下。

王煊看着陈永杰，真心觉得旧土第一人够倒霉的。他真没想过坑老陈，偏偏老陈自己一头扎进去了。

王煊快速解释了一番，然后就看到陈永杰的脸绿了！

陈永杰都要呕血了，这是什么神仙阵仗？他怎么乱入了？

这完全是无妄之灾，关他什么事？亏他刚才还很心虚，他这个受害者居然向惹出祸端者道歉。

陈永杰张了张嘴，满心苦涩，他觉得自己有点儿冤。

"到时候你们两个一起去征战？这多不好意思。"王煊确实很惭愧，搓手道。

摆渡人露出凶狠的目光，而陈永杰还能说什么？只能认栽。

王煊拎起长矛，抖动了一下。长矛很重，且有韧性，带着可怕的杀气，随着他催动秘力，矛锋变得璀璨骇人。

"我争取想办法去支援你们！"王煊说道。

摆渡人看他不顺眼，心想，这小子真以为那片战场那么好出入？那里可不是谁都能进入的！

"对了，前辈，我在金榜的排名上升了十几位，还有注解说我亵渎了垂钓者，这是什么状况？"王煊趁机请教摆渡人。

"你肯定上了黑榜，而且名气多半不小，借此黑色名望入了金榜！"摆渡人没好气地回答道。

所谓金榜，可能是一个热榜，不是单纯的战力榜！

王煊目瞪口呆，这是谁闲得无聊，给他记了一笔黑账？

陈永杰开口道："我身体活性激增，可能要在这里破关了。"

"老陈，你现在还是在迷雾阶段吗？"王煊问道。

如果是这样的话，老陈进来就有些亏了，因为在旧土时老陈就曾说过，他精神领域强大，很容易摸进燃灯层次，本就要破关了。

"燃灯！"

"你已经达到燃灯层次了？"王煊惊异地道。

"就是前几天在密地突破的！"陈永杰点头道。

迷雾、燃灯、命土、采药这四个层次，是陈永杰曾说过的具有普适性的四个段位。

毫无疑问，陈永杰如果在这里再破关的话，将进入命土层次。

"马上就到第三个大境界了。"王煊有些感触，老陈进阶得很快。

摆渡人嗤笑，没有说什么。

陈永杰摇了摇头，道："我说的这几个层次，只是第一大境界的几个小段位。"

王煊闻言，一阵发呆。

陈永杰解释道："我认为古人的修行法门或多或少都有些问题，怕误导你，所以没有提后面的大境界。"

王煊道："我不会被误导，只是单纯地想知道古代的修行者到底分多少个大境界。"

"无论是方士还是炼气士，在先秦时期，其实就是四个大境界。"摆渡人悠悠地开口。他最有发言权，因为他是亲历者。

王煊虚心请教，想了解一下古人的实力层次。

摆渡人告知王煊，古时的四大境界为：人世间、逍遥游、养生主、羽化仙。

王煊依旧满心疑惑，只有这四个境界吗？他直接发问："地仙呢？"

"大境界间实力层次相差巨大，难以跨越，故此每个大境界或多或少都有些小境界。"摆渡人解释道。按照他的说法，地仙只是逍遥游中的一个小境界。

王煊失神，地仙何其强大，在一些经书、部分古代文献中都有提及，居然只是第二大境界中的一个小境界。

要知道，在这个时代，地仙都已经绝迹了！

至于第三大境界与第四大境界，那就更不用想了，早就没有这样的生灵了。

陈永杰一点儿也不怵，直接开口道："古人的路有问题，他们这样划分并不怎么规范，需要后人完善。"

摆渡人瞥了他一眼，倒也没有在意。

王煊继续请教几大境界都涉及了什么。

"人世间，基于现世，刚踏足超凡领域。逍遥游，探索精神世界，如你所闻，瑶池、极乐净土、不周山、广寒宫等都属于极高层次的精神世界。养生主……算了，说的话可能真的会误导你们，确实有些问题。"连摆渡人自己都承认了这一点。

王煊心想，人世间也就罢了，可那逍遥游太惊人了，只是听着，他就遐思万千。

陈永杰开口道："按照古人的记载，逍遥游这个领域的修行者如果探索到极高层次的精神世界，获取相应的精神秘力，是可以除掉养生主这个领域的强者的，你说混乱不混乱？"

摆渡人是古代赫赫有名的大方士，自然有独到的见解。他开口道："前几层精神世界便充满了神秘，永远不要小觑它们，更不要说高层次的精神世界了，那里有无尽的力量等待被挖掘。"

"虚无缥缈的精神领域这么可怕吗？"王煊有些出神。

"你怎么知道高深层次的精神世界一定是虚幻的？"摆渡人反问。

陈永杰道："你看，古人自己都没有弄明白，这些都等着后人去重新定义，璀璨属于我们这代人。"

"其他超凡星球也都是这样划分的吗？"王煊问道。

摆渡人思忖，这应该同样没有涉及旧约。他摇头道："自然不是。超凡文明多样，不可能都走一样的路，我所说的不过是旧土早期的路，你们听听就算了。未来如何，正确的路，需要你们自己去摸索。"

"欧拉、羽化、河洛三颗超凡星球的人是怎么划分境界层次的？"王煊问道。

陈永杰最近与三颗星球的超凡者都交过手，对他们已经有了一些了解。

"我觉得他们的路子和旧土的很像，不过他们要借助一种奇异的石头修行，那种石头叫逝石，有强烈的辐射。"

陈永杰了解到那三颗星球的境界划分为：超凡辐射、精神辐射、真道辐射、羽化辐射。

这确实和古代旧土的方法相近。

区别就是，他们修行期间有时需要借助逝石的辐射能量催发与刺激自身的潜能。

"听起来，他们的修行之路起源于逝地。"摆渡人说了一句，但没有过多地解释，再说的话就违背旧约了。

"我没有见到新星的西方人来密地，他们难道另有去处？"王煊忽然产生了这样的疑问。

陈永杰点头，自从与有关部门深度合作后，他了解到许多秘闻。他道："他们有另外的超凡之地要去探索，那似乎与他们自身的神话传说有关。"

接下来，王煊问的问题过于敏感，摆渡人拒绝回答，否则会违背旧约。

这时，陈永杰开始破关了。

很快，王煊的肉身与精神的活性暴增，被逝地辐射，他也要突破了。

他知道今天成为超凡者不难，不好过的那一关是练第二幅真形图。

现在他还不需要练，因为第一幅真形图还可以持续起作用呢，那本就是由凡人过渡到超凡的经文。

轰！

王煊的肉身迸发出惊人的秘力，精神也在共鸣。他的体内浮现出各种景物，远远地，他似乎望到了广寒宫，看到了不周山，景象惊人。

那是他匆匆一瞥间所捕捉到的一角可怕的精神世界吗？

他知道自己即将达到超凡层次，肉身与精神在共振，他要进入一片崭新的天地了。

第 183 章

踏足超凡领域

王煊等待着蜕变!

他的肉身轻鸣,精神共振,产生莫名的神秘因子,并伴着奇异景象,接近超凡层次。

此时,王煊的体内色彩斑斓,那是身体的不同部位全面被激活,在释放各自的秘力。

他的精神领域更为神秘,遥远之地,朦胧的精神世界隐现一角,有雷霆浮现,有药田在云层中模糊可见。

王煊运转石板上记载的秘篇,练第一幅真形图,促进血肉与精神的共振。

它是最强经文之一,很难练成,上一次王煊险死还生,终于成功了,现在施展不再困难。

他全身各部位开始共鸣,不同的血肉区域蕴藏着不同性质的秘力,异常复杂。

有的区域金黄如烈阳,有的区域赤红如火焰,有的区域黑暗如深渊,有的区域蓝莹莹如水晶,所有区域激发出秘力,全身各个部位轻微地震颤。

这就是最强经文的作用,它调动全身各个部位的所有潜在秘力,使它们依照不同的频率轻鸣,将它们汇聚在一起。

在王煊摆出第一幅真形图的姿势时,举手投足间,不同属性的秘力共同迸发,五彩斑斓的秘力像山洪轰鸣。

这是在向超凡层次进军!

他的肉身发光，活性不断暴增，宛若要羽化般，竟开始沐浴光雨，并连通了精神，与之交融，共振出各种神秘莫测的景观。

王煊的精神领域起伏，有缥缈的仙山落在血肉间，有海外仙岛落在腹部，那云层之上更有广寒宫洒落下点点月光。

王煊心颤，这是他的精神捕捉到了一些精神世界的景物？

那些不同层次的精神世界释放出丝丝缕缕的不同色彩的秘力，他在努力汲取。

轰！

精神领域中有雷霆轰鸣，王煊的精神宛若在渡劫，真实地感受到了天地间的伟力以及毁灭性的气息。

那是他的精神在进军超凡时所捕捉到的一角高等精神世界的秘力吗？那里云层激荡，雷霆滚滚，极其可怕。

而在那雷霆之上有一片园子，园子里有成规模的蟠桃林模糊地显现，王煊对其无比渴望。可惜相距太遥远，他不可能抵达。

由凡人踏足超凡是质的转变，有极个别人能看到超高层次精神世界的一角。

现在，王煊就是如此，他盯着精神世界雷霆上空，恨不得能冲上去。

最终，那片暗淡下去的蟠桃林散发出一缕淡淡的果香，顿时让他的精神饱满得如要爆开了一般！

王煊只是从高层次的精神世界捕捉到极清淡的药香而已，竟有这种收获，完成了精神的蜕变。

很快，这种蜕变传导向了肉身，肉身爆发各种秘力，与精神共振，交融在一起。

王煊在这一刻正式踏足超凡领域！

他的肉身与精神都在蜕变，那是一种根植于生命最深层次的变化！

他在接受这种由量到质的蜕变。

这一刻，王煊有些走神，因为这种蜕变已经不需要他自身去主导了。

他想到了太多，他刚才仅是见到高层次的精神世界的一角，就能得到这样的好处，如果真正地深入探索会怎样？同时，他严重怀疑天药来自极高层次的精神世界！

王煊猜测，刚才见到的雷霆之上的模糊的蟠桃林中的蟠桃很有可能就是一种天药，可惜那远不是现在的他所能接触的，不知道以后他还能不能发现那个高层次的精神世界。

他想努力记住刚才那个世界的气息，期待将来再遇到，找机会探寻。

嗡！

王煊的精神与肉身一同轰鸣，蜕变已经到了关键时刻，这是生命本质的提升。

一瞬间，他的体内被一片大雾淹没，无比昏暗，看不到周围的景物，这是超凡领域的迷雾层次。

他的肉身与精神都得到了升华，秘力涌动，举手投足间，便可以轻易地击杀凡人层次的大宗师。

迷雾——人世间这个大境界的第一个段位！

一般人达到迷雾层次，内视自我时，身体中宛若昏暗的荒地，看不到前路，只有一点儿光隐约可见，那是精神领域在指引。

王煊起初也是如此，但是很快，他的精神领域如灯塔般照射出绚烂的光华，接着他的身体多处部位也亮了起来。

比如各部分血肉中，还有某些脏器间，朦胧间可见到巍峨而壮阔的仙山，也可以看到发光悬空的岛，还可以看到蓝莹莹的湖泊，它们都是灿烂的，流动着烟霞。

那是他的精神力量初步牵引到第一层精神世界小部分秘力的体现！

许多初步踏足超凡领域的人渴望沟通第一层精神世界，却永远无法达成。

因为，正常来说，这是属于逍遥游大境界的人才能去探索的领域。

只有极少数人在人世间时就能感知到外层的一角精神世界，汲取相对应的精神秘力为己所用。

的确只能沟通一角之地，没有谁能够例外，纵然天赋再高也不行。

王煊的体内并不暗淡，一些脏器、血肉区域都有奇异的景物在发光，那是精神秘力与肉身融在一起的表现。

他不再内视，倏地睁开眼睛。

他的实力自然提升得很猛烈，与以前完全不同了。如果再遇到追杀他的那些超凡者，他可以从容地应对！

现在王煊的血肉活性依旧很强，甚至还在小幅度攀升中，他立刻开始尝试练第二幅真形图。

从此以后，他所涉足的便是真正的超凡经文了。

果然，练第二篇经文极其困难，他认为按照正常途径来练的话异常危险。

找到不止一条秘路，数次进入逝地，足以说明他的非凡。可是强行练第二幅真形图后，他依旧咯了一口血。

他赶紧喝了几口地仙泉，现在连轻伤都不能留。

这篇经文实在太难练了！

他如果将之拆分并且耗费大量时光去练也不至于如此，但是要等到何年何月？而且，他觉得拆开来练可能会出问题。

现阶段强行修炼不可取，他认为摆渡人的建议较为合理，先练别的经文去挖掘自身的秘力，打下底子，再练第二幅真形图。

然后，王煊就付诸行动了。

首先是金身术，他尝试了一下就放弃了。到了超凡层次后，金身术的性价比很低，耗时耗力，却得不到最理想的效果。

好在金身术可以用丈六金身取代，丈六金身是超凡经文，现阶段正好与王煊相匹配。并且，金身术涉及的秘力区域，差不多都被丈六金身包括在内。

王煊盘坐在竹船上，神色庄严，血肉按照特殊的频率振动，从毛孔排出少许血液。他原本是要换血的，但是几乎没有什么可换的了，如今他体内的超凡之血很精纯。

他才练了一会儿而已，就有了非凡的效果。

苦修门的功法都是入门容易，越到后期越难。现在王煊只练这超凡经文的第一篇，也就是起始阶段，自然不会遇到阻力。

眼下这对他来说是个好消息，正好可以帮他迅速练成第二幅真形图。

一时间，王煊周身弥漫起一团金光，将他覆盖。丈六金身不只是体术，还包含精神秘法，两者共振，效果出奇地好。

他有些感叹，难怪月亮上的垂钓者都曾以丈六金身诱惑他，不愧是神话传说中的超凡经文。

王煊内视自我，血肉间充斥着金色的能量，身体各部位都在释放祥和而神圣的秘力。

他身在逝地中，接受超凡辐射，修行效果已经不是用事半功倍能形容的了，修行时间也极大地缩短了。

丈六金身的第一篇经文他几乎练通了！

当然，最主要的原因是早先的金身术打的底子足够坚实。

"不急，要稳住。我还有的是时间，一定要将根基筑牢。"王煊提醒自己。

走一次秘路，相当于在外苦修多年，他可以在这里从容一些。

最终，他收功而起，丈六金身初期的经文确实练成了。

接下来，王煊开始练九劫玄身。这是属于本土教的经文，也是以超凡起步的，是一篇神话经文。

这篇经文被催动起来后，他周身闪烁蒙蒙紫辉，能量雾霭蒸腾，同样涉及了精神领域。

不得不说，这篇经文很强，绝不在丈六金身之下，不愧是老钟书房里的珍稀秘典！

金身术、丈六金身、九劫玄身自然是有区别的，但是主体挖掘的身体秘力区域是重叠的。毕竟人体就那么大，一篇经文不可能彻底"重开天地"。因此，九劫玄身也不是很难练通，很多血肉区域早就被挖掘过了。

随后，王煊去练精神秘法。他在新月时曾得到一门元炉锻神法，一直在练，不过数百字的经文，现在居然也还适合。

这是超级财团秦家收藏的秘篇，当时秦鸿以此为悬赏，让人进月坑将他儿子的尸体带出来。

秦鸿私下里鄙夷修行者，言语恶劣，所以王煊当时用精神领域读了这篇经文，却没有帮他办事。

一团火光腾起，煅烧王煊的精神，颇有千锤百炼之势，赤红色的精神力弥漫，流淌进血肉中。

同时，王煊体内的奇异景物——那些与血肉交融的仙山、悬空的岛、蓝色的湖泊等都跟着共振，因为这些都是沟通一角精神世界的体现。

正是因为他提前汲取到第一层精神世界的部分力量，所以他的精神秘力竟比肉身的力量还要强！

王煊很顺畅地练成了超凡阶段的元炉锻神法。接下来是五色金丹元神术，这依旧是钟庸收藏的经文，是赵清菡从钟晴那里交换来的。

五色精神秘力流淌，落入王煊的体内……

最后，王煊又练紫府养神术，这是赵清菡家里的经书。

紫色的精神能量与本土教有关，弥漫王煊全身，瑞光蒸腾，与他体内的各种奇异景物共鸣。

摆渡人不禁感慨，王煊在踏足超凡领域时，竟沟通了第一层精神世界的一角之地，汲取到了相应的精神秘力，获得的好处实在太多了，不然的话，精神秘法很难这样练成！

尽管只是超凡领域起始阶段的精神秘篇，但也是颇有难度的。

最终，一切准备就绪。王煊开始练石板上记载的经文，在肉身与精神都被挖掘了数次的情况下，修炼的难度果然变小了！

他全身上下都在以特殊的频率催发秘力，体内斑斓的彩光流淌，各区域的色彩都不一样。

在王煊练过丈六金身、九劫玄身的情况下，他的毛孔依旧排出丝丝缕缕的血，这是在换血，可见这最强经文的可怕，它竟还能挖掘到不曾探索到的秘力区域。

他的实力在变强，从初入迷雾，到步入迷雾段位中期，接着又要向后期过渡了……

王煊的实力在不断地提升！

第 184 章

摆渡人吓毛了

这种实力提升的过程让王煊充满了收获的喜悦感，不过与此同时，危险也出现了。

第二幅真形图异常难练，哪怕王煊准备充足，以丈六金身、九劫玄身、紫府养神术等经文做铺垫，到后来还是遇到了一些问题。

他的体表被撕裂，这不是换血导致的，而是真的伤到了自身。还好血肉之伤不足以致命，他靠喝地仙泉稳住了伤势。

摆渡人蹙眉，真正难的在后面。王煊身体内部的器官间有浓郁的秘力流转，一旦引爆，肉身将毁。

关键是，第二幅真形图的经文有一半的内容与精神有关，如果精神秘力失控，后果将是灾难性的。

肉身被摧毁，且精神消亡，那就是真正的形神俱灭。

这就是石板上记载的神秘经文，即便在准备无比充分的情况下，也大概率会将自己活活练死。

"实在不行就停下吧。"摆渡人觉得不稳妥，还是保命要紧。

这才刚涉及血肉而已，王煊的身体就出现裂痕，如果触及内里，那就更危险了。

王煊没有停下，现在还没有到让他放弃的时候。

果然，当涉及内里时，秘力伤到了六腑，再恶化一些的话，便会有绞碎内里之势！

问题非常严重，关乎王煊的生死。

"停！"摆渡人劝阻道。

王煊的精神领域开始震荡，波动异常剧烈，如果全面失控的话，精神秘力将引爆肉身，更为恐怖。

结果出乎摆渡人的意料，王煊体内斑斓的烟霞流转，那些奇异的景物沉浮，在血肉与脏腑中若隐若现，稳固了他的肉身。

此时，王煊的精神领域沟通了第一层精神世界的小部分区域，自虚无中垂落下来色彩斑斓的秘力，带着浓郁的草木芬芳，让他脏腑间那些细小的裂纹渐渐愈合了。

仔细看去，被沟通的第一层精神世界中所展现的是一块药田，奇异的秘力释放出来，被王煊的精神领域捕捉并纳入体内。

"这……"摆渡人很惊讶。

在这个阶段，只有极少数人可以沟通外层精神世界的一角。一旦成功，必然有莫大的好处。

显然，王煊是利用第一层精神世界渡过了最艰难的生死关。

直到第一层精神世界渐渐模糊，彻底消失，王煊终于将真形图的主体部分练成了。

但这个时候，他血肉的活性开始下降，这说明超凡辐射在衰减，这次的逝地秘路走到尽头了。

王煊停了下来，第二幅真形图剩余的小部分经文不涉及脏腑，应该没什么大问题了，到了外界慢慢去练也能贯通。

他利用剩余的时间喝了一些地仙泉，确定自己没有留下什么伤。

王煊的实力接近迷雾后期，处在一个过渡的节点上。相对而言，他也算满足了。

到了外界，再给他一段时间，让他将第二幅真形图彻底贯通，他的实力还将大幅度地提升。

并且，他的精神领域异常强大，在沟通了第一层精神世界的一角之地后，就显得更加非凡了。

当他的迷雾层次大道圆满时，踏足燃灯领域将水到渠成，因为燃灯就是与精神力有关的。

"这次催发五脏秘力时拖慢了进度。"王煊开口道。

摆渡人道："一旦人世间这个大境界圆满，五脏六腑将得到全面强化，不仅可以提供源源不断的秘力，还异常坚韧。"

陈永杰的超凡辐射也结束了，他睁开眼，目光灿灿，眉心深处宛若有一盏神灯在照耀。

"老陈，你没有进入命土领域？"王煊诧异地道。到了这个层次，他能够看清超凡者的虚实了。

"我原本才踏足燃灯领域，故意压了压，现在是燃灯圆满境界。我想停下来体会一下，不能还未有所悟就匆匆过去。"陈永杰的心态很稳。

"我马上就追上你了。"王煊笑道。

"如果我愿意，随时能进入命土层次。"陈永杰看起来还算淡定。

但是，陈永杰的内心相当不平静，这是什么怪物？二十岁出头的迷雾级高手，比他这个旧土第一人达到这个层次快了三十年！

他在旧土超凡能量退潮、很难修行的年代崛起，走到这一步已经算是奇迹，可是眼下这个怪物让他有些无语了。

这要是回到新星，陈永杰认为如果各大财团知道王煊的年龄与境界，估计会坐不住！

"我是超凡者了，怎么托梦？"王煊问陈永杰，在旧土时就听他提及过。

"精神出窍，干预现世。"陈永杰说道。方法就是这么简单，但他不建议王煊现阶段就尝试，待精神力足够稳定时再试为好。

王煊对自己的精神力很有信心，毕竟沟通过第一层精神世界，然后他就开始尝试。

下一刻，他惊悚了，无比震撼！

这一次，他的精神离体不是进入内景地，而是在现实世界中徘徊，完全不一样。

那些都是什么？

四周没有月光，只有大雾，还有一双又一双通红的眼睛，这些眼睛无比瘆人，都在注视着王煊！

最小的眼睛都有水盆那么大，在黑雾中，它们像一盏又一盏红色的灯笼挂在他的周围，冷幽幽的。

这是什么状况？这都是些什么生灵，怎么都在看着他？

还有许多双眼睛比磨盘还大，阴冷而骇人，也都在俯视着他。在较远处的黑雾中，更有山头大的眸子冰冷无情地盯着他。

王煊毛骨悚然，他给谁托梦？居然被一群恐怖的眼睛围观，它们绝非善类，随时要扑杀过来。

现在他可是在逝地中，这是一群什么样的怪物？

嗖的一声，王煊的精神回归肉身中，他快速地睁开了眼睛，心有余悸。

"怎么样，是不是感觉很新奇？"陈永杰问道。他心中却有些吃惊，这小子才踏足超凡领域，就能做到这一步了？

王煊急促地说道："新奇得吓人！你去看看，水面上一片大雾，到处都是猩红的眼睛，不知道是什么怪物！"

摆渡人瞪了他一眼，道："不要乱说话，逝地中死气沉沉，万古寂静，哪有那么多生物围观你？"

"真的，我确实被围观了，不信你自己去看看！奇怪，精神在肉身中为什么看不到？"王煊狐疑地道。

"老陈，你试试看！"王煊催促道。他绝不相信自己看错了。

陈永杰狐疑，如果真有生物，他在现世中能看到才对。

然后，陈永杰就精神离体了。大雾覆盖水面，没有月光，他感觉到了刺骨的寒意，周围似乎真有什么东西，但是他并没有看到。

陈永杰感觉不对劲，果断地逃回了肉身。

他擦了一把冷汗，道："我没看到那些眼睛，但我觉得周围似乎真有什么东西，冰寒刺骨。"

摆渡人愣住了，他在这里待了这么多年也没见到什么，这两人都很特殊吗？居然能发现异常的景观。

"我在这里生活了漫长的岁月都没见有什么异常，怎么你们一来就出事了？"摆渡人当年是大方士，什么阵仗没见过，他迅速地判断出两人没有说谎。

虽然摆渡人没见过那种东西，但是他知道那种东西确实存在，只是没有想到在逝地中竟然有一大窝，天天陪着他！

"前辈，那是什么？"陈永杰问道。

"瘆灵！"摆渡人严肃地说道。然后，他的蓑衣中有一道光离体，没入虚空，是他残留的精神去探察了。

摆渡人与陈永杰一样，有所感，但是看不到什么。

摆渡人回归后，蓑衣中露出一张模糊的脸，脸色相当难看，他问王煊到底发现了多少双眼睛。

"密密麻麻，数不过来，从近到远，感觉像星火连成一片，到处都是。最小的眼睛如同红灯笼似的，大的比山头还大！"王煊描述道，这的确是他所见到的。

"前辈，瘆灵是什么？"陈永杰问道。

"一种对于修行者来说，既看不到，也摸不到，近乎虚无的恐怖怪物。"摆渡人模糊的脸色很不好看。

"怎么可能？连修行者都看不到？"陈永杰不相信。

"平日，你看不到它，也接触不到它，自然也就无从了解。"摆渡人说道，"普通人看得见鬼吗？鬼和人，瘆灵和修行者，关系相近。"

陈永杰道："看不到，因为根本没有鬼，最多也只是精神离体后短暂地停留在世间，终究会消失。"

摆渡人点头，又道："对于修行者来说，瘆灵的确存在，但只有极个别特殊的修行者能见到它们。"

他看向王煊，道："你的精神体很特别，属于那极少的个体，因此可以看到瘆灵。"

王煊出神，居然会有瘆灵这种怪物，过去他从未听说过，实在不可思议。

"平日间，即便是特殊的修行者，走遍广袤的疆域，也很难看到一两个瘆灵，而你在这里居然看到了一大群！"

说到这里，摆渡人又不淡定了，心中发毛。传闻，瘆灵这种怪物吃地仙，也吃过羽化级强者。

听他这么一说，王煊与陈永杰恨不得立刻离开逝地。这地方太邪乎了，从未听闻的怪物成群成片，绝非善地。

"一般来说，只要看不见它们，彼此不接触，就不会有什么事情发生。"摆渡人说道。

可他还是不自在，不知道也就罢了，现在清楚了，在他周围密密麻麻的全是瘆灵，谁受得了？

"我希望跨域大战立刻开启，这样我就有理由离开了。这属于不可抗力，我就可以摆脱旧约的束缚，不在逝地待着了！"摆渡人说道。

这一刻，王煊与陈永杰期盼赶紧靠岸。瘆灵听着就吓人，平日几乎没有，而这里都闹灾了。

"前辈，我的那些太阳金你是不是要还我？"王煊开口道。

"我准备用太阳金炼制一些小物件，在跨域大战时带过去，可以分给小陈一些。"

王煊听闻后，还能说什么，只能忍痛割爱，最后只带走了长矛。

"难道逝地就是世间瘆灵的窝？"摆渡人越想越不自在，他都想逃跑了。

"怎么会有瘆灵这种怪物，真是无法理解。"陈永杰摇头道。

"世间你们不清楚的东西太多了。"摆渡人叹道，随后补充道，"有些现象，别说你们，连列仙都不理解。"

这时，碧水上起了大雾，越发显得幽静与森然。

"摸不清、看不到的瘆灵该不会要进入现世吧？"陈永杰心中发毛。

终于，船靠岸了。

"前辈，保重！"竹船刚到岸边，王煊与陈永杰就跑了，一眨眼就没影儿了。

摆渡人发呆，这次他真没想赶人，还想着和他们聊聊，让他们多留一段时间呢。结果那两人不给他挽留的机会，都逃命似的远去。

逝地外，羽化星的几人和那条金色的獒犬还没有离去，依旧在搜寻。

他们不相信王煊和陈永杰逃进了逝地中，认为两人只是躲在绝地外部的迷雾边缘区域。

"即便他们进入逝地并活了下来，我也要让他们死！"那条獒犬精神震荡，无比冷酷。

它告诉羽化星的几人，它已经借助一只通灵的猛禽给另一位执法者传信，让其也过来相助，击杀此地两个违规的人。

"前辈，这样行吗？我们自身其实违规更严重，那两人反倒没什么。"羽化星的人有点儿迟疑，怕另外一位执法者针对他们。

"它是我的好友，无妨，违规与否还不是我们说了算！"獒犬冷漠地说道。

第185章

复仇者

"再看一眼是什么情况！"王煊有点儿不甘心，心中有无尽的疑惑，向远处那个蓝色的小湖望去。

那里本是荷塘月色，景致优美，无比宁静。

当他精神出窍时，看到了无垠碧水，大雾弥漫。整片水面上都是可怕的眼睛，从灯笼大到海岛那么大，应有尽有。

嗖的一声，王煊的精神立刻归位，因为他感觉周围也不对劲。

王煊与陈永杰撒丫子狂奔，再也不敢停留了，说这里是瘆灵的窝都小瞧这里了，这里分明是"发祥地"，是源头，是地狱！

"摆渡人现在的心理阴影面积得有多大？"

"无穷大！"

两人跑路时低语。

碧水上起了大雾，金色的竹船漂浮，摆渡人心中根本无法宁静。

他原以为一轮明月伴逝地，这里是世外桃源。就好比他一直觉得自己一个人住在大房子中，在这里安静地生活，没有其他人打扰，谁知道房子外全是眼睛，每天都在看着他。

说不定什么时候，那些怪物就会冲进房子中，将他吞噬。

当想通这一切时，摆渡人能淡定吗？原来他始终都在被人盯着，他就像是铁笼子里的猴子。

他毛骨悚然的同时也渐渐有些明悟，八大逝地该不会都是这样吧？这里充斥着瘆灵，其他七个地方也可能有相似的东西。

那些更强大的逝地或许存在更厉害的怪物，比如传说中的"逝"或许真的存在，那是列仙都无法理解的东西。

摆渡人在惊悚的同时也在猜测，八大逝地的超凡辐射以及诞生的秘路，多半都是源于那些不可理解的怪物。

这样想的话，逝地的超凡辐射未免太瘆人了！

……

王煊开口道："老陈，你说我精神出窍后为什么能看到那些东西，我这是开了精神天眼吗？"

"什么天眼？就像极少数人声称自己能看到鬼一样，你这是精神领域的阴阳眼！"陈永杰很肯定地说道。

"你这是嫉妒，分明是精神天眼！"王煊纠正道。

接着，他又叹气，为什么每条秘路走到后面都会出事，都会发现恐怖的大问题，很难持续地走下去？

怪不得那些秘路都渐渐荒芜了，后来者越来越少。很显然，古人也发现了秘路的可怕之处，不敢接近了。

"没事，我觉得现阶段问题不大，还可以前进。没听摆渡人说吗？瘆灵吃地仙，也吃过羽化级强者，现在见到你，估计像看花骨朵一样。它们得等你长成香喷喷、熟透了的果实后才会下嘴，你离地仙还远呢。"

陈永杰没说笑，事实上，这件事如果深思的话，还真是如此！

王煊想到了钟诚送他的书。那些经文是陈抟所留，当时他还跟陈永杰说了，两人都觉得当中似乎掺杂着瘆人的故事。

现在回想，王煊吃惊地发现经文中所述与刚才的经历颇为相似。

"老陈，还记得那本经书吗？我给你背诵过。"王煊旧事重提。

"这……"陈永杰深思。

陈抟的那些经文中有杂篇，杂篇中记述了修行路上一些离奇的事。

曾有一位奇才，在同级别的修士中罕有对手，经文中没提及他具体的境界，但通过对其神通的描述可知大概率超过地仙，他能看到常人不能见到的怪物。

有一次，他精神出窍去访友，到了那种境地，朝游北海暮苍梧不过是寻常之事。

他在深夜回归时，有修士听到他的精神体在黑雾中惨叫，然后看到他的精神体不断缺失，像在被无形的怪物啃食。

不久后，那位奇才复苏，但肉身中终究是谁，再也没有人能说得清。

除了他之外，他的妻子、他家里的鸡犬等似乎都变了，宛若体内被什么怪物占据了。最终他飞升了，他的妻子以及鸡犬也一同升天了。

"我怎么感觉那位奇才开了精神天眼……"王煊有点儿狐疑。

"有瘆灵将他的精神体取而代之，并招来一窝瘆灵，共同羽化登仙！"陈永杰直接道。

陈抟在杂篇中曾叹，那位奇才，或者说是怪物，借体成仙后，还不知道会发生什么事呢。

"瘆灵专吃开了阴阳眼的精神体，慎用！"陈永杰严重怀疑顶级瘆灵是与列仙实力相近的怪物！

"逝地的力量源自密密麻麻的瘆灵？"王煊严重怀疑超凡辐射的真相异常可怕。

逝地被认为是最早的秘路之一！

这也就意味着，最早的超凡者，甚至是列仙，可能起源于瘆灵的辐射？

陈永杰听了他的推测后，摇头道："别自己吓唬自己。逝地只是最早的秘路之一，不是唯一。"

此时，王煊与陈永杰已经离开了逝地，看着身后被大雾笼罩的区域，他们总有种惊悚感。

嗡！

大雾翻涌，像是要扩张。整片逝地剧烈地颤抖，而后居然又剧烈地收缩，变得很不稳定。

下一刻，雾气暴涌，接着整片逝地突兀地消失，在原来的位置，只剩下一片寸草不生的赤地！

早先摆渡人就说过，逝地要离开这颗星球了，没想到就在眼下发生了。

王煊与陈永杰面面相觑，它就这么不见了。

陈永杰道："不管那么多了，我们活在现世中，那些东西离我们还很远，暂时不用理会。"

王煊点头，现在提升实力最要紧，他最大的危机可能是遇到红衣女妖仙，不久后，他要反击她。

光秃秃的赤地没有雾霭，也没有林木阻挡视线，让人可以清晰地看到附近的情况。

一侧不是很远的地方，一条金色的獒犬像座小山似的，正冷幽幽地盯着他们两人，在它身边还有四名超凡者。

王煊与陈永杰相视一眼，决定先离开这里，怕惊动八大超凡巢穴的怪物后被围攻。

"还想逃！"獒犬咆哮道。它纵身一跃就是一段恐怖的距离，锋利的爪子震裂地面，带着狂风，飞沙走石。

"他们进过逝地吗？"一名超凡者低语道。

獒犬冷声道："你听过有人联袂进逝地都能活着出来的吗？多少年能活着出来一个就是天幸了，从未见过两人齐进齐出的。"

冲进森林后，獒犬庞大的身体撞碎林木，带着煞气，绞碎漫天飞舞的叶子，它赫然是命土后期的怪物。

早先陈永杰不过初入燃灯领域，被他们追杀，自然要逃。

"万一他们进入过逝地，并活着走出来……"有人比较谨慎。

"进入逝地，顶多能提升一个段位，还是没有我境界高。另外，我的那位好友快到了，它在采药层次，除掉他们是轻而易举的事。"獒犬冷声道，很有底气。

接着，它又阴冷地笑起来，道："另外，你觉得在这片区域我们的盟友会少吗？"

獒犬的咆哮声震天，震碎了附近的林木，超凡能量激荡。

很快，八大超凡巢穴那里有怪物嚎叫，进行回应。

随后，各种怪物的叫声震动了山岭，让人头皮发麻，怪物们全都冲了过来。

银熊速度最快，宛若一道银色的闪电。紧接着就是那只金色怪鸟，它展翅翱翔，化成一道光束俯冲而来。

后面是穿山甲、银色的大刺猬、山龟，连蚕蛇都动了，它们组成复仇者联盟，一路狂追过来。

"这是我的地盘，一个外来者也敢在密地与我作对。"獒犬冷冷地说道，一路追杀了过去。

王煊感觉情况不妙，原以为踏足超凡领域可以横扫外面的敌人，结果怪物成群结队，很不好惹！

"那头胖熊还有那只金色怪鸟太快了，马上就会截住我们，我们不能在地面上跑了。前方有溶洞，我们逃进去，让它们失去空中优势！"陈永杰道。早先他被獒犬追杀时，曾看到过那片特殊的区域。

现在没有选择了，两人一头扎进地下溶洞，引得银熊与金色怪鸟无比愤怒。

獒犬冷笑道："我们杀进去，他们逃不了。留下几人守着出口，堵死他们的逃生之路。"

银熊与金色怪鸟留在外面，守着出口。

在溶洞中，陈永杰与王煊站在一个较窄的路口，回头看向第一个追过来的獒犬，道："你身为执法者，这么做过了吧？亲自参与追杀我等，密地有这种规矩吗？裁判竟然亲自下场参战！"

"规矩？我说的话就是规矩，我就是想让你们死。我亲自下场了，你们又能怎样？"獒犬冷笑道。

羽化星的四名超凡者，以及山龟、蚕蛇、银色大刺猬、穿山甲也都杀到了。

不过，这段路相对而言较窄，獒犬庞大的身体堵在那里，几乎要占满通道了。

獒犬冷声道："你们两个违背规矩，实力达到了超凡层次，私自从密地深处来到外围区域，谋害羽化星的年轻修行者，手段歹毒，必须得除掉。我身为执法者，义不容辞！"

　　王煊与陈永杰愕然，心中顿时起了一股无名火，连一条狗都懂得栽赃了，见有人来了，直接扣大帽子。

　　獒犬冷冷地说道："依照祖训，我们允许三颗超凡星球的人类来这里竞逐，获取列仙留下的机缘，但是不守规矩的人会受到我们的制裁。各位，我是执法者，这两人屡屡突破密地的约束，更是冒犯了你们，请助我除掉他们！"

　　它的话还真有些煽动性，顿时戳中了复仇者联盟的心理，它们同仇敌忾。

　　"杀！"獒犬第一个吼道。它仗着自己境界高，释放精神能量。它的眉心前浮现一轮金色的小太阳，小太阳激荡出一圈又一圈涟漪，将山壁都绞碎了，让溶洞道路扩张，金色的精神能量涟漪向陈永杰与王煊席卷过去。

　　陈永杰觉得很窝囊，难道自己要被一条狗领着一群怪物围攻而死吗？这也太憋屈了。

　　轰！

　　陈永杰眉心发光，绽放燃灯层次的精神秘力，对抗命土后期的凶猛獒犬的精神能量。

　　他的精神修为极高，挡住了金色涟漪，但是后面还有一群怪物，若它们都释放精神能量的话，他的精神必然要崩溃。

　　獒犬震惊不已，早先这个被它追杀的中年男子精神能量竟这么强大？

　　"我也来！"王煊第一时间催动精神秘力，想检验下自己突破到超凡领域后的实力。

　　他的精神秘力冲击了出去，居然带着奇异景物，一座仙山直接压向獒犬，硬生生地撞进金色涟漪中。

　　王煊龇牙咧嘴，顿时感觉到了对方那庞大的精神体量，这让他颇为难受。但是，精神秘力与仙山景物交融，像刀子般，的确破了进去，接近獒犬眉心前那轮金色的太阳了。

"不可能！"獒犬震惊不已。这名超凡者沟通了第一层精神世界的一角，借助了那里的力量？！

传说中不是只有极个别人才能做到吗？古代那些强大至极的教祖早年初入超凡时都没有这样的手段。具备这种气象的，都是在修行史上留名的人。

王煊的精神秘力挟带着仙山接近金色太阳，让獒犬震颤，它的精神能量光团何其磅礴，居然受了轻伤，被那山体撞击得破碎了一些。

就在这时，陈永杰猛烈地出手，紧随仙山之后，庞大的精神能量轰鸣，撞在金色太阳上。

"汪——"獒犬惨叫，金色精神能量光团破碎，它痛苦无比，这让它的意识都模糊了。

嗖！

王煊没作任何犹豫，将手中掺杂着太阳金的长矛投掷了出去。

长矛太锋锐了，哪怕獒犬在意识混乱时下意识地用大爪子阻挡，都没有任何作用，它被刺中了头部。

"别放走羽化星的几人，他们身上有玉符，收集起来，可获取列仙留下的造化！"陈永杰喊道，冲了过去，凌空一脚蹬在长矛露在外面的部分上，使之全部没入獒犬的头中。

这个金色的怪物最后发出一声嘶吼，便寂静不动了，被两人猛烈而又迅速地击灭。

后方的怪物与人刚才还想看看，让獒犬掂量下他们两人的真正实力，结果战斗就这么突兀地结束了。

山龟第一个踩着灵龟微步跑了，然后是蚕蛇，接着是穿山甲。它们还远不如獒犬厉害呢，此刻心生惧意，果断地退出了复仇者联盟。

士气很重要，不久前它们气势汹汹地追杀过来，现在全跑了！

"追，夺玉符！"陈永杰喊道。

就这样杀死了一位命土层次的强大怪物？王煊一言不发，冲了过去，拔出长矛在后方追杀。

第186章
老钟超脱世外

溶洞中，几个怪物逃走，庞大的身体震动，引得通道都剧烈地颤动，四名超凡者跟随在后。

王煊手持锋锐的战矛，奋力地抛了出去，战矛擦着陈永杰的耳畔飞过，让他耳边的气流都炸开了，发丝凌乱。

陈永杰瞪眼，这小子想连他也一起击中吗？

噗的一声，矛锋笔直地刺入羽化星一名超凡者的后背，当场将他钉死。

陈永杰咋舌，这小子出手迅捷猛烈，比他还先除掉对手。

陈永杰顿时提速，通体璀璨。他练的是丈六金身，宛若一尊金光圣苦修士般，猛烈地冲了出去。轰的一声，一名超凡者被除掉。

燃灯大圆满的陈永杰对付迷雾阶段的超凡者，让对手毫无还手之力。

王煊摘下身后的大包裹，快速地取出超凡层次的大弓与箭，这是他近期从超凡者熊坤手中获得的战利品，取代了从神射手那里缴获的弓箭。

他弯弓搭箭，射杀逃走的敌人。

箭离弦而去，符文绽放刺目的光束，撕裂长空，发出恐怖的音爆声，而后钉在了洞壁上。

没射中！

陈永杰看得无语，刚才见王煊那么严肃，人与弓箭都发出绚烂的光芒，结果准头竟奇差无比，偏了好几米远！

"没练过弓箭，以后研究下。"王煊说道。

"留个活口！"陈永杰追上了那个人，将他拍翻在地。

主要是前方几个庞然大物挡路，蚕蛇与穿山甲的个头真的很大，几乎挤满了洞穴。羽化星的四名超凡者只能干着急，都没有办法。

那个人猛然转过身来，与陈永杰决战，他也在燃灯层次。

陈永杰丈六金身璀璨，宝相庄严，带动着挤满溶洞的绚烂金光，将前方那人覆盖，那人立刻毙命。

不得不说，陈永杰的实力很强，在同领域中罕有对手。

几个超凡怪物都逃了出去，獒犬的死亡给它们敲响了警钟，它们自认为不敌对手，没敢留下来硬抗。

溶洞的出口，银熊与金色怪鸟愕然，几个超凡生灵居然都逃了出来。

王煊接近洞口，摆出一副要和解的样子，道："咱们往日无冤，近日无仇，只是借了你们一些果实而已。这种东西如同花草，一岁一枯荣，来年又再生。各位道友宽宏大量，咱们真没有深仇大恨，就此揭过如何？"

银熊和金色怪鸟脾气暴躁，顿时瞪大眼睛，冷冷地凝视着他。

另外几个超凡怪物没有远去，以它们两个为首，就在它们的身后，也冷漠地盯着王煊和陈永杰。

"跟它们没什么可说的，估计还是要打一场！"陈永杰说道。

王煊与陈永杰并肩站在一起，两人都没有掩饰，直接展现强大的精神力量，震慑洞外的超凡怪物。

尤其是王煊那里还出现了奇异的景象，他的精神秘力外放后，有巍峨的仙山沉浮，有缥缈的悬空岛出现。这些景象与色彩斑斓的精神秘力交融在一起，非常惊人。

洞口外的超凡怪物全都无比警惕，倒退了几步。

毫无疑问，银熊与金色怪鸟道行高深，活了相当长的岁月，见识了得，颇为忌惮。

它们仔细思索，为了几颗果实在这里拼命，到底值不值？

它们身为妖魔的后代，感知力特别敏锐，觉察到了死亡的威胁。獒犬不见得比它们实力弱，却快速在里面殒命，这是前车之鉴。

"道友，我们之间不过是有些小冲突，不至于刀兵相向，我给予你们一些补偿吧。"王煊开口道。毕竟加上后来赶到的两个，八个超凡怪物都到齐了，真要比拼的话，他与陈永杰多半要付出不小的代价。他不想进行无意义的战斗。

王煊从包裹中取出一幅妖魔修行图，这修行图是从黑角兽那里缴获的，原本给了"马大宗师"，结果那个马屁精围着小狐狸打转后，有些看不上这种散修的法门了。

几个超凡怪物盯着这幅妖魔修行图，眼睛顿时直了。它们现在都是散修，祖上留下的那些东西早已遗失了，并没有系统的修行方法，现在它们眼中冒出璀璨的光芒。

最终一场可能导致两败俱伤的大战就此平息，几个超凡怪物带着那幅妖魔修行图一起退走了。

山林中，王煊与陈永杰正在大快朵颐，喝着地仙泉，补充体力。

不远处，羽化星那个还活着的超凡俘虏后背不禁冒寒气，那么强大的一条獒犬居然被快速杀死了！

陈永杰道："得留一个活口，万一八大超凡巢穴的怪物去告密，说我们斩了执法者，没办法解释，毕竟现在我们无法一口气将它们都除掉。"

事实上，这次陈永杰的确是被獒犬与羽化星的几人从密地深处追杀出来的，尽管他自己本来也要偷偷出来。

然后陈永杰提及了玉符，玉符每人一枚，但各自体现出的价值是不同的。

这次来密地的超凡者如果按照旧土的划分标准来看的话，实力最高不能超过采药层次，从迷雾到采药共四个层次。

"在密地深处，我们每击败一个对手，用对方的段位除以我们自己的段位，就是所获的分数。"

若迷雾层次的超凡者战胜采药级强者，则直接可得四分，反过来，采药级高手战胜迷雾层次的人，仅能得零点二五分。

这是在变相限制高等级的超凡者。

事实上，四个层次都只是一个大境界内的四个小境界，有些超凡者实力极强，可以跨等级战胜更高层次的对手。

王煊看向陈永杰，道："你初来密地时在迷雾层次，后来晋阶到燃灯初期，现在更是到了燃灯圆满境界，这种状况是好还是坏？"

陈永杰笑了，道："即便突破也无妨，你追杀对手时依旧按你最初来密地时的等级计算，这是在鼓励能不断突破的天才。"

"什么？獒犬呼朋唤友，还请了一个采药层次的怪物？"王煊与陈永杰用精神力量震慑，让俘虏的意识近乎崩溃，逼供得到这样一则消息。

他们带着俘虏，果断地远去，离开了外围区域。

一路很顺利，实力强大的超凡者赶路，纵然是有些来头的怪物也不会轻易阻拦。

他们来到密地深处，陈永杰带着王煊径直赶向地仙城外的一片山崖地带，白孔雀居住在这里。

这只白孔雀还算公平公正，并没有什么非议，而且它的实力足够强大，比其他执法者都厉害。

白孔雀站在山崖上，它身长有五米，通体洁白如玉，没有一点儿瑕疵，一看就像是有仙禽血统的。

白孔雀露出异样的神色，它曾看到过王煊，当时它正在与女方士交谈。

那时它匆匆一瞥，看出王煊还是个凡人，结果现在还没多少天，他居然踏入超凡领域了。

白孔雀问了王煊的名字，丢下一枚玉符，上面刻着妖魔字符：王煊，迷雾。

陈永杰将羽化星的俘虏带到近前，谨慎而认真地告知白孔雀情况，说有人联合执法者剿灭他。

"请前辈为我做主，不信的话，您可以用强大的精神力量搜他的识海来辨别真伪。"

羽化星的这名超凡者当时就瘫倒在地上，因为一旦被妖魔探索精神领域，多半没什么好下场，识海会支离破碎。

最终他很痛快，什么都招了。

白孔雀摆了下翅膀，让王煊与陈永杰离去，没有多说什么。

事情圆满解决，没有留下什么隐患，王煊与陈永杰快速远去。

然而没过多久，他们感觉到了异常，在地仙城外，林地中一道又一道身影浮现出来，全都带着浓烈的杀意，竟然要围攻他们！

这样的仇视以及这种强大的怨气让两人感到强烈的不安，这里似乎发生过什么。

可是，王煊与陈永杰不解，他们并没有做过什么天怒人怨的事。霎时间，两人一起想到了钟庸，该不会是这个老头子做了什么吧？

"杀了这两个域外魔人！"

一群人大叫着冲杀了过来，有数十名超凡者，场面相当壮观。

王煊与陈永杰转身就逃，竭尽所能地突围，闯出一条路，向一个方向远去。

很快，他们了解到，钟庸果然做了一件让三颗超凡星球的超凡者震怒的事。

老钟不走寻常路！

密地深处有一窝银蜂，这银峰比外围区域的那种毒蜂更恐怖，蜂巢如同山体般庞大。

钟庸大量收集了一种对银蜂有致命诱惑力的花粉，然后在一次外出时洒在一群超凡者的身上，并射出一支带着火光的箭，点燃部分蜂巢，导致数米长的银蜂漫天飞舞，前仆后继地扑杀超凡者。

钟庸用一副太阳金铸造的合金甲胄将自己护得严严实实，并且提前做了准备，关键时刻躲在一处地裂中。

王煊一阵无语，难怪小钟敢以太阳金炼制护具，原来老钟收集的真不算少，自己进密地前都打造出合金甲胄来了！

钟庸躲在地裂中，安然无恙，逃过一劫。然后他就去搜寻尸体，拿到了足够多的玉符，提前结束了本次对抗，这是被允许的。

如今，他躲在地仙城中不出来了。

“这个老家伙，他自己是脱身了，结果我成了替罪羊！”陈永杰气得嗷嗷直叫。

他觉得老钟太坑了，这种歹毒的操作，这种阴险而又狠辣的手段，实在让他气得说不出话来。

这简直要坑死他啊！现在他在密地中举世皆敌！

谁都知道他与钟庸走在一起，是较为有名的二人组。现在钟庸躲在城中不出来，剩下他在外，要面对所有人的怒火。

这一刻，陈永杰真想杀进地仙城去问问老钟：“你的良心不痛吗？我还在城外呢！”

王煊也目瞪口呆，最后不禁感叹，老钟果然是个狠人，极度危险。不过老钟似乎被执法者找上了，据悉正在地仙城中接受审问。

……

“那糟老头子太狠了，从来没有见过这么坏的老家伙，简直比我爷爷还要阴险！”地仙城中，小狐狸正在评价这件事。它叽叽喳喳，将事情的经过告诉了赵清菡与吴茵。

第 187 章

赵与吴

老狐狸身在地仙城，远远地跟着他们，自然听到了这些话。它脸色发黑，很想去教育一下自己的不孝孙女。

而在小狐狸的近前，钟晴与钟诚颇为尴尬，对于自己太爷爷的手法，他们心情复杂，感慨姜果然还是老的辣。

赵清蕗与吴茵原本想等王煊回来，与他见上一面，然后与黑狐族上路。

小狐狸摇头道："别等了，他进不了城。老钟杀人放火后，你们这边的人根本踏足不了地仙城，在城外就会被人截杀。"

现在，三颗超凡星球的人已经知道有异星人降临，想铲除以钟庸、陈永杰为代表的域外修士。

钟诚叹道："小王还未达到超凡，会不会被人打死？上次是小狐仙保护他出城，这次虽说老陈去接引他了，但多半是凶多吉少。可惜了，我原本觉得他快能与老王相提并论了。"

吴茵撇了撇嘴，没有说话，直接从钟诚身边的兽皮袋中取出一块肉干，塞进他的嘴里。

钟诚赶紧向外吐，这两天吃了赵清蕗带来的黑角兽肉后，他再也不想吃原来的肉干了。

"大吴姐，你不对，我又没说你！"钟诚叫道，一脸诧异之色，盯着吴茵看了又看。

钟晴不动声色，她隐约间觉得王煊绝对没有那么简单！

上次王煊还给她的满是尖刺的钢板护具被她迎着阳光观察，上面有微不可见的血迹，让她产生了各种联想。

"赵赵，你那同学王煊去做什么了？"钟晴问道。她一张脸清纯干净，看起来美丽而单纯。

"他发现了古代修士荒废的药田，那里有几株灵药快成熟了，顺带他想在那里挖掘一下看有没有碑刻经文。"赵清菡漫不经心地回应道，回眸间明艳动人。

接着，她露出一抹灿烂的笑容，道："小钟，这两天你对我那位同学很关心啊，不时问起他的一些情况，你有什么心意吗？我帮你传话啊。"

"舞赵！"钟晴叫道。显然她们彼此间都非常了解，张口就有"典故"。

小狐狸在一旁看得津津有味，插嘴道："那个臭男人不提也罢，小钟你不要喜欢他！"

"谁喜欢他了！"钟晴想捶小狐狸。

"小钟，你擅长什么？"小狐狸无比八卦，自从见识到赵清菡的舞姿、吴茵的猫步后，它对人类的才艺文明很向往，总觉得可以让自己更美。

"小钟唱歌特别好听，让她教你唱狐仙歌。"吴茵微笑着道。

"好呀，小钟，来，我们一起唱。我是一只千年的狐，修行一世，只为来生和你度……"

……

赵清菡与吴茵已经在地仙城了解到，黑狐族的确是当年追随过列仙的仙兽的后裔。它们这一族一直在守着传说中的列仙洞府，待在密地极深处，一般情况下不会出来。

地仙城这片区域相对整片密地来说，只能算在较深处。

赵清菡与吴茵同钟晴姐弟二人告别，决定离开地仙城，前往列仙洞府。

"去杀了他们！"城墙上有超凡者盯上了两名女子与小狐狸，还有"马大宗师"，竟准备对他们动手。

立刻有人反对道："不行，我听一些执法者说过，那只小狐狸可能是什么黑狐族的后人，有不小的来头。"

"跟着他们，佯装攻击，看有没有人出现解救他们！"有人咬牙道，"真没想到竟是一群外星人与我们来争夺列仙的造化。"

大多数人没敢妄动，怕得罪密地深处的黑狐族，那是仙兽的后裔！

最终有一队人跟了过去，说是不会动手，佯装追杀，只为吸引异星人去救援。但其实当中有些人已经近乎疯狂，想豁出去报复，因为他们的亲人与师兄弟等都被钟庸斩灭了。

只是，他们忘记了早些天一直在追杀钟庸与陈永杰的事，凡事有因必有果。

王煊站在一座高峰上，远远地看到两名女子与小狐狸出城，"马大宗师"摇头摆尾地跟在后面。

他觉得应该没有什么问题，老狐狸肯定会在暗中跟随，不会让两名女子出事。但他还是想去看一看，为她们送行。

"我要去送一下她们。"王煊开口道，并对陈永杰讲了黑狐族与两名女子的一些情况。

"可以去送一送，说不定能收获一批玉符。"陈永杰点头。

银色的雪月树高数百米，通体洁白，满树都是皎洁的花瓣，像一轮又一轮的明月悬空盛放。

小狐狸选的路线沿途景色优美，一路上它看遍各种风景，路经成片的湖泊群时更是停了下来，欣赏蚌精灵起舞。

湖中栖居着一种灵蚌，两片贝壳打开后，当中有巴掌大的小人儿，流光溢彩。它们常在湖中起舞，翩翩然，很有仙气。

"有人追着我们过来了！"小狐狸毕竟是超凡灵兽，第一时间有了感应，不再走猫步，严肃地戒备起来。

很快，林中出现了一些身影，都是超凡者！

"很多人都知道黑狐族，还敢追过来，明摆着目标是我们，但可能是想引来王煊、老陈他们。"赵清菡低语道。

她已经知道王煊、陈永杰回来了，他们在地仙城外与那些人厮杀过一场，最后突围而去。

"我们出城时，各方都看到了。他们想作势追杀我们，吸引王煊与老陈出现，从而击杀？"吴茵看向周围，轻声说道。

这些人很疯狂，眼神森冷，甚至对小狐狸都有那么一丝杀意，更不要说看向两名女子的目光了。

王煊与陈永杰追过来了，隔着很远他们就感觉到前方气氛异常，那些人还真敢动手吗？

"老陈，我有短剑，这杆长矛给你用！"王煊将混有太阳金的锋锐长矛递了过去。

"算了，我习惯劈砍，不喜欢刺，还不如这把长刀用得顺手。"陈永杰摇了摇头。他背着一把长刀，这是他缴获的战利品，极其锋锐。

"共有十二名超凡者，两名命土层次的高手，六人在燃灯层次，四人在迷雾层次，实力不弱啊！"

如果是以前，陈永杰还会犹豫，但现在他走到燃灯大圆满境界，再加上王煊，他俩真不怵那些人！

他们连执法者都斩过，八大超凡怪物都被他们联手逼退了，两人有信心干掉这群人！

"真是意外地美丽啊，罕见的丽人！"河洛星的一名超凡者开口道，看向冷艳的赵清菡，又看向吴茵，露出笑容。

"狐仙族，我们没有冒犯之意，但是这两个女子的同伴该死，我们现在想借用一下她们。"有人开口道。

"臭男人，看到你们那种冷酷而又贪婪的眼神，我就浑身难受。我嫌弃你们，鄙视你们，走开！"小狐狸很干脆，一点儿都不给他们留面子。

"你们这些人，来也匆匆，去也匆匆，平白交恶了狐仙族，却没有任何收获，何必呢？"赵清菡开口道。她一改往日的平静，言行间竟很傲慢。

"你们赶紧离去吧，不要浪费你我双方的时间！"赵清菡的面孔极其精致、漂亮，现在露出轻蔑之色，以一种优雅但又高傲的姿态俯视着这些人。

赵清菡这样的举止平日极其少见，她美眸转动间对这些人充满厌恶。

被一个异常美丽的女人小觑与厌恶，这些人的脸面顿时挂不住了。

赵清菡知道黑狐族不会让她出事，她是故意言语不敬的。如果这些人真的出手，想除掉她，或者想掳走她，那么老狐狸必然会及时出击。这样的话，她也算在帮王煊与陈永杰减轻一些压力。

果然，一群超凡者蠢蠢欲动，他们当中有些人很疯狂，原本就想出手，现在更是控制不住了。

吴茵明白赵清菡的意思，她莲步款款，摇曳生姿，也鄙夷道："真是讨厌啊，你们除了欺软怕硬还会什么？有本事的话就去地仙城中找老钟清算，追我们做什么？到头来你们还不是要灰溜溜地离去。"

吴茵这算是加了一把火，同时祈祷老狐狸跟在后方，千万别有事离开了，不然的话，她与赵清菡落在那些人手中就惨了。

"喂，美赵，大吴，你们两个别乱说了。万一我爷爷不在附近，我打不过他们。"小狐狸扭着腰肢，走着猫步，凑到两名女子近前低声说道。

"马大宗师"全程一言不发，但立场还是很坚定的，它站在两名女子和小狐狸的身边，瞪着眼睛看向那些人。

赵清菡认为老狐狸如果重视她们，自离开地仙城的那一刻起就会跟在她们后面，因为它应该清楚她们出了地仙城就会有危机，会有一批人对她们心怀不轨。

她拢了拢秀发，略带紫色的双目瞟了一眼附近蠢蠢欲动的超凡者，道："冤有头，债有主。你们去找老钟，在这里耀武扬威算什么，典型的懦弱男人！"

吴茵也笑吟吟的，道："赶紧消失吧！"

被两个顶级美女奚落、轻慢，一群人绷不住了，那几个疯子更是冷酷地笑了起来，其中一人开口道："原本我就要动手，现在还有美女相邀，喜不自胜，不亦乐乎！"

他大步向前，一把抓向赵清菡，眼中带着浓烈的恶意，笑得很畅快。

小狐狸第一时间阻止，张嘴吐出一道黑光，黑光化成一口状若飞剑的气息，斩向这个人的手腕。

与此同时，它带着两名女子横移出去三十几米远。

小狐狸快速补充道："美赵，大吴，你们不要刺激他们了。我爷爷那个老头子坏得很，即便就在附近，也会看着我们吃尽苦头才露面。上次王恶人绑我的时候，我爷爷最开始不是也没管吗？还任王恶人将我打晕！"

小狐狸气愤不已，对它的爷爷怨念很深。

......

"要不要动手？"山林中，陈永杰问道。

早先王煊还在和他说等老狐狸动手后，他们再从容地上前摸玉符，结果现在看这个架势，老狐狸似乎有事跑得没影儿了？

王煊怀疑道："不对，大概率是因为我们来了，被老狐狸发现了。它不肯替我们出手，这是逼着我们自己主动杀出去吧？"

这时，几名超凡者上前，要掳走赵清菡与吴茵。

轰！

王煊忍无可忍，手中的长矛发光，猛然投掷了出去。

噗！

那名伸手向赵清菡与吴茵抓去的男子愕然发现，一杆长矛从侧面贯穿他的身体，飞了过去。

接着，他发出凄厉的惨叫声，摔倒在地上。

王煊在投出长矛后就冲了过去，踩碎地面，一跃就是数十米远，几乎快追上长矛了。

他第一时间来到两名女子的身边，并将战矛重新抓在手中。

第 188 章
王超凡的奇景

几人刚要对两名女子动手，却惊悚地发现他们的同伴先损失了一人。

王煊手持长矛，整个人都在发光，只身横在那里，挡住了他们。

嗡！

王煊挥动长矛，将之当棍又当刀，向前扫去。长矛无比锋锐，雪亮而刺目。

这些人疾速倒退，原本想迅速拿下赵清菡与吴茵，结果像沐浴光焰的男子几乎与战矛同时赶到眼前，将他们逼退。

长矛带动着色彩斑斓的秘力，让空气大爆炸，那种压力让几人快要窒息。

他们惊出一身冷汗，一而再地迅速倒退。即便如此，其中一人的胸前也出现了一道伤口。

长矛稍微触及那个人的体表，就让他受了伤。

"小王！"吴茵惊喜不已。

在这种关头，在被人围攻，有可能被人掳走的危险境地下，王煊赶到，瞬时让她觉得莫名地心安。

赵清菡看着王煊的侧脸，感受到了蓬勃的生命朝气。那是新生的力量，他变强了，真正踏足了超凡领域。

她微笑起来，白皙动人的面孔很平和。她知道收集到的那些经文起了作用，王煊应该练成了。

王煊站在林地中，手持长矛，一个人逼退了数名超凡者。在阳光下，他与长矛都散发着柔和的光芒。

那几人倒退出去很远，都被镇住了！

另一边，陈永杰拎着长刀，浑身金芒大盛，丈六金身发威，璀璨的光华覆盖他的全身。

他向那个命土层次的高手攻了过去。

王煊与陈永杰配合默契，几乎是同时，两人一起释放精神秘力，主攻那个命土层次的高手。

连獒犬那种命土后期的怪物都被两人的精神秘力击溃，这个命土层次的高手顿时发出一声惨叫，从眉心刚冒出来的精神能量光团被轰得接近溃散。

他的肉身被秘力重创，精神更是短暂地僵滞。

有这个时间差足够了，陈永杰手中的长刀划过，那人直接被斩首！

与此同时，王煊收缩精神秘力，握紧长矛，指向那几名针对赵清菡与吴茵的疯子。

所有这些都不过是一刹那发生的事，王煊与陈永杰迅速出击，各自除掉了一人。

这群人怒不可遏，将两人包围起来。

"杀了他！"

有几人想针对王煊，更有人出手攻向赵清菡与吴茵，想让王煊分心。

王煊右手持矛，指向一人，而他的左手则直接向前拍去，攻击另一人。他想试试自己徒手的力量有多强，毕竟他练了最强经文，这可远比金身术更厉害。

咚！

对赵清菡伸手的那个人在燃灯初期，被王煊拦住了。两人拳掌碰撞，发出闷雷般的声响，周围的草木都炸开了。

这个超凡者以为可以凭燃灯境界硬抗前方的年轻人，结果他的拳头与王煊的手掌接触后当场被重创，接着他那条手臂也被波及，然后是半边身子都受伤了。

王煊一掌而已，秘力交织，几乎将这个人废掉。

随后，王煊快速跟进，补了一巴掌。

那个燃灯初期的疯子面孔扭曲，半边身子被秘力击中，他横飞出去，倒在地上失去了行动能力。

一直非常安静的"马大宗师"这个时候终于来了精神，它一跃而起，在那里嗷嗷地叫着。

砰！

它终于实现了自己的愿望，来了个"马踏超凡"，将那名瘫倒在地上的男子当场踏死！

另一名超凡者发疯，绕过王煊，针对赵清菡与吴茵，出手无情，没想留活口。

小狐狸原本想带着两名女子逃遁，结果发现已经不需要了。王煊的精神秘力激荡而出，一座仙山浮现，与他的精神能量凝聚在一起，镇压而下。

这个超凡者感觉精神意识剧痛，不得不止步，全力以赴地对抗，但他不过是迷雾后期而已，精神领域与王煊的相比差远了。

这个超凡者骇然发现，在这个年轻人面前，他曾引以为傲的精神秘法毫无用处，瞬间被对方压制。

他的精神体在崩裂，犹若夏蝉面对九天上的雷霆，不堪一击。当那座仙山落下，他的精神领域全部被震散！

这个超凡者一声未吭便倒在地上殒命了。

这吓了附近几人一大跳。

赵清菡没有为王煊担心，深刻地感受到了他实力大幅度提升后的强悍。她脸上漾起笑容，没有跟王煊打招呼，怕打扰他作战。

吴茵虽然知道王煊很厉害，可是见他连斩超凡者，还是无比震惊，她捂住嘴，没有惊呼出声。

"这个臭男人好强！"小狐狸咕哝道。

王煊提着长矛，疾速冲向一人，周身秘力流转，最强经文的可怕之处得到体现。他全身的潜能被极大程度地激发，各部位都释放出惊人的力量，他被璀璨光芒覆盖，仿佛缭绕着神圣光焰。

"冲！"

对面有人喝道，联合身边的人向前攻来。

锵！

在兵器的碰撞中，在掌心雷喷薄的光束中，人影翻飞，飞沙走石，能量剧烈地激荡。

噗！

王煊手持长矛，将一名燃灯初期的超凡者刺中，那人瞬间殒命。

他已经连斩了四名超凡者！

一个迷雾层次的超凡者想逃，王煊纵身一跃，绚烂的神光在体外交织，仿佛为他编织出一对羽翼，他宛如金翅大鹏凌空扑杀了过去。

这一次他以肉身全力与那个人碰撞，抛下了长矛，以检验自己的肉身强度。

一刹那，那个迷雾后期的超凡者惨叫不止，接着没了声息，根本挡不住王煊纯粹的肉身之力。

陈永杰眉头直跳，转眼间而已，王煊已经五连杀了，比他都快。

当然，他这边的对手层次更高。

陈永杰轻叱一声，周身金色光雾弥漫，丈六金身被他催动到了极致。

咚！

陈永杰催动精神秘力，不断冲击另一个命土层次的超凡者，两人迅速交手。

陈永杰弃刀不用，挥动圣苦修士拳。在刺目的金光中，他与那人连着对击了十几次，砰的一声，对方被打倒在地，当场殒命。

王煊将长矛插在地上，仅出动精神领域，锁定了另一个对手。

这时，他的精神能量光团绽放，与一片奇异的景物凝聚在一起，这次不是仙山，而是蓝莹莹的小湖。

王煊在详细检查这些景物有什么异常之处。

隐约间，浪涛阵阵，传出海啸声。

当王煊催动精神秘力，让蓝色的湖泊向前镇压过去时，那个实力不弱的对手眼中写满绝望，因为他觉得被浩大的精神秘力压制，自身的精神要崩溃了。

蓝色的小湖居然化成了瀚海，惊涛拍岸，乱石穿空，展现出恐怖而又壮阔的画面，附近的人都可清晰地看到。

轰！

滔天的大浪拍击过去，那个人的精神能量光团炸开了小半部分，即将全面崩溃。

王煊了然，他以精神秘力沟通第一层精神世界的一角之地，不仅汲取来奇异的精神能量，还显出湖海等景物，竟如此可怕。

乱石崩云，惊涛拍岸，这都是精神能量在起伏，打在那个人的身上，最终砰的一声让他的精神体炸开了。

这个人的肉身失去精神意识后，无声地倒了下去。

王煊思忖，他的精神力量与奇异景物结合在一起后，威力暴增，这绝对是撒手锏！

他甚至觉得自己的精神力量比肉身力量更恐怖！

难怪第二大境界——逍遥游对应着各种神话传说，他现在只触及一角就已是如此，如果探索到那些极高层次的精神世界，进入蟠桃林，接近不周山，那么威力简直不可想象！

王煊催动精神秘力时，体内还有几处奇异景物沉浮，但现在来不及催发出来测试了。

陈永杰见王煊如此勇猛，果断加速，将手中的长刀挥动起来，噗的一声，把想要逃走的最后一人斩灭。

十二名超凡者全部毙命。

赵清菡走了过去，看见王煊身上有斑斑血迹，她找了一块洁净的软布，帮他擦去。

"赵赵，你要矜持啊，为什么帮臭男人擦血？"小狐狸瞪着大眼睛，大声提醒。

"他是我同学，是为救我们而来的。小狐仙，你要知恩图报啊，过来帮他擦血。"赵清菡冲小狐狸招手。

吴茵将小狐狸拉了过来，道："赶紧化形报恩吧！"

小狐狸翻白眼，扭过头去，摆动腰肢，哼了一声，甩给他们一个后脑勺，不予理会。

陈永杰看了又看，发现自己身上也有血，算了，自己擦吧。

"马大宗师"凑了过去，它觉得这个变得年轻的大叔很厉害，尤其是它看上他的丈六金身了，不知道妖魔能不能学。

"马大宗师"献殷勤，抬起一只马蹄子，看着陈永杰，那意思是：我给你擦擦？

"这是谁养的马？"陈永杰看了看"马大宗师"，问道。

"我养的！"王煊还没说话呢，小狐狸就先抢着当主人了。

陈永杰点头，怪不得这么妖里妖气的。

"前往列仙洞府，那里不仅有机缘，也可能有其他变数，你们要小心。"王煊开口道。他希望赵清菡和吴茵能够顺利获取列仙留给后人的造化。

"放心，有我！"小狐狸一副有它可以确保无恙的样子，然后补充道，"还有我爷爷，它和老钟一样狡诈，但实力更强。"

几人都一阵无语，这小狐狸差一顿它爷爷的毒打，如果此时老狐狸暗中跟在后面，估计已经想"教育"它了！

王煊暗叹，正是因为你爷爷让人看不透，所以才让人有些不放心。

吴茵看着王煊，心情复杂，然后伸手为他整理了下衣领，抚平他因为战斗而变皱的衣服，认真而仔细。

赵清菡看向她，眼神异样。

吴茵回眸，道："怎么了，赵赵？你的同学救了我数次，我很感激。其实我也要谢谢你，带他来到了密地。"

"没什么，就是突然觉得大吴你有些感性。"赵清菡平静地说道，微笑着看向她。

第189章
只是同学吗

吴茵摇头道："我只是有感而发，真性情流露。这次密地之行，我好几次都以为自己要死了。"

然后她问道："赵赵，你觉得你是感性的还是理性的呢？面临生死危机，在做重大抉择的时刻，你可以一直冷静从容吗？"

小狐狸偏着头看过来，突然插嘴道："什么感性？是性感吧？你们都说错了。"

每到关键时刻，这只小狐狸就来打岔。

吴茵敲了它一下，她早已经不怕它了，不再将它视为吃人的怪物，只将它视为一只臭美的狐狸精。

"这只狐狸就会乱说话！"吴茵瞪向小狐狸，如果不是打不过这只狐狸，她肯定一巴掌将它拍飞了。

王煊一直在听着，总觉得自己不适合开口。

"当个人选择与家族利益不符时，你能保持理性吗？"吴茵不想理小狐狸，和赵清菡说话。

赵清菡看向她，眼神清澈，道："这世间没有十全十美，有所舍，有所得。通过一时放弃，赢得未来，或者把握现在，等待转机。"

"你们在说什么？莫名其妙。"小狐狸不满意了。

接着，它化身"八卦狐"，神秘兮兮地道："赵赵，听说你以前不这样冷艳，反而叛逆而热烈！"

"是啊，以前叛逆的赵赵敢对抗家里，现在冷静的赵女神和以前完全不一样了。"吴茵说道。

"谁说的？"赵清菡神色不善，眼中仿佛有电光，看了小狐狸一眼，又瞄向吴茵。

"小钟说的。"小狐狸果断出卖了钟晴，因为钟晴不在这里，它没什么心理负担。

至此，赵清菡和吴茵都不想搭理它了。

小狐狸似乎很不满，又道："男人都是臭的，都没我好看！这么大的人了，不会自己擦拭血迹吗，不会自己整理衣服吗？惰性十足，懒汉一个！"

王煊看着小狐狸，小狐狸居然批判他了，他立刻瞪了过去，眼里满是威胁与恫吓之意，试图让它老实点儿。

小狐狸无所畏惧，道："我警告你，不要再吓唬我，不要再对我动手。不然我修炼五百年，成仙后会报复你的！"

分别在即，王煊也不想得罪它了，反而昧着良心恭维了它两句，让它照顾好赵清菡与吴茵。

赵清菡看着王煊，也为他整理了下衣领，让他自己小心，地仙城附近太危险了。

吴茵也开口道："要不然你和我们一起去黑狐族看守的列仙洞府吧。"

吴茵觉得这片区域简直成了火坑，经过钟庸一番狠辣无情的操作后，三颗超凡星球的人已经恨死异星人了。

王煊摇头，超凡之战不容错过，他必须参与。

他曾在外围区域得到机缘，收获奇雾与列仙都为之疯狂的至宝，他对密地深处的机缘更为期待！

赵清菡看着王煊，点了点头，准备与小狐狸上路。

吴茵最后时刻竟抱了王煊一下，道："小王，保重！"

赵清菡看向吴茵，秀发在微风中扬起，眼神澄澈，宁静中有种自然的冷艳气质。

吴茵落落大方，走到赵清菡近前，轻轻地抱住她，在她耳畔低语："赵赵，你和他只是同学吗？"

"你觉得呢？"赵清菡反问。

"我想看看你眼中有没有杀气，有没有冷冽的电光，目前确实没有看到。"吴茵低声说道。

赵清菡任由吴茵抱着自己，只在她耳边低语："吴茵，你现在心绪不宁，到底在想些什么？"

"赵赵，"吴茵轻拍了赵清菡一下，道，"我现在似乎感觉到了一点儿杀气。不过，回到新星的话，你还会有杀气吗？多半又变成清冷的样子了。"

赵清菡淡笑道："大吴，我怎么觉得你的思想很危险？你想和我的同学发生些什么吗？你有负疚心理，然后不停地找我说，其实是在为自己壮胆。你在害怕什么？是怕面对你的好友凌薇吧？"

"赵赵，你乱说什么？难听死了。谁要和他发生什么了？我明白了，你是故意的，成心挤对我是吧？"

……

王煊真没想偷听她们的对话，无奈他的精神力量过人，可以清晰地捕捉到所有声音。

他看了一眼陈永杰，陈永杰竟一边逗弄"马大宗师"，一边偷听，还听得津津有味。

"马大宗师"总算还有些良心，临别之际跑了过来，晃着大脑袋与王煊告别，不过最后它还是抱怨王煊没给它采摘妖魔果实。

"你的果实被他吃掉了。"王煊指向陈永杰，然后又道，"列仙洞府什么果实没有？赶紧走吧。"

"马大宗师"瞪着陈永杰，它刚才还拍他的马屁，没想到这个老头子抢了它的果实！

王煊看着两名女子和一狐一马远去，忍不住问陈永杰："你那红颜知己怎么回事？另外，你怎么没成家？"

陈永杰嗤笑道："小孩子家懂什么？没有经历，一切都是镜花水月，凭空幻想。想当年，我……"

他不说下去了，就这么背着双手走向不远处去摸玉符了。

"想当年，你是陈霸天！"王煊不满，便替他总结了一句。

山林中，王煊与陈永杰搜寻战利品，收获满满。

突然，悠扬的笛声响起，从林地深处走来一道又一道身影，全是超凡者。走在前面的是一男一女，都很年轻。

男子二十四五岁的样子，一身银袍，剑眉星目，长相颇为英俊，眉心更有一个鲜红的莲花印记，很醒目，见过他一面就很难忘记了。

正是他在吹笛，他踏着草地而来，神色平和，笛音让人心静，并无杀伐气。

和他并肩行走的女子，身上的银色战衣纤尘不染，长发飘舞，肤色白皙，容貌姣好。连她的长靴都雪白无瑕，像从来没有踏足过泥土地。

她本身就姿容过人，再加上这种出尘的气息，很是不凡，引人瞩目。

"这是一对麻烦人物！"陈永杰开口，告知王煊这对男女的身份。

他们来自羽化星，男子名为姜轩，女子名为穆雪。他们初入密地时都在迷雾后期，次日就直接突破到燃灯领域，实力不断提升。

显然，他们本就积淀足够深，先前刻意压制自身，等来到密地再突破，这样击败对手后会得到更多的积分。

"准备撤！"陈永杰开口道。他不想与这两人死磕，因为两人的身边有采药层次的高手，而且不止一人。

王煊一听就明白了，这两名年轻的超凡者在羽化星上有非同一般的身份，连来密地参与竞逐都有专人保护。

"两位，不要急着离开，我们不想围攻你们，只想单纯地与你们切磋交流。我可以发誓，不会让身边的人出手。"姜轩喊话。

这话谁信啊？反正王煊与陈永杰不信，他们快速地朝一个方向退走。

"怎么样？那只老狐狸在吗？"姜轩以精神秘法发出微弱的光束，问身边的女子，不担心被别人听到。

"天妖镜有波动，证明远处有浓重的妖气，老狐狸在前方。"穆雪点头说道。

姜轩低语："看来，老狐狸果然对这个异星的年轻人颇为看重，该不会真想请他当列仙洞府的山门护法吧？"

姜轩皱眉，他与穆雪竞逐密地的机缘是真，但他们也想成为列仙洞府的山门护法，获取那里的造化与传承。

姜轩道："那暂时不能围攻他们，只有当着老狐狸的面击败这两人，我们才有希望成为列仙一脉的山门护法。"

他挥了挥手，示意周围的人不要跟进，只有他与穆雪前行，再次对陈永杰与王煊喊话。

并且，他们很直接地冲远方传音："黑狐前辈，我们想成为列仙一脉的山门护法，在以后漫长的岁月中，保护好列仙的后人！"

远方，刚上路的赵清菡与吴茵听到他们的精神传音，面露疑惑之色。

老狐狸终于出现，从天而降，道："你们过来吧。"它允许羽化星这两名身份非凡的年轻人靠近这里。

"你们要过来吗？"老狐狸也对王煊和陈永杰的方向发出精神传音。

这是什么状况？列仙一脉的山门护法之位很吸引人吗？王煊与陈永杰面面相觑，他们可不那么认为。

在两人看来，列仙洞府还不如钟庸的书房有吸引力。

老狐狸告知两人："成为列仙一脉的山门护法，可获得列仙洞府的部分造化，列仙后人若选道侣，大概率也是从山门护法中选。"

王煊一听，这不能忍啊，羽化星所谓的奇才有不切实际的想法，理应得到纠正与教育。

"老陈，这不能忍，我们过去！"

陈永杰诧异地道："我觉得我能忍。"

"我不能忍！"王煊提着长矛向前走去，道，"你要眼睁睁地看着两名有独立思想的明艳女子落在那些未开化的土人手里吗？"

陈永杰纠正道："人家怎么就是未开化的土人了？人家的超凡文明高度发达，科技文明似乎也不算弱。"

"你到底站在哪边？"王煊问他。

陈永杰道："那行吧，陈教祖就陪你走上一趟。你得确定，老狐狸不坑人，没有什么不妥。"

王煊看了陈永杰一眼，一段时间没见，老陈有点儿飘，现在都不以陈燃灯、陈采药自称了，直接变成了陈教祖。

王煊点了点头，道："老狐狸实力深不可测，真要动歪脑筋的话，地仙城附近没有人能活着离开。"

老狐狸的身后，赵清菡、吴茵直接拒绝前往列仙洞府，刚才老狐狸的话吓了她们一跳。

身为现代人，生长在科技高度发达的新星，她们怎么可能同意那样草率地选道侣？

老狐狸解释道："放心，一切都凭你们自己的心意行事。我也说了，列仙后人只是大概率会从山门护法中选道侣。因为列仙后人与山门护法气质相近，都有仙道气息，所以才出现这种情况。再说了，你们想离去就离去，想留下来就留下来，没有人会勉强、干预你们。"

小狐狸低声道："是气质相近而相互吸引，不是彼此修炼的功法特殊而相互吸引吗？"

"你闭嘴！"老狐狸瞪向小狐狸，它早就想教训这个孙女了，没事净跟着添乱。

当王煊与陈永杰赶到时，那一男一女已经到了近前，正在简单介绍自己的来历。

"羽化星的姜家与穆家，是很有名气的修仙家族，这么多年过去，两家长盛不衰，据悉历代都有养生主级别的高手守护。"老狐狸感叹道。

这让陈永杰与王煊一阵头大，养生主是第三个大境界的生灵，现世居然还有这种人?!

穆雪空明出尘，白衣如雪，开口道："时代不同了，羽化星六百年来再也没有过养生主，甚至连逍遥游境界的地仙都不再有，三百年来无人成就地仙果位。"

老狐狸一怔，不禁叹息。

"兄台，你们来自哪颗生命星球？"姜轩含笑问道，眉心的红色莲花印记晶莹发光，让他看起来超凡脱俗。

他也看向赵清菡与吴茵，微微一笑，点头致意。

"欧拉。"王煊开口说道。

然后，有人接上了他的话，跟着喊道："欧拉！"

林中又出现一男一女。男子英挺，带着笑容，女子银发如瀑，腰肢纤细，身材很好，但是美丽的面孔冷若冰霜。

他们的气质极其出众，身上缭绕着淡淡的雾气，像出尘的仙道人物。两人都穿着欧拉星的战衣，看着王煊，神色不善。

显而易见，欧拉星的人来了！

"羽化级家族的后代，欧拉星第一修仙家族的人？"老狐狸看着两人战衣上的族徽，轻声问道，"你们家还有养生主级别的绝世人物吗？"

第 190 章
顶级修仙家族的后人

英挺的男子名为欧云，原本带着笑容，可听到老狐狸的问话后，他似乎心情沉重，道："六百年前，我族最后一位养生主坐化，此后就没有那个层次的高手了。"

不远处，王煊琢磨，老狐狸一个又一个地问过去，它自身到底有多强？它该不会是在拿养生主和自身比较吧？难道老狐狸想进入星空之中？

欧云身边冷若冰霜的女子名为欧雨萱，她开口道："两百七十年前，我族最后一位地仙逝去，欧拉星的地仙强者从此断层。"

"都是这个时间段啊！"老狐狸点了点头。

欧云叹息，道："欧家已不是欧拉星第一修仙家族，两百七十年前，我族最后一位地仙坐化，紧接着发生惊天之战，我族伤了元气，如今已经不在前十世家之列了。"

说到后面，他似乎有些苦涩。

"我们积极寻找各种机缘，想让暮气沉沉的欧家复苏，希望前辈成全。"欧雨萱施礼，姿态很低。

他们知道，这么多年过去，列仙洞府当中养的一些奇药估计全都到了药王品级，再加上那些传承与秘宝，实在让人心动。

山门护法并非遵从列仙洞府的号令行事，与列仙洞府其实更像一种盟友的关系，能得到许多好处。

而且，山门护法有很大概率会与列仙后人结为道侣，到时候坐拥整座洞府的资源，诱惑力太大了！

这时，林中传来冷笑声，一名年轻男子走来。男子身高将近两米，裸露的手臂上肌肉如同一条又一条小虬龙趴着。

他身材强健，有种野性的气质，体内似乎蕴藏着爆炸性的力量，眼睛带着淡绿色的光芒，给人非常危险的感觉。

他来自河洛星，名为袁坤。

袁坤冷淡地开口，驳斥欧家兄妹："欧家为什么没落？还不是因为野心太大！你族那位地仙在坐化前，想灭掉另外两大世家，为你族积累足够深的底蕴，结果战况激烈，三方俱损。那是你们自找的。"

欧家兄妹想反驳，被老狐狸制止了。老狐狸道："你们的来意我都知道了，可以考虑。第一关就是看资质，看潜力，当然也看实力，看看你们有没有守护列仙后人的底蕴。"

"前辈，我同意和你走，去当列仙一脉的护法！"王煊开口，随后又补充，"当然，我参加完仙城的超凡大战，争夺完这里的机缘，就会深入密地。"

一时间，袁坤瞪了过来。这小子一开口就截断了他们的后路，他双目中野性光芒闪耀，冷冷地道："你这样的域外土人也配成为山门护法？我一只手就能捏断你的脖子！"

袁坤体内秘力汹涌，身上的腱子肉发光，他明显练过强大的护体秘法，体外一层银光流转，将附近的草木都绞碎了。

王煊讨厌意气之争，不愿无缘无故地发起战斗，尤其是这种明显没有技术含量的挑衅。

对方不是鲁莽之人，一切都是故意的，就是想激怒他，让他战斗。

"列仙的后人和我来自同一个地方，你骂她们是土人？"王煊平和地问道。

"她们当然不一样，体内流淌着列仙的血液，哪里是你这种土人能相比的？"

袁坤一而再地挑衅，怕老狐狸当众答应王煊，让王煊成为山门护法，那样的话，他们几人还争什么？

虽然知道袁坤是故意的，但王煊依旧想教育他一顿，这个野性十足、像个巨猿的男子也好意思说别人未开化？

羽化星的姜轩微笑着道："这位道兄，实不相瞒，我就是想成为列仙一脉的山门护法，想与你一战。我觉得，你没资格成为山门护法。这是战出来的，如果你不敢迎战，最好回到你自己的星球去，不要再踏足这里。"

姜轩的话语听着温和，其实也不善，他的意思很明显，王煊不敢迎战就滚回自己的星球去，别争着当什么山门护法！

欧家兄妹也在笑，目光有些冷，没有说话。他们已经将王煊当作猎物，眼里有不加掩饰的杀意。

王煊看向老狐狸，等待它的决定。

"山门护法需要有面对一切危局的勇气，任何时候都不会退缩。"老狐狸这般说道。

赵清蓠与吴茵想说什么，但老狐狸摆手，没有让她们开口，并以强大的手段干扰超凡者传来的精神波动。

超凡者可以用精神传递意思，老狐狸施法后，两名女子就听不懂那些话了。

王煊不想进行无意义的战斗，眼下却不能忍。他总不能看着这几人成为所谓的山门护法吧？那样的话，他们说不定真的会对赵清蓠与吴茵有什么念头，以后会出事的。

"老陈，那个大猩猩交给你了！"王煊开口道，指向近两米高的袁坤。

老狐狸摇头道："不行，他年龄太大了，没资格竞逐山门护法。"

陈永杰体内顿时血气激荡，老狐狸居然说他老？它自己都不知道活了多少年岁，凭什么说他老？真是……忍着吧！

陈永杰对王煊摊手，摆出一副爱莫能助的样子。

王煊道："前辈，他们几个都在燃灯层次，境界比我高，这么对决的话对我不公平。"

"真正生死对决时，谁还管你什么层次，不都是上来就拼命吗？你要是觉得实力不够，不比试就是了，回家接着去练。"来自欧拉星的欧云开口道，脸上带着淡淡的冷笑。

"土人，你到底行不行？实在不敢战斗，就滚回你所在的星球，永远不要踏足密地了，赶紧给我消失！"近两米高的袁坤言语恶劣。

"老陈，你动不了手，替我骂几句！"王煊道。

陈永杰闻言翻白眼，无视王煊。

"兄台，你行不行？"姜轩微笑着问道。

他身边的穆雪白衣如雪，纤尘不染，这时也开口了："你害怕的话，就赶紧回家吧。"

王煊被气笑了，道："小姑娘，我看你白白净净的，身上带着空灵的仙气，连你也挤对我，我保证一会儿将你打哭。"

穆雪嗤笑，对他的威胁不屑一顾。

另一边，欧雨萱也冷冰冰地开口道："要么过来当猎物，被我们捕杀，要么赶紧灰溜溜地回你的星球去。"

王煊冷笑道："行，也难为你们了，看你们或气质出尘，或冷若冰霜，不像是说这种话的人，却一起针对我，不就是想与我交手吗？来，你们别后悔，一会儿让你们都哭哭啼啼！"

老狐狸道："我先讲清楚，不许出人命。你们有仇的话，可以等我走了以后再进一步厮杀。"

"大猩猩，从你开始！"王煊寒声道。既然要战，那就来吧，燃灯又如何？他们又不是比他高一个大境界，只是高一个小段位而已。

袁坤脸色冰冷，近两米高的身体一晃，从原地消失，直接出现在王煊身前，爆发出刺目的银光。

这时，袁坤忽略了自己说过的话：一只手对敌。

现在他不仅两只手银白如金属，向前轰击，连双脚也腾空而起，猛地向王煊踏去。

王煊没有迟疑，决定硬碰硬。练成最强经文后，他就想找人酣畅淋漓地对决一场，以肉身搏斗，检验自己的肉身强度。

早先击灭超凡者时速度太快了，他还没有感觉。

轰！

半空中像打了个惊雷，震耳欲聋，刺目的光芒绽放。两人死磕，真正地硬碰硬。

身高近两米的袁坤有些不敢相信自己的眼睛，他比对方高了一个小段位，练成了不朽之身第一层，有银白光芒护体，血肉比精金还要坚硬，双手怎么会流血？

他练的不朽之身可直通羽化登仙境界，是一教祖庭的秘篇绝学，罕有人练成。他天赋异禀，非常适合练此功，此时居然负伤了！

"你这个未开化的大猩猩，就是嘴巴上叫得凶，原来这么脆弱。再来啊！"王煊奚落道。

嗡！

袁坤后退几步后，周身再次光芒大盛，银色光幕居然撑起了第二层，接着又撑开了第三层。

他在原地留下一道残影，再次冲来，突破声障，让附近的草木都炸开了。

白色能量光芒流转，绕着他的身体，绞碎了地面上的坚硬岩石。

咚！

近两米高的袁坤像一头神话传说中的银色神猿般力大无穷，两只拳头轰砸下来。

王煊依旧没有躲避，他全身晶莹，手掌璀璨，宛若刀锋，迎向对方的拳头。

这一次，两人的厮杀较为激烈。

袁坤身上的银光沸腾，不断冲撞向王煊。王煊的气血翻腾起来，确实感受到了极大的压力。

但是，袁坤依旧压制不了王煊，顿时焦躁起来。要知道，袁坤的实力可是在燃灯层次。

"能与王教祖战到这一步，厮杀数十招，你可以在河洛星上吹嘘一辈子了！"王煊说道。

袁坤暴怒，修行层次比他低的人说出这种话，在他看来是赤裸裸的羞辱。王煊这是在针对他此前的言行吗？

轰！

袁坤动用禁法，强行撑起第四层银色光幕。

如果不能快速解决此人，他颜面何在？

在同境界的对战中，他几乎没败过，怎么能让一个段位比他低的土人压制？

若强行撑开第四层银色光幕，袁坤可能会付出一定的代价，但他身上有大药，他觉得自己吃上一颗后就能恢复过来。

显然，他高估了自己，动用禁法撑开第四层光幕后，他的肉身有些不支，出现了细密的裂纹。

轰！轰！

王煊全身秘力流转，一掌接一掌地向前拍去，震得周围的参天大树都炸开了，气流爆开，到处都是白茫茫一片。

噗！

袁坤胸部中掌，横飞出去二十几米远，撞断了六七棵大树。

"就这？"王煊瞥了一眼倒地不起的袁坤。

这种态度让袁坤怒目圆睁，再次咯出一大口血。

"你们谁上？"王煊问道。

穆雪向前走来，清冷而空明，连鞋袜都不染尘埃，颇有仙气。

"就你这样的，一会儿保准被我打得哭哭啼啼，趁早哭着认输吧！"王煊瞥了她一眼后开口道。

第191章
打哭了一群

穆雪的脸顿时黑了，她在羽化星被尊为仙子，到了这个异星土人嘴里居然成了只懂得哭泣的小女人？

"你叫什么名字？"她问道。

"王煊祖。好好记住，以后这个名字注定要传遍深空，但凡有生灵的地界都将知道我的名字。"王煊淡定地回应。

"嚣张！"穆雪受不了他了，这是哪里跑来的家伙，真是自负过头了，妄想当威震深空的教祖？

"狂妄！"后面的几人也都脸色不好看。至于袁坤，则是又吐了几口血，爬了半天都没有起来，他艰难地掏出一颗丹药快速吃了下去，总算稳住了伤势。

如果他不能快速恢复，另外两颗超凡星球的天才绝对会在半路截杀他。

"你先等一下！"王煊让穆雪稍等，然后，他大步朝袁坤走去。

"你想干什么？"袁坤阴沉着脸，他不认为这个异星人会不顾老狐狸的警告。

"收获战利品。你刚才偷吃我一颗丹药，我先记下了，把你的玉符拿出来！"王煊很自然地道。

袁坤气得直哆嗦，但是现在他还没有彻底恢复，无力阻止，况且就算他全面回归巅峰，似乎也挡不住。

"前辈，他这样太过分了吧？"袁坤向老狐狸求助。

"拿走玉符，适可而止。"老狐狸开口道。

"别，不要动我的玉符，我愿意补给你另外十枚。"袁坤赶紧说道。

每个人的玉符上都有自己的名字，是白孔雀亲自刻写的。玉符必须带在身上，一旦被人抢走，就算彻底结束了竞逐。

"你的十枚玉符本来就是我的。"王煊毫不客气地道。

"那些玉符都被我放在地仙城中。"袁坤告知王煊，除他自己的玉符按照要求留在了身上外，其他战利品他都没带在身边。

"派人去拿，我等着，不然你的玉符就被我没收了。十枚是不行的，最少二十枚！"王煊毫不客气地拿走了袁坤的那枚玉符。

袁坤无比郁闷，但不答应的话他就直接出局了，不要说地仙城前三甲的奖励，就是稍微靠后的机缘他都没资格获取了。

"人总要为自己的言行付出代价。"王煊拍了拍他的肩膀。

袁坤眼中喷火，同时很后悔早先那样挑衅王煊。

事实上，袁坤想多了，即便他没说那些过激的话，王煊也会收缴他的玉符。

袁坤脸色铁青，冲林地中招手，让一名追随他的超凡者回地仙城去取玉符。

不远处，陈永杰看着眼红，二十枚玉符这就到手了？

他对老狐狸开口道："前辈，我觉得我还年轻，血气方刚，如同那刚刚升起的朝阳。"

老狐狸无视他。

小狐狸撇嘴道："看你的样子，你比我爷爷还老。"

陈永杰很想说，我刚喝完地仙泉没多久，现在也就是三十岁的样子，你爷爷那是真正的老怪物了！

"我爷爷看样子也就二十出头。"小狐狸补充了一句。

陈永杰不想说话了，觉得这一大一小两只狐狸都不是好东西！

另一边，穆雪与王煊的战斗开始了。穆雪拉开很远的距离，显然不想与王煊进行肉身对抗。

除轰出一道又一道掌心雷外，她突然祭出一道匹练，那竟是一柄飞剑，飞剑快如闪电般向王煊斩去。

飞剑的速度实在太快了，瞬间即至。

纵然是剑修，在超凡初期时，一般来说也驾驭不了飞剑，穆雪居然做到了。

她能够做到这一步，只有两个可能，一是她的精神力格外强大，二是她身上有异宝相助。

连陈永杰的脸色都变了，担心王煊来不及躲避。毕竟，剑修的攻击力之强举世皆知。

王煊疾速闪避，那飞剑如影随形，还是冲着他斩来了。

王煊抬手，动用最强经文的第一幅真形图向前击去，锵的一声，掌指打在飞剑的侧面，响声震耳，整柄飞剑的璀璨光芒瞬间暗淡。

所有人的脸色都变了，王煊的这一击力道有多大，震得飞剑上的符文都碎掉了吗？

咔嚓！

王煊发出第二击时，飞剑炸开，晶莹的碎片朝四面八方飞射。

突然，王煊汗毛倒竖，感觉背后有冰冷的剑锋斩来——对方悄然祭出了第二柄飞剑。

王煊快速横移身体，躲避这一剑，但终究还是被擦到了。人们看到，飞剑像劈在精金上一般，火星四溅！

飞剑擦过，王煊摸了摸自己的脖子。

连拥有强大攻击力的剑修都没能破开他的肉身，他重新审视起最强经文。

连丈六金身、九劫玄身这样的护体秘法都是练石板上神秘真形图的辅助经文，这让王煊清醒地认识到，原来自己的防御力这么强。

铮铮！

王煊徒手捏住了那柄飞剑，把它攥在手里不松开。

然而，那柄飞剑剧烈地震动，将他的手掌震出一道道红印。

咔嚓！

王煊咬牙，直接折断了飞剑。

然后，他快如闪电般向前扑击，追杀穆雪。

穆雪脸色有些发白，疾速后退。这样一个刀枪不入的怪物，是她最大的克星。

她竟快不过王煊，被他追上了。

王煊一巴掌向前拍去，穆雪立马躲避，并动用精神秘力攻击。

然而，她惊悚地发现自己的精神攻击被王煊无视了，没有起到任何作用。

她被王煊抓住一条手臂，瞬间挨了两拳，脸也被拍了一巴掌。

"停！"老狐狸开口道，并动用秘法。整片空间瞬间如同泥沼般，有莫名的力量牵引，化作涟漪布满每一寸空间。

"住手，她认输了！"姜轩也喊道。

若非老狐狸出手，穆雪必然遭受重创。即便如此，她的面部还是被不轻不重地打了一巴掌，她的鼻子酸痛无比，不受控制地流出泪水。不是她想哭，而是她的鼻子受不了，过于酸痛导致的。

"你看，被我打哭了吧。"王煊好心将她从地上拉了起来。

白衣如雪、空明若仙的穆雪现在浑身都痛，身上沾着草叶，白衣也染尘了，再加上清丽的面孔上泪水不受控制地滚落，显得前所未有地狼狈。

她真想收拾眼前的男子，无奈飞剑都奈何不了他！

"有那么痛吗？别哭了。"王煊劝她，然后又道，"把玉符给我吧。"

穆雪简直要气疯了！

姜轩快速走来，直截了当地开口道："我让人去取二十枚玉符给你。"

"不行啊，得三十枚。"王煊摇头。

穆雪一边擦眼泪，一边羞愤地问道："为什么？"

"你们有两个人，玉符肯定更多啊。"王煊理所当然地说道。

"我又没出手，你也算上我了？"姜轩以为自己听错了。

"对啊。要是你出手，我就收她二十枚玉符，一会儿也要收你二十枚。但我猜测你不敢出手，所以就收你们两个三十枚算了，谁叫她哭了呢？"王煊一副理所当然的样子，很认真地说道。

姜轩十分憋屈，这找谁说理去？他看向了老狐狸。

"不是你们自己要和他对战的吗？"老狐狸悠悠地说道。

"行，三十枚！"姜轩认了，他是绝不会出手的，因为他也用飞剑，而且实力比穆雪还稍逊一筹呢。

陈永杰走了过来，对王煊低语："你现在收玉符收得痛快，一会儿他们喊来采药层次的高手，我们肯定会被追杀！"

他神色严肃，提醒王煊做好逃亡的准备。

王煊道："他们本就是冲我们来的，我不收玉符，他们也会截杀我们，那我干脆就收个痛快吧。"

然后，王煊盯上了欧云与欧雨萱兄妹二人。

"我们不打了，给你二十枚玉符。"欧云直接开口道。

王煊摇头拒绝，道："不行，必须打一场，我想看一看曾经的第一修仙家族的秘法有多强。"

欧雨萱果断出击，迅速与王煊拉开距离，她动用的是精神秘法，周围出现迷雾，那是精神幻象，然后数杆精神长矛飞快地向王煊的精神刺去。

只是下一刻，她就惊悚了，王煊的精神色彩斑斓，并伴着一座悬浮的岛，那座岛显得很真实。

"翻天印！"王煊低喝。

那座悬空的岛与他的精神秘力凝聚在一起，轰然砸了出去。这一刻，不仅来自超凡星球的几位年轻天才震惊，连老狐狸都神色一动。

在超凡初期就能展现奇景，沟通某一层精神世界的一角，这绝对是个例！

"手下留情！"老狐狸再次喝止。

欧云也在第一时间出手救援，因为精神力量的对抗最凶险，他怕欧雨萱伤了精神体，整个人出问题。

王煊祭出那座岛，岛像一方大印落下，震得兄妹二人的精神险些崩开。

两人精神恍惚，无意识地退出去几步，一时间没恢复过来。

王煊走了过去，一拳砸在他们的鼻子上，顿时让他们涕泪长流。

另外几人看得无语，这土人太损了，就是喜欢看他们哭啊。

欧云与欧雨萱回过神来后，极为羞愤，赶忙擦眼泪。

"你们两个居然都哭了，还哭得这么伤心，那就只收你们三十枚玉符吧。"王煊开口道。

远处，赵清菡与吴茵一阵出神。虽然老狐狸施展了手段，她们听不懂这边的对话，但她们全程目睹了王煊出击并压制对手，彻底放下心来，面露喜悦之色。

"这真是来自超凡星球的天才？感觉不像啊。"两人低语。

来自修仙世家的五个天才，三个在抹眼泪，一个不敢出战，还有一个袁坤在咯血，场面实在有点儿诡异。

五人下定决心，一定要封锁消息，绝不能走漏风声，这一战实在太丢人了！

老狐狸感叹："你们的母星虽然不是高等超凡星球，但毕竟数百年前有地仙，甚至还有强大的养生主。你们几个要上进啊，居然连一个从超凡能量消失的星球上来的散修都打不过，有些说不过去。"

五人面儿上无光，都不想说话了。

不久后，一堆玉符被人送来。陈永杰眼睛都看直了，真的收缴成功了？！

他觉得，王煊收获的玉符远超钟庸。

王煊叹气，道："别眼红，准备逃亡吧。我们要面对疾风暴雨了，必须熬过这一关，争取突破，不然没有活路。"

第 192 章
复制苦修门先祖的道路

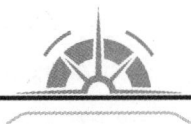

来自超凡星球的五个天才，三个在哭，一个在咯血，还有一个在怀疑人生，这噩梦般的结局，他们这辈子都不想再回忆。

老狐狸没有再说什么，挥了挥袍袖，带着两名女子、小狐狸和"马大宗师"上路了。

袁坤擦了一把嘴角的血，眼神幽冷，冲身后挥手——林中的采药级高手隐伏、等候多时了！

别说野性十足的袁坤，就是早先带着仙气的穆雪，也一边捂着鼻子一边擦眼泪，同时向后方示意，让族中的高手跟进。

王煊与陈永杰立刻追赶老狐狸，一路跟了过去。

"你们回去吧，不用再送了。"老狐狸摆手。

王煊一脸不舍之色，道："都说送君千里，终须一别，这不是才送三里吗？我们再送送。"

吴茵眼睛瞟来，看了又看，以为王煊不舍她与赵清菡。

她没有形成精神领域，感知不到深林中有人跟随，并不知身后有关乎生死的凶险。

但她看到小狐狸盯着密林深处时，立刻意识到了不妥，脸色瞬间变了。

赵清菡蹙眉，美丽、白皙的面庞上浮现忧色，道："前辈，带他们两个一起走吧。"

"再见！"老狐狸腾空，周身烟雾缭绕，带着两名女子、小狐狸与"马大宗师"凌空横跨，一眨眼消失在大山后方。

就这么飞走了？王煊与陈永杰抱怨，提前说一声也行啊，这地方很开阔，林木稀疏，根本不适合藏身与逃亡。

"别让他们跑了！"后方一群人早就按捺不住了。

袁坤身后跟着十几人，穆雪与姜轩的身后跟着将近二十人，欧云与欧雨萱的身后跟着十五人以上。

而且，他们的队伍中都有不止一位采药级高手。

现在，数十名超凡者齐出，震碎周围的林木，像山洪决堤，呼啸着，以摧枯拉朽、不可阻挡之势向前冲去。

超凡者出行时，一步迈出就是数十米远，脚掌在地面上发力巨大。

一群人冲过去，山地被踩崩了，比猛犸象折腾过的草地还凌乱，山林破碎得不成样子。

轰！

采药级强者掌心发光，一道粗大的雷电冲陈永杰轰去，好像雷雨天到来，迷雾伴着电光，景象极其骇人。

陈永杰疾速躲避，与王煊飞逃。

那片山地被粗大的电光击中，山石全部爆碎，草木化成飞灰，地面被炸出一个巨大的深坑。

王煊与陈永杰一言不发，一路狂奔。若被追上，他们绝对没有什么好下场。

后方追杀的人冷酷而沉静，没有人开口，一群人早已视两人为猎物。

呼！

有人张嘴，嘴里飞出一柄三寸长的飞剑，飞剑薄如蝉翼，带着漫天的离火之光轰向前去。

这是一个采药巅峰的强者，如果他愿意，可以突破境界，更上一层楼，但他为了遵守密地规则，不得不压制自身的修为，使其不超出采药范围。

离火飞剑追着陈永杰和王煊杀了过来，火光烧得部分山地都熔化成了岩浆。

"跳！"

王煊与陈永杰站在山峰上，一咬牙跃了下去，不然的话，他们必定被那柄离火飞剑劈中。

而且，那位采药巅峰的强者也即将追上他们。

沿途，他们撞碎一棵又一棵大树，减缓下落的速度，即便如此，两人也摔得浑身剧痛。

后方一群人没敢跟着跳，向下看了看，暗叹两个异星人够狠。

王煊与陈永杰一骨碌爬了起来，身体很多部位都疼痛不已，还好他们练的是最强经文以及丈六金身，全都是护体绝学。

换一个人的话，从山头跳下来，哪怕有大树阻挡，最后也难逃一死。

两人没有任何迟疑，爬起来就跑，那群人从侧面下山了，要不了多长时间就能追过来。

"老陈，还跑得动吗？"

"还能跑，但是途中可能被采药级高手追上。我们发力狂奔，在地上留下的足迹太醒目了。"

两人琢磨着，要么从大湖走，要么从河流走，借此抹除痕迹，不然的话，早晚会被追上。

不久后，离火茫茫，半空一片赤红，那柄薄如蝉翼的飞剑疾速斩落，两人实在避无可避。

陈永杰挥动长刀，结果长刀锵的一声断裂了，根本挡不住那飞剑的锋芒。

锵！

王煊挥动长矛，长矛掺了太阳金，坚固不朽，击中三寸长的飞剑，结果震得他自己的虎口出现了血迹。

这让他惊骇，他现在的肉身何其强大，但面对采药级高手的全力劈斩，依旧显得不足。

他手上出血，染红矛杆，但总算帮陈永杰挡住了那致命的一剑。

"老陈给你，用它格挡，就当它是大剑！"王煊将长矛扔给了陈永杰。

后方，那位采药级强者心神震动，暂缓攻势，收回兵器，发现那剑刃破损了一些，顿时无比心疼。

王煊刚才全力对抗，虽然手掌被震得流血，但是也让这位采药级强者有些不好受，精神能量受到一定的冲击，体内血气翻腾。

"我先杀了你！"那名采药巅峰的高手眼神森冷，催动飞剑，顿时离火熊熊，烧红了前方的山地。

漫天的火光坠落，烧得王煊与陈永杰龇牙咧嘴，若非练了最强经文与丈六金身，他们绝对会被烧成灰。

锵！

王煊忍了很久，终于等到了机会，他挥动手中的短剑，劈在那柄晶莹剔透的飞剑上，咔嚓一声将之斩断。

"不！"后方，已经离得很近的采药级高手心神剧痛，他附着在飞剑上面的精神能量随着飞剑被毁受到冲击。

他无比心疼，一柄真正的顶级飞剑居然被人毁了？！

咚！

与此同时，陈永杰抡动手中的长矛，把长矛当作大剑用，将一把无声无息冲来的银色小刀砸得飞了出去。

两人再次逃命。

后方，数位采药级强者像尖刀般插入山林，领着数十名超凡者追杀他们，根本不给他们喘息的机会。

其间，王煊与陈永杰数次倚仗护体神功从断崖、山峰跳下，不然的话，早就被采药级强者追上了。

两人也为此付出了惨重的代价，摔得浑身是伤，到了最后，即便护体神功再厉害，两人也快受不了了。

终于，两人看到了一条大河。看到大河的一瞬间，两人竟有种泪流满面的冲动，再看不到水泽的话，他们就要被人追杀至死了。

即便借助水泽，能够活着的概率也不足五成，他们逃下水的话，那些人也会继续追杀。

"停！"陈永杰焦急地叫道，"我想起来了，这里是一群超凡银鳄的栖居地，我们这么冲过去是送死！"

在他的印象中，这里有十几条超凡银鳄，它们的实力都不弱，其中甚至有采药级的老鳄。

"知道我上次陷入绝境后是怎么活下来的吗？以身填蛇腹。我觉得一会儿老鳄张开血盆大口时，我们可以脚下打滑，主动向它嘴里摔，进入它的肚子里，或许能活命。"王煊来了精神。

"你这是人话吗？"陈永杰受不了王煊，这是什么馊主意！

"没骗你，我上次就是这样活下来的。你想想苦修门先祖，也有过这种经历。你练的是丈六金身，和苦修门先祖一样的功法，现在正在走他的路，一会儿说不定是你的机缘——于腹中悟道。"

陈永杰无语，只能硬着头皮向前跑，他估量了一下，以自己的金身似乎真的可以在银鳄腹中待上很长时间。

"几条银鳄都是迷雾与燃灯境界的，没看到采药级的怪物，一会儿我们进入银鳄腹中，它们如果不知死活，没有逃进水中，被后来的超凡者杀死在河岸上，我们岂不是既狼狈又惨烈？"

陈永杰打退堂鼓了，前方河滩上，几条银色的大鳄懒洋洋地晒太阳，修为不是多么高深，都在迷雾层次与燃灯层次。

"我们自己跳水，沿河底逃走。"王煊不得不改变计划。

突然，大风呼啸，天空中出现一只金色的巨鸟，巨鸟长二十几米，向河岸上的银鳄俯冲而来。

"走，老陈，你的悟道机会来了，复制苦修门先祖的道路，进入命土境界，回头打得采药层次的高手毫无还手之力！"

王煊招呼陈永杰向前冲去，悍不畏死，誓与银色鳄鱼们站在一起。

金色怪鸟俯冲过来，利爪森森，寒光闪耀，弯钩状的巨大鸟喙摄人心魄。

这是一只实力可怕的凶鸟，疑似在命土后期，又像初步踏入了采药层次，实力强大。

它的利爪对准了一条燃灯层次的大鳄，这是来自天空的偷袭。

王煊与陈永杰尽心尽力地干预，保护银鳄，成功激怒了这只巨鸟，其大爪子直接按了下来，长鸣震天。

王煊与陈永杰躲开巨鸟锋锐的大爪子，果断跃起，冲进了它的嘴里，然后二话不说使劲向它肚子里冲。

这只鸟身长有二十几米，他们两个相对来说如同小肉虫般，很顺畅地冲了进去。

金色巨鸟发呆，它从来没有过这样的捕食经历，还有主动向它嘴里跳的猎物？

它临走时，依旧没改变目标，抓起一条迷雾层次的银鳄飞向半空。

"人呢，怎么没了？"后方的追杀者愕然。

"被那只怪鸟给吃了！"有人惊叹。

"不对，我分明看到他们两个是主动跳进怪鸟嘴里去的。"

一群人短暂地对话后，攻击飞向空中的怪鸟，有人祭出银色飞刀，飞刀化成一道匹练冲起。

噗！

金色怪鸟怒鸣，它负伤了，被银刀斩出一道很深的伤口，但是对于它二十几米长的庞大身体而言，这根本不足以致命。

它凶狠地叫着，扔下银鳄，越飞越高，最终消失在天边。

"那两人是活着还是死了？"有人发出疑问。

正常来说，被那么强大的一只怪鸟捕猎，肯定活不成，可是那两人似乎是自己主动跳进鸟嘴里去的。

"联系执法者，向其了解那只怪鸟的来历，然后去它的巢穴找那两个人。我怀疑他们不会死，只是想借此脱身。"

"老陈，悟道了吗？"

"悟什么？臭死了！"

半空，王煊和陈永杰在鸟腹中交谈，周围到处是黏液，还有未消化干净的骨头与肉块。

金色怪鸟在空中盘旋，它也是超凡者，听到了腹中两人的对话，简直怒不可遏。

这是两个偷渡者？

怪鸟开始呕吐，想将两人吐出来，让两人从空中掉下摔死。

"老鸟，不要折腾了，你再不老实，我们就刺你一矛！"陈永杰手持长矛，在鸟肚子里捅了两下。

"咱们商量一下，你把我们送到一处安全地带，我们痛快地离去，就此与你别过，永不相见，你看如何？"王煊说道。

金色怪鸟十分暴躁，在天空中折腾。

可是，它腹中的两个怪物肉身强大，消化不了，它以命土巅峰的精神力量去攻击，也毫无作用。

经过一番痛苦的斗争，怪鸟的腹部都出血了，它终于妥协，降落在一片泥沼附近，张嘴将人给吐了出来。

怪鸟刚要攻击，两人一同催动强大的精神秘力加以震慑，怪鸟愤怒无比，转身离去。

"老陈，咱们找棵菩提树开始闭关，突破境界后，非报这仇不可。"

陈永杰仰天长叹："不走先祖的路，不知他的苦，我现在开始复制他的路，去菩提树下闭关！"

第 193 章
密地逃亡

太阳落山了，沼泽地十分昏暗，死气沉沉，没有猛兽与怪物出没。一些奇异的怪树伸展着枝丫，叶片稀疏，但花骨朵密密麻麻。

王煊与陈永杰饮下不少地仙泉，身上那些由于撞击造成的各种暗伤好得差不多了。

他们打定主意，在外突破后，杀回地仙城附近去报仇。

"把他们干掉，我得到的玉符不会比老钟少，想一想这老家伙的日子，我就窝心啊！"陈永杰感叹道。

钟庸在地仙城待着，坐看城外风云起，估计小酒都要喝上了，实在让人想将他揪出来收拾一顿。

"得了地仙城的造化后，我们得想办法回新星，这地方不能久留。"王煊说道。

陈永杰点头，密地太危险了。现在三颗超凡星球的人联手追杀他们，加上不守规矩的执法者，还有密地深处各种莫测的变数，他们一个不慎，就会丢掉性命。

天色黑了下来，繁星点点，沼泽地昏沉，黑漆漆一片。

"嗯？"两人看到，沼泽地深处有朦胧的光晕若隐若现。

他们惊异地向前走去，寻找那光源，竟是一棵大树在夜里发出柔和的光辉，有种清新而芬芳的气味，显得很神圣。

离开鸟腹时，他们还说了苦修门先祖在菩提树下悟道的事，现在忽然发现一棵异树，两人都有些惊讶。

"老陈，你的机缘到了，能完美复制前贤的道路了。"

那棵大树有三十几米高，树皮粗糙，却有晶莹的光流转，满树花蕾绽放，清香扑鼻。

夜风吹来，烛火般的光团漫天，向四面八方飘去，也向两人这里飞来。

"蒲公英？"王煊惊疑。

大树开花后，漫天都是雪白的"小伞"，"小伞"带着柔和的光晕，到了他们近前。

王煊用手接住一个"小伞"，然后惊变发生！

十厘米高的雪白"小伞"触及他的皮肤后，突然生根，疾速向里钻去，其根须比铁丝还坚韧，像利刃般要刺破血肉。

"老陈，这东西有问题！"王煊第一时间提醒陈永杰，神色严肃无比。

那个"小伞"差点儿就刺进王煊的手心，他浑身秘力流转，释放刺目的光芒。

然后，他手心腾起一团真火，炼化那"小伞"，最终让它炸开，化成一股奇异的能量消散在天地间。

陈永杰已经中招了，一个"小伞"扎根在他的手臂上，都刺出血来了。还好，他的丈六金身功属于苦修门秘传绝学，金光流转，震碎"小伞"的根须，而后火光腾起，将之炼化。

两人确信，没有护体神功的人挡不住这种"小伞"的袭击。

对于许多超凡者来说，这地方是禁地！

"我们两个险些被一只鸟给害死！"两人快速后退，远离那棵异树。

很快，他们发觉不妥，周围那些怪树都亮了起来，从树干到枝杈全都璀璨生辉，并且很小的花骨朵都迅速膨胀，大了数倍不止。

两人脸色变了，没想到连树都有第二形态，会突然"变身"，难怪这里死气沉沉，原来什么生物进来都得死！

"逃！"

两人竭尽所能，将秘力提升到极致，向沼泽地外部逃去。他们怎么也没想到一只怪鸟险些将他们坑害。

沿途，成群成片洁白的"小伞"发光，在空中飘荡，主动追寻生物，不断向他们身上飞来。

片刻后，整片沼泽地璀璨无比，很多大树开花了，两人像穿了一层厚厚的棉绒大衣，整个人都被淹没了。

火光缭绕，电闪雷鸣，他们动用秘力清理体外的那些"小伞"，所有毛孔都闭合了，但他们依旧感觉有无数利刃在向里面刺。

半刻钟后，他们逃离沼泽地，花费了一番大气力才彻底根除体外的"小伞"。

他们心有余悸，密地中的生物太诡异了，到处都有能危及性命的东西。

他们快速远去，没有留下足迹。既然那只怪鸟这么坑人，保不准将他们给卖了，强大的超凡生物能跨种群沟通。

他们疾速远去，登上一座大山向后眺望，心头狂跳，只见那地方影影绰绰，一只金色怪鸟带着一只羽翼漆黑的乌鸦落在沼泽地外。

"执法者！"陈永杰面露异色，那只乌鸦他见过不止一次，因此一眼就认了出来。

从乌鸦背上跳下来十几人，这十几人都是采药与命土境界的高手，都追杀过王煊和陈永杰。

随后，一只庞大的猫头鹰飞来，从它身上也跃下十几人，都是熟人，有姜轩、袁坤、穆雪等。

"又一个执法者！"陈永杰的脸色变了，三颗超凡星球的人与执法者勾结在一起，找到了沼泽地。

显然，那些人是通过执法者的关系找到那只金色怪鸟，请它带路来到沼泽的。

"既当裁判，又当刽子手，回头等我们突破后，一定要和它们清算，非宰掉几个执法者不可！"王煊看向远方，道。

这不是第一次了，从黑角兽到獒犬，现在又出现了巨型乌鸦等凶禽的身影，地仙城的情况相当复杂。

陈永杰也脸色难看，道："我们分开逃。现在他们让这些凶禽相助，还不算最差的情况。如果下次他们请来类似獒犬这样的怪物相助，一路追寻我们的气味，我们一个都跑不了。我们得尽快破关。"

"没有我这个护道人在你身边，你行吗？"王煊看了他一眼。

陈永杰道："管好你自己吧。随着对燃灯境界的领悟，我感觉自己能动用的秘力达到了极限，战力激增。我现在能对抗命土层次的修士，只要再破关，我就不惧采药层次的对手！"

"我觉得，我如果全力以赴，将精神奇景与肉身结合在一起，也能对抗大部分命土层次的修士。"王煊估算了一下自己的战力。

那几个天才都是燃灯层次的超凡者，他击败他们并不算很吃力。

陈永杰脸色发黑，不想和王煊说话了，"旧土第一人"的称号这么快就要易主了？

过了好一会儿，陈永杰才道："我反复动用精神秘力，也看到了一角模糊的精神世界，我想我在人世间这个大境界早晚能捕捉到一些奇景。"

两人准备各自上路，避免被一窝端。

王煊分给陈永杰大量地仙泉，陈永杰身上背满了葫芦，王煊又送了他一块地仙泉结晶，郑重地告诉他，这是保命用的，价值连城。

"玉符也分你一半！"王煊又将一半玉符塞给了陈永杰，怕万一自己落在敌人手中，就便宜那些人了。

陈永杰提着长矛，快速远去。

王煊选了一个方向，也一头扎进密林中，不留足迹，如幽灵般消失。

两人各自逃命，寻找安全的地方闭关。

清晨，王煊在一片密林中迎着红日，缓缓施展第二幅真形图，心神沉浸在当中，他要彻底练通这篇超凡经文！

随着他不断舒展躯体，第二幅真形图越发趋于完美。

毕竟，涉及五脏六腑的地方他在逝地练通了，剩余部分没那么危险。

不久后，他警惕地收功，快速离开这里。其间他数次渡河，游过大湖，抹去自己的痕迹与气味，换了一个又一个地方。

午时，王煊咯了一口血，快速饮地仙泉调节自身的状态，还好没什么大碍。

接着，他又换了地方。

傍晚，在夕阳中，他身体发光，全身共振，脏腑齐鸣，身体各部位的奇景隐约间全部呈现了出来，体表纹理交织，而后收缩进那些奇景中。

次日，在一个大湖前，王煊沐浴朝晖，身体不断轻颤，周围奇异的景物具象化，围绕着他的肉身转动、沉浮。

他的实力提升了一截，从介于迷雾中期到迷雾后期的特殊节点，直接跨越到迷雾巅峰层次。

第二幅真形图他只差一点儿就全部练通了，那时他便可以踏足燃灯领域。

临近中午时，他在一道瀑布下静坐，默默参悟第二幅真形图最后的篇章。

这两日来，他换了不知道多少个地方，灵兽的嗅觉敏锐，他怕怪物执法者追寻到他。

下午，天色阴暗，乌云滚滚。王煊起身望天，道："下雨吧，抹除我在路上留下的所有痕迹！"

远处，不寻常的响声传来，王煊瞳孔收缩，意识到出问题了，对方广撒网，终究还是把他找到了。

为了杀他，这些人煞费苦心，动用了很大的力量。

一头老狼昂首立在前方的土坡上，森冷地看着他，它的身边跟着数名超凡者，其中有两个命土境界的高手、三个燃灯层次的人。

这些人见到王煊后，没有说话，疾速攻来。

王煊眼神冷漠，盯上了那头老狼，它在命土层次，大概率是一个执法者。

果然，老狼发出精神波动，开口道："异星人，你没资格出现在密地，身为执法者，对你杀无赦！"

王煊懒得争辩，白孔雀给了他玉符，承认他有资格在密地寻找机缘，这头老狼凭什么这么说？它不过是与三颗超凡星球的人勾结在了一起，得了好处后，与那些人沆瀣一气。

轰！

王煊发动了，他没有与那几名超凡者对抗，而是避开他们的围攻，要去对付这头老狼。

"来，一起杀他！"老狼开口道，并未躲避，而是以身为饵，等那几人来合力对付王煊。

此外，它对自己的实力有信心，它在命土境界积淀了数十年，道行高深，不信一个迷雾层次的人能杀它。

王煊这次拼命要除掉这头老狼，因为有这头老狼在，他将无所遁形，会被它循着气味寻到。

他全力以赴——到了超凡领域后，他还从来没有将全部奇景展现过呢——悬空的岛和仙山、蓝湖化成的海、火焰冲天的岩浆地等全部与他的精神凝聚在一起，向前轰去。

嗷！

老狼发出一声凄厉的惨叫，它的精神被打崩了一部分，一个跟跄险些摔倒。

王煊用肉身硬生生地挡住了后方一人祭出的一柄飞剑，留下一道残影扑向老狼。

他手中的短剑发出刺目的光束，趁老狼昏沉，噗的一声结束了它的性命。

他杀了一个执法者！

顿时，这里发生激战，王煊击灭了一名命土层次的超凡者，在临走时竟又将一名燃灯层次的超凡者斩灭，而后转身远去。

这个战绩惊呆了那几人，吓得他们脸色发白。

王煊没想放过剩下的几人，但是他产生了强烈的不安，感觉到危及自己性命的人在疾速接近，所以他远去了。

果然，远方有一道身影出现。那是一个采药层次的顶级高手，曾被王煊削断过飞剑。此时他像飞一样地赶来了，看到王煊的背影后，目光阴冷，一言不发地追杀王煊。

王煊精神感知力超常，洞悉是此人追了过来，心顿时沉了下去，他现在真的不是此人的对手。

可以看到，两人间的距离不断被拉近，采药层次的高手实力强大，宛若在贴着地面飞行。

"你走不了！"那个采药层次的高手寒声道。看着越来越近的背影，他露出冷厉的目光。

一座山头上，袁坤见到这一幕后，冷笑连连，那个异星人终于要死了。

另一座山峰上，欧云与欧雨萱也轻吐了一口气，那个男子终于要被人击杀了，他们的噩梦即将结束了。

"他马上就要死了，到时用他的那柄短剑替代你那被他折断的飞剑。"姜轩对穆雪开口道。这两人也在这片区域。

"看剑！"采药层次的高手喝道，祭出薄如蝉翼的断剑。断剑不过两寸长，发出刺目的光束，向王煊劈去。

"我用断剑照样取你首级！"他寒声道。

王煊迫不得已躲避，并挥动短剑格挡，然而，那断剑如同幽灵般出没，疾速旋转。

噗！

最终，王煊被刺目的剑光劈中，断剑喷吐光束，竟破了他的肉身防御。

王煊遭受重创，若非关键时刻，他体内所有的奇异景物一同出现，与肉身凝聚在一起，将断剑挡住，他就被斩灭了。

即便如此，王煊的一条臂膀也受了伤，飞剑震动间，在他的臂膀上划出一道长长的伤口。

断剑喷出的光束伤到他的肉身后，才被奇景震落。

王煊霍地回头，深深看了一眼那个采药级强者，向前逃去。

"他血液中的秘力与奇景，竟然损害了我飞剑上的符文？！"采药层次的高手心中震惊。

他快速追了过去，越是这样越不能放过这个年轻人，绝不能给其成长与突破的机会，必须迅速将其扼杀。

前方，一座巨大的蜂巢挡住了去路，那蜂巢足有大山那么高，是银蜂窝，钟庸曾在这里坑害了一群超凡者。

王煊叹息，他被逼上了绝路，前有恐怖的银蜂巢，后有采药级大敌。

他只能感叹，同地不同人不同命，老钟在这里来了一次狠辣的操作，他却要在这里饮恨吗？

他取下身后的大弓，那是从熊坤那里缴获的战利品。他忍着臂膀处的伤痛，抽出数支爆裂箭对准了蜂巢，而后将其全部射了出去。

数支箭全部射中蜂巢，引发了剧烈的大爆炸，这种符文箭就是有瞬间爆发出最强能量的效果。

蜂巢数处炸开，有些区域甚至燃烧了起来。

采药层次的高手头皮发麻，转身就逃，他绝不会为了杀人而将自己的性命搭进去。

王煊没有转身，而是利用银蜂冲出来前的瞬间，继续朝前奔跑，而后快速绕行，来到蜂巢一侧。

"嗯？"他看向蜂巢底部，那是老旧的区域，早已废弃了，他果断钻了进去。

轰！

天空中电闪雷鸣，下起了大雨，一些银蜂冲了出去，朝采药级高手的背影追去。

"下雨了，老天终究给了我活下去的机会，我一定会和你们清算！"王煊低语，躲在废弃的蜂巢中，取出一块地仙泉结晶，一口吞了下去。

第194章
绝境蜕变

蜂巢外面，乌云几乎要压落到地面，天地间黑漆漆的，大雨如瓢泼般倾泻下来。

当闪电划破长空时，密地中那些巨大的老树在大风中疯狂晃动着枝丫，像要化形成妖魔。

王煊透过蜂巢的缝隙看着雨幕，在闪电划过天地间时，他脸上的神色在忽明忽暗中越发坚毅。

他肩上的伤口虽然闭合了，但是鲜血依旧在渗出，他遭受的重创前所未有。

地仙泉结晶发挥了作用，让他体内充满了大量的神秘因子，新生的气息、源源不断的蓬勃能量，向伤口输送着。

地仙泉能救命，其结晶效果更惊人。

这个夜晚，王煊安静地隐藏起来，静等伤口痊愈，骨头接续，肉芽簌簌而动，骨髓发光，新生的血液充满了活力。

他在慢慢地变化，身体不断被修复。

漆黑的雨幕中，有异常的声响传出，几道高大的身影像鬼魅般，阴冷而瘆人。

这是类人生物，起码形体与人类相近，都有两米多高，披头散发，身体长满黑色的长毛，手指甲长一二十厘米，寒光闪闪。

这些类人生物的眼睛绿油油的，在漆黑的天地间，在雨幕中，显得格外可怕，散发着超凡者的能量气息。

"仔细找一找，趁着大雨滂沱，银蜂不出来，将附近地域搜个遍！"一个特别高大的类人生物开口道。他接近三米高，眼窝深陷，绿油油的眸子开合间，在暴雨中释放出半米多长的碧绿光束。

远方的山林中，袁坤、欧云、穆雪等人都没有离开，他们派人冒雨寻找王煊，等待结果。

他们看着那些如同鬼魅般的身影，神色有些复杂，那是三颗超凡星球当年滞留在密地的人与精怪结合的产物，俨然成了一个新的种群。

那批人是被故意留下的，为的是让他们适应密地，从而掌控这片大地。

但最终他们的发展出乎预料，这些人的后裔有些像刚化形的妖魔，身材粗壮，遍体布满黑色兽毛，以山神族自居。

山神族的头领达到了采药巅峰，几乎要突破这个境界了，是一位很强大的执法者。

三颗超凡星球的先人很善于经营，留了不少后手，又是留下弟子，又是留下獒犬等宠兽，有的现在已经很强，发展成不弱的种群。

三颗超凡星球的人想慢慢渗透密地，但始终不能如愿，他们留下的人与兽没能突破人世间这个大境界。

山神族的几名超凡者经验丰富，十分了解银蜂的习性，他们分散寻找王煊，向更远处的山林走去。

其中一个人转了一圈，在黑暗中又回来了，手持一杆手臂粗的铁矛猛力刺向蜂巢底部。他知道，这些区域是废弃的旧巢，没有危险。

冰冷的矛锋擦着王煊的脸颊刺了进去，他没有动，直到山神族这个两米五高的大块头那张如同妖魔的脸探进来。那张脸上满是兽毛，双眼绿油油的，像是厉鬼。

王煊的精神能量全部冲击而出，刺目的光束轰中那个大块头的头，让他当场眼睛突出，就要发出惊天动地的吼声。

王煊将扔在地上的战衣一把捞起，塞进大块头的嘴里，并将他拖了进来。

这个命土境界的山神族超凡者精神崩解了不少，但肉身本能还在，他力大无穷，剧烈挣扎。

王煊的伤口不断出血，但依旧死死地堵住这个山神族超凡者的嘴，双臂猛然用力，让他再也无法发出声音。

王煊将蜂巢的缝隙重新堵住，任外面风雨交加，电闪雷鸣，这里再次寂静无声。

而后，王煊数次看到蜂巢外有人远去，他甚至听到了早先那名用飞剑伤他的采药级高手与山神族首领在讨论，认为他可能逃向了前方的那条大河，跃入水中顺流而下了。

接着，他看到了穆雪、姜轩、欧云等带着大批超凡者从这里路过，进入山林中展开地毯式搜索。

他还听到了袁坤疑惑的声音："那个土人不仅沟通了第一层精神世界的一角，体内凝聚了奇景，其血肉竟还能腐蚀飞剑的符文，破开顶级飞剑。来自一个未开化之地，没有了超凡能量，他是怎么走到这一步的？"

王煊了然，虽然他的身体遭受了重创，但是他的血液似乎将追杀他的那位采药级高手的飞剑侵蚀了。

于是，那些人担忧了，甚至可以说害怕，万一王煊逃脱，实力有所精进，将给他们带来极其可怕的麻烦。

"你们越害怕，我越要努力地活着。"在滂沱大雨中，王煊低语，眼神深邃，很快又沉静下去。

雨幕中，一只巨大的黑色乌鸦横空而过，又是一位执法者，它完全与三颗超凡星球的人站在了一起。

它的四周，黑压压一大片都是乌鸦，不过这些乌鸦的体形要比它小得多，它们分散开来，在山林上方盘旋，又飞向远方。

一座山头上，一只巨大的猫头鹰扫视四方，在雨幕中寻找猎物，它在黑暗中的视力极佳。

"这次要允许我们中的一部分人返回祖星，给族人一些盼头，不能总让族人在密地待下去。虽然族人不断异化，以山神族自居，但我们都知道，我们是人类！"

远方，山神族的首领与几名采药层次的高手一边寻找敌人的踪迹，一边交谈。三颗超凡星球的人请动他们这一族，自然要拿出筹码。

一夜过后，王煊的伤好得差不多了，地仙泉结晶效果惊人，是能给人延寿的神圣奇物！

他开始练第二幅真形图，体悟这篇经文最后的部分。

第二天，雨还在下，而且越下越大，有些地方山洪暴发。

山神族少了一位命土层次的超凡者，让该族的首领又惊又怒，他确信王煊没有离开，还在这片区域，于是在雨幕中再次杀来。

袁坤、姜轩、欧雨萱等人也都出动了，带着大批超凡者再次展开地毯式搜索。

山神族的人很敏锐，盯上了蜂巢，看着蜂巢底部，发现那里可能是银蜂废弃的巢穴，不见得有银蜂栖居。

此时，王煊将那篇经文理解透彻了，几乎练成了第二幅真形图，练通了全身九成九的部位，秘力澎湃。

他只需要最后的蜕变，只差一点点就能踏足燃灯领域！

他倏地睁开了眼睛，蜂巢外，几名采药层次的高手借着雨幕，赌银蜂不外出，来到蜂巢底部区域。

这种顶级高手眼神自然毒辣，一眼就发现了问题所在，在泥土掩护下的废弃的蜂巢被发觉了。

王煊的眼神变了，他原以为一场暴雨会抹去他的痕迹，谁承想山神族对密地太了解，一而再地寻到了他。

"呵呵，哈哈……"那名飞剑破损的高手笑了，声音震得草木崩开，近前大树上的所有叶子都被炸成了齑粉。

"找到了，我看你往哪里逃！"另外一名采药级高手也寒声道。他身前悬浮着一把银色的小刀，随时准备斩出去。

只有山神族的首领脸色铁青，一眼就看到了蜂巢中已经死了的族人。

足足七名采药级高手堵住了这里！

"发现他了，哈哈，原来那个土人躲在蜂巢里，胆子不小。不过，他运气不够好，还是被我们寻到了！"袁坤大笑道。

穆雪、姜轩、欧云等人听到袁坤的声音，带人快速朝这里冲来，这次不能再放走那个异星人了。

王煊叹息，再给他一天多的时间，他就能圆满进入燃灯领域，就不怕采药级高手了。

但现在，他被人找到了，坐以待毙不是他的风格。

一道绚烂的银光爆发，王煊动用了白虎真仙的簪子。原本他想一直留着这簪子，不到万不得已不动用，但现在，他深陷绝境，需要用它来扭转局势。

噗！

一名采药层次的高手被斩杀，银光中一只白虎咆哮，将他身后正好赶来的一群人中的三名超凡者也撕碎了。

王煊看着手中的簪子，倒没有觉得可惜，这种杀器本就是拿来用的。白虎真仙说过，这东西只能杀超凡初期的人，现在看来，杀采药层次的人正好，如果对手实力再强的话，也没用了。

"什么情况?！"余下的六名采药级高手疾速后退，被惊出一身冷汗，同时全部出手，向前打出雷霆，祭出银刀。

轰！

底部的废弃蜂巢区域被打得崩开，刀光、剑光、光焰与雷霆等交织着，在那里迸发，恐怖无比。

最后那一刻，王煊一咬牙，撞进了蜂巢内部，向新巢中闯去！

即便如此，最后的雷霆依旧如影随形，轰在他的身上。他的后背被炸伤，战衣彻底化成碎片。

还有那银色的小刀，它疾速飞来，但它的主人似乎有所顾忌，怕小刀如同飞剑般受损。

最后时刻，只有几道刀光迸发，在王煊身上留下可怖的伤口。若非他练成了最强经文，换任何一个超凡者在此，都要被大卸八块。

刀光纵横交织，在王煊的后背、手臂与大腿上划出六道深深的伤口。

还有光焰焚烧，摧毁他其余的甲衣，他的发丝也被烧了一部分，部分伤口在这种能量光焰下被烧焦了。

王煊撞进了新巢中，让那些人忌惮。他们第一时间后退，因为怕引出铺天盖地的银蜂。那种毒物有数米长，真要全出来，那便会铺天盖地，到处都是，谁都挡不住。

王煊咬着牙，大口喝地仙泉，进入了极为危险的地带。他宁愿死在银蜂的毒针下，也不想被后面的人斩杀，不想如他们所愿。

况且，这本就是他最后与最糟糕的预案。

他练成了最强经文，身体坚韧，远比金身更厉害，他觉得自己没准儿可以防住毒刺。

"嗯？"

闯进来后，王煊不禁一怔，因为他看到了许多死蜂。

甚至，他看到一只银蜂主动爬了进来，挣扎了两下就不动了。

银蜂这种怪物难道将这里当成了坟墓？

王煊想在这里养伤，又觉得不稳妥。万一那些人也不怕死，或者命令死士进来，他又将陷入危局。

他忍着伤痛冲了过去，快速在那刚死的银蜂腹部开了个洞，最终他进入了巨大的银蜂体内，借壳向新巢深处爬去。

他向里潜行，想要避开身后可能的追杀者。

无意间，他进入了一片区域，在那里，幼虫密密麻麻的，他不禁头皮发麻。

他找了个幽静的角落潜伏不动，默默养伤。

但半天后，他忍不住了，蜂蜜的芬芳很诱人，他已经一天多没吃东西了，养伤需要一些滋补品，总喝地仙泉也不能完全充饥。

王煊忍着伤痛凑过去蹭吃蹭喝。

还好，这里没什么成年的银蜂出没，幼虫自己会进食。

幼虫都有那么大个头，密密麻麻的，自己随便吃一些，应该对它们没有什么影响吧？

王煊从蜂嘴夺食，大口吞咽蜂蜜，那蜂蜜对他的伤势居然有惊人的疗效，不仅能充饥，还让他的精力越发充沛。

很快，他发现了一种更为惊人的物质，简直是滋补圣品，那就是超凡蜂巢中的蜂王浆！

蜂王终生以这种物质为食物，比工蜂的寿命长几倍。

而普通的蜜蜂，如工蜂幼虫，最初几天也是可以享用蜂王浆的，以加速生长，然后就只能吃花粉与蜂蜜了。

王煊从一些刚能进食的幼虫那里"分享"到这种滋补圣品后，精气神澎湃，伤口快速愈合。

而当他将超凡蜂巢中的蜂王浆涂抹在后背上时，那些被烧焦的部位、那些深深的伤口都簌簌颤动，焕发活性。

王煊觉得这里简直是养生的圣地，一天一夜而已，他身上的伤就全结痂了。

他吃得足够饱后，跑到一个幽静的角落里，默默练第二幅真形图。

又过了一夜后，他终于彻底练通了最后那一小块神秘领域，全身贯通！

一刹那，他周身发光，血肉蜕变，精神力亦变异，整个人变得格外强大。

内视的话，他原本就灿烂的体内，最后的迷雾散尽，各种奇景沉浮，与他的脏器、与他的各部分血肉凝聚在一起。

他的精神极度压缩，又得以淬炼，宛若一盏神灯悬挂，照亮的不仅是他不断变强的道行，更是他的前路。

超凡再蜕变！

王煊正式踏足燃灯领域，石板经书第二幅真形图练成后，居然也发生了一次脱皮现象。

那些有疤痕、有红印的老皮从他身上脱落，新生的肌体没有任何伤痕，他的头上新的发丝也冒出来了，密密麻麻的一层黑色短发泛着光泽，那些被烧焦的头发早就脱落了。

王煊感受着血肉中蕴含的强大力量，有信心一战了！

当然，变化最大的是精神，这个境界本就是精神的异变，王煊的精神向更强的方向转变，与他体内的奇景交融得越发自然。

在他一念间，那些景物可刹那间出现在体外，也可与肉身凝聚在一起，形成近乎不朽的奇异景观。

王煊没有急着出去，在这里又隐伏了一天一夜，适应自己刚刚再次蜕变的强大身体，舒展四肢，演练真形图。

直到确定自己彻底掌控了燃灯层次的力量，他再次大量服食超凡峰巢中的蜂王浆，并打包了一些，这才离开。

"我又回来了！羽化星、欧拉星、河洛星的人，你们准备好了吗？还有执法者，我与你们清算来了！"王煊踏出超凡蜂巢，道。

第 195 章
王燃灯大清算

雨还在淅淅沥沥地下，但云层中有阳光洒落，乌云被撕开了。

山林被连日的大雨冲洗得翠绿欲滴，充满清新的气息。

王煊赤着身子，这次他真没有备用的战衣了，在采药级高手的刀光与雷霆下，连他那张超凡大弓都碎掉了。

他不得已又穿上了树皮衣——十分原始的穿着。

这片地带很幽静，毕竟是超凡银蜂的巢穴所在之地，少有怪物敢踏足这里。在太阳雨中，山地间有色彩斑斓的能量雾气流动。

王煊如同幽灵般，无声地在山林中穿行。那群人不在了，这几日没有在这里守着，多半认为他死在超凡蜂巢了。

王煊看到一块大青石上刻了字，还有淡淡的精神烙印残留，他以异变后的燃灯精神体感应。

在他体外，数种奇异景物环绕着他缓缓转动，仙山缥缈、湖泊化海、火山口坠落红日……

这些奇景与他的精神结合，映现出那残留精神印记的清晰背景，他甚至看到了刻字人的动作。

精神异变后，他通过与奇景结合，现在的精神秘力强大得惊人。

"密地新历，一千二百三十六年，吾等击杀未开化的异星魔人……"

人影憧憧，有袁坤、欧云、穆雪等，字是由姜轩刻写的。这算什么？表述功绩？还是因为铲除了心头大患，他们心中释然，从而留下石刻作为纪念？

王煊冷笑，用手轻轻一拂，青石四分五裂，炸成一地碎块。

"六名采药级高手，有的甚至随时能破关，进入更高的境界。"王煊思忖，不敢大意。

哪怕他实力激增，也没有丝毫的冲动，他确实要去杀敌，但是绝不会再让自己陷入险境中。

王煊没有立刻动身，他十分冷静，想进一步完善自己杀敌的手段。

毕竟，对方还有强大的执法者，这些都是变数。

他低头看着手中的短剑，这是飞剑吗？一点儿也不像，但他想尝试一下把它当飞剑用。

他在新月上得到元炉锻神这一秘法时，也得到了一篇剑经，那剑经是秦家从旧土蜀山挖出来的。

咻！

一道刺目的剑光飞起，短剑如虹，刹那间斩了出去，将前方一棵大树削断。

所谓驾驭飞剑，主要就是依靠强大的精神力量控物。

那篇剑经不过数百字，并不难懂，王煊的精神力量异变后，控物很轻松，但他确信这不是飞剑，因为没有飞剑符文被激活。

可他精神力超常，现在即便控制一杆长矛去杀敌都没什么问题。

体悟剑经后，他又琢磨第二幅真形图对应的经文，其中也有锻炼精神的秘法，更有控物的手段。

虽然其中没有提驭剑术，但是完全可以将其中的秘法和手段拿来用以驾驭飞剑。

王煊在林中反复演练，控物越发熟练，短剑化成一道匹练在林地中不断穿梭，无坚不摧。

而后，他上路了，朝地仙城进发。

刚走出数千米，王煊就看到了一名超凡者，他从林中转出，突兀地出现在这名超凡者近前。

"你真的……没死?!"这名超凡者震惊了,这异星人分明被逼入了超凡蜂巢,这都能活下来?

他的话有问题,有人似乎提前判断出王煊没死。

这名超凡者转身就逃,根本没有斗志,因为他知道眼前这个异星人连命土层次的人都击败过。

王煊一跃而起,瞬间到了超凡者的身后,一把将他拎住了。对方同样在燃灯境界,但是与王煊相比差远了。

"他们人呢?"王煊逼问。

"就在不远处。"这个人倒也痛快,什么都招了。

他们确实撤走了蜂巢外的人,那是制造假象,引王煊出现。

虽然一部分人的确离开了,但还有小半人马就在附近。

王煊将这名超凡者扔进荆棘丛中,无声无息地朝前方的山林走去,准备展开大战。

王煊站在丛林中,果然看到了一些人,那些人分布在不同的地带,有采药境界的高手,这是他要重点针对的目标!

他无声出没,仔细观察,确定这里有两名采药级强者,其余的人联合起来的话对他的威胁也不小。

其中就有那名用飞剑险些将王煊劈死的中年男子,王煊很想第一个除掉他。

不过,中年男子待在一片开阔地,周围还有几名超凡者,王煊很难第一时间袭击他,否则容易打草惊蛇。

王煊盯上了另外一名采药级高手,他封住全身毛孔,不外泄一点儿能量气息,无声地潜行了过去。

这个人也很厉害,曾在蜂巢释放雷电,劈在王煊的后背上。

"从你开始!"王煊力求迅速消灭敌人,不拖泥带水地缠斗。

这名采药级高手对争夺玉符没什么兴趣,他被派来主要是为了保护袁坤,现在守在这里,倍感无聊。

但他确实没有大意,想到那个异星人,他便心一沉。那个异星人挨了他的雷霆一击，身体居然没有炸开，这是什么怪物？

正常来说，采药级高手可以轻易地击灭燃灯领域的后来者！

"希望他已经死了，他真要从蜂巢中活着出来，那我们必须全力剿灭，不能让他再突破下去。"这名采药级高手自言自语。

这种人的感知力非常敏锐，哪怕王煊封闭毛孔，让精神寂静如古井，他还是有所察觉。

他霍地回头，并且第一时间做好了战斗的准备。

咻！

一道匹练飞来，快得像云层中的闪电。那采药级高手即便张嘴吐出一道电光，也仅是将那道匹练打偏了。

短剑噗的一声从他的耳侧擦了过去，让他失去了一只耳朵。

剑光原本是对着他的后脑而来，准备一击致命的。

结果他发觉了，反应迅速，转身应对，避开了死劫。他身为采药层次的高手，被人偷袭，失去了一只耳朵，这让他倍感羞辱。

王煊在祭出短剑时，整个人扑了过去，全力以赴，动用各种手段。

王煊的眉心前一片璀璨，像有一团火在跳动。那是他的精神秘力在交织，而后各种奇景浮现，与精神凝聚在一起。

轰！

一片蓝色的湖泊覆盖下去，瞬间化成瀚海，惊涛拍岸，乱石穿天，这是精神层次的恐怖袭击。

这名采药级高手道行高深，此时被短暂地震慑住，精神剧烈颤抖，他努力挣脱奇景——瀚海，想要反击。

然而，瀚海上，一座悬空的岛陡然坠落，向他轰去。这依旧是王煊从第一层精神世界捕捉的精神景物，与自身的精神秘力结合，极其恐怖。

采药级高手闷哼出声，精神被砸得崩解了一块。

仙山缥缈，出现在瀚海中，像是不周山倾塌了，镇压在采药级高手的精神领域中。

这一次后果更为严重，采药级高手的精神领域出现裂痕，崩碎了一块，简直要被全面压塌。

可怕的是，奇景不绝，后面有岩浆奇景出现，火山口中有红日坠落，出现在采药级高手的精神领域中。

"啊——"他无比痛苦，堂堂采药层次的高手居然被人削掉了耳朵，精神领域还被压制，落在了下风。

轰！

那片岩浆奇景与瀚海相遇，爆发出刺目的光芒，一轮红日从火山口飞出，撞击采药级高手的精神核心。

大日横空，闪耀着无比炽烈的光芒，这种奇景凝聚着王煊的精神秘力，更有第一层精神世界的力量。

在精神领域中，一声轻响传来，采药级高手的精神核心被撕裂了，被大日照耀得刺刺冒起白烟，那是精神物质在被焚烧，在消融。

"啊——"采药级高手嘶吼，精神领域崩塌了一大片。

而这个时候，王煊的真身来到了他的眼前，动用第一幅真形图，拳头发光，轰向他的头。

采药层次的高手真的很强，即便精神领域崩塌，那如灯的精神火光暗淡下去，他的本能反应依旧十分可怕，他猛烈反击，双手挥动，向王煊击去。

像古天庭沉闷的大鼓被擂响了，两人拳掌交击，咚咚有声，激烈碰撞，雷霆释放，景象惊人。

采药级高手残余的精神激荡，他简直难以想象，一个燃灯层次的年轻人连肉身都能压制他。

然而，王煊还不满意，他各种手段尽出，却没能快速解决这个人。

一刹那，各种奇景一起转动，凝聚向王煊的拳头，缭绕在他的拳印前，有山影浮现，有火山喷发，有大日横空。

轰！

王煊接连四拳轰了出去，用尽了力量，而后捡起短剑快速后退。

那名采药级高手浑身都是裂痕，最终倒地。

王煊没入密林中，将听到动静疾速赶来的两名命土层次的高手解决掉，两人倒在了地上。

既然决定展开大战，他绝不会手下留情。

到了现在，王煊隐藏不住了，不断下狠手。他在林中出没，噗的一声将一名燃灯层次的超凡者斩灭。

"啊——"

三名迷雾层次的超凡者惨叫，被王煊以手掌拍击而亡。

"是你！你真是找死啊，还敢出现在我的面前！"另一名采药级高手冲来。他很强大，两三天前，还差点儿将王煊给劈死。

他还不知道，王煊已经杀了一名采药级高手。

王煊神色冷漠，向他那边冲去，沿途出手无情，连斩八名超凡者，迷雾与燃灯层次的人对他来说根本不足以构成威胁。

"异域的土人！"那名采药级强者怒了，这个异星人竟然当着他的面连杀他的人！他化成一道光，祭出那柄断裂了的残破飞剑。

王煊挥动短剑，直接劈斩而出。

采药级强者面部抽搐，快速收回残破飞剑，他这薄如蝉翼的顶级飞剑本就是被王煊手中的利刃削断的。

他不再催动飞剑，凭着肉身杀了过去，带着惊人的能量波动，周围都是烟霞，大袖挥动间，风雷声震耳欲聋。

王煊抖手，猛然将短剑甩了出去。短剑化成一道光刺向采药级高手的眉心，采药级高手刹那间避开，短剑坠落在远处的地面上。

一刹那，采药级高手心头火热，他舍弃王煊，去追那柄落地的短剑。

尽管那短剑异常沉重，一看就不是飞剑，但必然是神兵利刃，是难得的异宝，他想夺走。

王煊的精神秘力沸腾，数种奇景一起呈现，以精神领域压制对方。这名采药级强者比刚才那人更强，一身修为极其高深。

他挡住了王煊的精神攻击，虽然不断受到冲击，但精神领域并未崩溃。

他被拖住了，这时，地面上的那柄短剑飘浮了起来，王煊动用奇景震慑他，将自己异变的强大的精神力量分出一股去控物，以催动短剑。

并且，分出的这股强大的精神力量带着一幅奇景，火山喷发，孕育出红色大日，与短剑交融。

王煊的精神沟通第一层精神世界的一角，捕获奇景，与短剑凝聚在一起，效果好得惊人。

匹练横空，璀璨夺目，宛若一柄飞剑般带动着一片小世界越过虚空，速度太快了！

岩浆地沸腾，红日与飞剑融合在一起，疾速杀来，噗的一声，将采药级高手斩中。

"啊——"采药级高手惨叫着，简直不敢相信自己会死在飞剑下。

他练了一辈子的飞剑，道行高深，是此中的大行家，最后居然是这种死法。

很快，他想到那根本不是飞剑，因为没有飞剑符文，对方这是简单粗暴地控物，用蛮力劈伤了他。

"奇景！"他虚弱地低语。他知道，最为关键的是对方沟通了第一层精神世界的一角，与短剑相合，威能奇大。

王煊大口喘息，从福地碎片中向外倒地仙泉，大口喝下去，地仙泉当中混有超凡蜂王浆，效果惊人。

即便他精神力量强大，这样将精神力量分出去一股对敌，也还是感觉很疲累。不过，他总算达到了目的。

"你……"这名采药级高手实力真的很强，初时都挡住了王煊的奇景，如果以正常手段厮杀，王煊想击灭他的话，自身多半也要受伤。

王煊手持短剑走过去，直接解决了他。

不远处，那些超凡者看傻了眼，数日前还在被他们追杀的异域男子，现在居然能杀掉他们的顶尖强者了。

这些人拼命飞逃，在王煊全力以赴的追杀下，有九人留下了性命，其余五名超凡者侥幸遁走。

"哇——哇——"天空中，一只乌鸦长鸣，飞向远方的山林，声音非常刺耳。

"这是发现了我，要去给它的老祖宗，也就是那位乌鸦执法者报信吗？我等你们过来送死！"王煊寒声道。

他将包括两名采药级高手在内的死者藏起来，以免将那只老乌鸦吓走。

不久后，老乌鸦来了。身为执法者之一，它实力很强，在采药中期。在得到河洛星人给的妖魔修行法门后，它的立场彻底变了。

得到禀报后，老乌鸦第一时间振翅飞来，只为表明给它妖魔修行法门，物有所值。

在老乌鸦看来，一个迷雾层次的人类，即便天赋异禀，实力极强，又能如何？面对采药级高手还不是如丧家之犬般逃亡，数次险些死掉？只是因为意外才逃过劫难，侥幸活着。

现在，老乌鸦准备出手了。在它的身后，跟着黑压压一大片乌鸦，只为帮它寻找那个人。

终于，它发现了那个人，直接俯冲了过去。

"来了，老乌鸦！"王煊冷淡地开口。

"异域魔人，你违背密地规则，我作为执法者，取消你竞逐造化的资格，并对你杀无赦！"老乌鸦森然开口，先表明了自己执法者的身份，然后扑击而来。

王煊懒得与它理论，周身秘力沸腾，手持短剑直接跃起，奇景全部浮现，凝聚向他的那只手与短剑。

在猛烈的碰撞中，王煊竭尽所能，拼尽所有力量，就是为了除掉老乌鸦，以免它扇动羽翼逃走。

噗！

一颗硕大的乌鸦头坠落在地上！

老乌鸦是一个修行了百年以上的怪物，是新晋的执法者。此时，它死不瞑目，残存的精神发出最后的嘶吼。

小雨淅淅沥沥，云层翻涌，再次遮住了刚出现的太阳，天地间昏暗了下来，并且雨越下越大了。

"好天气啊！"王煊大步向地仙城的方向走去。他的清算拉开了大幕，除却采药级强者，那几名所谓的天才都是他的目标。

第196章
袭击超凡者

黑云压落，山地中树木成片，雨水打在叶片上响声很大，溅起大面积如薄烟般的水雾。

王煊终于穿上了衣服，现在他又像欧拉星人了，这种服饰他看着较为顺眼。

不过，他也将羽化星与河洛星的战衣装进了包裹中，关键时刻有用。

他收获最多的还是玉符，估计要超过钟庸了。

王煊头部戴着镂空的护具，身上穿着黑金色战衣，融入昏暗的雨幕中。

沿途，他觉察到两名超凡者躲在石林中，这瞒不过他超常的感知，他无声无息地出现在他们的身后。

"你……"其中一人霍地转身，汗毛倒竖，看着雨幕中沉默无声的年轻男子，惊悚地后退。

另一人转身就要逃，结果一道匹练飞了出去，璀璨的光束划破幽暗的山林，那人倒在了地上。

王煊的精神秘力交织出斑斓的光彩，短剑飞回他的手中，这已经成为他独特的飞剑。

虽然剑体上没有镌刻复杂的飞剑符文，但短剑对他来说照样能用，无坚不摧。

"三颗超凡星球来了多少名超凡者，有几名执法者站在你们这一边？"王煊耐心地询问剩下的那名超凡者。

这名超凡者身体僵硬，身上起了一层鸡皮疙瘩，看着雨幕中那张年轻的面庞，他十分害怕，最终痛快地回答了王煊的问题。

突然，一片光芒在雨幕中绽放，如孔雀开屏，刺目至极，向王煊激射而去，那是密密麻麻的钢针。

钢针虽然很细，但是上面都镂刻着符文，以秘铜、钢母等铸成，可破超凡者的强大肉身。

这名看着温顺、有问必答、很是惶恐的超凡者突然发难，想绝地反击，除掉王煊。

然而，他失望了、恐惧了，一些模糊的景物在王煊的体外出现，抵挡住所有钢针，缓缓转动间，超凡杀器化成金属屑，簌簌坠落在地。

王煊特意留下一根钢针，向自己的手掌戳去，结果钢针弯曲了，无法刺透他那超越金身的肉体。

他反手一巴掌，将这名面色煞白的超凡者打得飞了出去。

王煊朝五千米外的一片山岭走去，他从刚才这个人的口中得悉，那里栖居着一只修行超过一百五十年的猫头鹰，它是一名强大的执法者。

林地中，王煊脚步有力，节奏很稳，每一次迈步都有数十米远。

他攀上一座石峰，发现找错了地方，猫头鹰的巢穴不在这里，应该在对面那座石崖上。

他看了看距离，两峰并立，于是，他朝后退去，而后助跑加速，直接腾空跃了出去。

两峰间距超过一百米，王煊横渡雨雾，穿过长空，砰的一声落在对面的山头上。

山崖上一个巨大的洞穴中，倏地亮起一对灯笼大的碧绿眼睛。这只猫头鹰警惕性很高，觉察到了不妥。

但已经晚了，王煊抓着一根藤蔓，在瓢泼大雨中从山头上滑落下来，进入这宽大而干燥的洞窟中。

"年轻人，你怎么来我这里了？是否有什么不公平的事要向我申诉？我是执法者，说吧，我为你做主。"

猫头鹰浑身羽毛几乎都立了起来，它活了那么久的岁月，自然早已通灵，此时，它在这个年轻男子的身上感受到了非常危险的气息。

"我少年时掏过麻雀窝，也曾将坠落在地上的小燕子送回屋檐下的燕巢中，但还从来没有掏过这么大的猫头鹰窝。"王煊开口道。

"年轻人，你在说什么？我是执法者，是维护密地秩序的，你怎能对我这样不敬？"猫头鹰冷声道。

"你入戏太深了，你是什么样的鸟，自己不清楚吗？你载着那些超凡者追杀我，帮他们寻找我的踪迹，现在好意思提维护密地秩序？"

王煊向前走去，提着短剑，打量着这只十几米长的猫头鹰。猫头鹰的一张类似猫的脸竟很威严，凹陷的双眼碧绿如鬼火，粗大的爪子探出了一些，刺入岩石地面内。

它冷幽幽地开口道："异星人，我不过适逢其会，收了一些好处，帮了他们一些小忙而已。咱们就此揭过如何？我不再参与你们的事。"

王煊没搭理它，他扫视这座超凡洞窟，发现里面奇草、灵药什么的都没有，只有一些吃剩的肉。

放过这只猫头鹰？怎么可能！他转身离去后，它必然会立刻联系其他执法者一起围剿他。

"上路吧！"王煊向前走去。他这样做也算为密地除害，铲除执法者中的毒瘤。

"区区一个燃灯层次的人类，也敢对我出手？！"翻脸后的猫头鹰眼神阴鸷，大爪子像闪电般向前抓去，速度飞快，能量沸腾，巨大的爆炸声传出，四周白茫茫一片。

锵锵锵！

火星四溅，当猫头鹰收回自己的那只爪子时，发现爪子光秃秃的，利爪一个都没有了，被剪了指甲！

不仅如此，它的爪子开始流血，接着它那条腿上的肉开始脱落。

它发出一声凄厉的惨叫。

猫头鹰在采药层次初期，远没有王煊斩灭的前几名采药级高手强。它浑身发光，电光交织，羽毛更是铿锵作响，如同刀刃般立了起来，雪亮的光束绽放。

它像一个身上插满长刀的怪物，缭绕着雷霆光束，向王煊扑去。

但这是徒劳的，王煊施展第二幅真形图，以催动精神秘力为主，配上一幅奇景。在他身前，火山成片，岩浆沸腾，最为关键的是一轮红色的大日坠落，砸向火山口。

轰！

猫头鹰被奇景覆盖了，眉心冒出一缕缕白烟，那轮红日击中了它的头，焚毁了它精神领域中的物质。

噗！

王煊挥剑，雪亮的剑光划过，彻底结果了它。

他转身没入雨幕中。

乌鸦长鸣，飞入地仙城，叫声刺耳，惊扰了很多修行者。城中不仅有超凡者，也有追随长辈来见世面的凡人宗师。

"出什么事了？"有人望着雨幕，问道。

"发现了异星的土人！他能从蜂巢中活着出来，真不简单！"有人低语。

"乌鸦族的执法者亲自去追杀了，看来那个异星人好运到头了，他不该露头，现在难逃杀劫。"

老乌鸦在去追杀王煊前，派出后代来地仙城送信，让他们准备接收人头。这在地仙城引发了轻微的骚动。

"他虽然活着出来了，但马上要死去。走，我们去看一看。"河洛星的天才袁坤喊道。他那近两米高的身体带着野性气息，此时他刚养好伤，带上一批超凡者就动身了。

欧云招呼他的妹妹，道："那个异星人身上有古怪，肉身强得离谱，能硬抗采药级强者的数次攻击，修行路数很不简单。我们去看看能不能有所获，得到外星的绝世秘籍。"

另一片建筑物中，姜轩也开口道："穆雪，他又出现了。那柄短剑或许来历惊人，说不定是一件价值连城的异宝，我们争取拿到手中。"

……

地仙城三拨人马先后出城，彼此避开，朝山林中冲去。他们之间本就是竞争关系，防备着彼此，近两日就厮杀过数次了。

也只有在对付异星人时，他们才会短暂合作，怕后续异星还有大队人马降临。

三拨人马刚出城，又有乌鸦进城了。乌鸦猛烈拍打着翅膀，寻找羽化星、欧拉星、河洛星的人，一副十万火急的样子。

它是从老乌鸦惨死的现场飞回来的报信者，想要向三大超凡星球的人禀告详情，让他们去为自己的老祖报仇。

"什么？老乌鸦死了，被那个年轻人杀了？！"地仙城一部分人心神颤动，这怎么可能？

"死了，老祖死了，很惨啊……那个人还说……"报信的乌鸦惊吓过度，语无伦次。

城中的高手捕捉了它的精神思维，看到了那些画面，全都倒吸一口凉气。

"快去支援！虽然有采药级高手出城了，但是如果他们大意被偷袭的话，估计会很惨！"地仙城中的人急了。

他们开始求援，找更多的帮手出城，一同对付那个异星魔人。

咔嚓！

天空中，一道闪电划过雨幕，照亮漆黑的山林。人影幢幢，河洛星的超凡者奔行速度很快，想抢先赶到现场，获取王煊的短剑以及可能存在的传承。

袁坤脸上带着冷意，眼中略带绿光，他自身对短剑无所谓，只是单纯地想亲眼看到那个土人死掉。早先，袁坤被打得大口咯血，所练的"不朽之身"差点儿被废掉。

王煊走在山林中，感受到了远处成片的强大血气，也捕捉到了激荡的超凡能量，显然，有一群超凡者在疾速赶路。

他神色冷漠，自然猜到了，地仙城中的人得到了消息，正冒雨赶来。这是想除掉他还是要送死？

王煊无声地逼近，在暗中观察，一眼就看到了袁坤和他身边的一位采药级高手。

其他人暂时被王煊无视了，迷雾、燃灯境界的人对他造成不了威胁，命土层次的人也就那么一回事儿。

看这群人的路线，分明是向老乌鸦被杀的地方赶去。

面对一群超凡者，王煊准备雷霆般出击，先对付最强者，再逐一结束其他敌人的性命。

王煊快速换上了河洛星的战衣，而后借助暴雨前行。这里人很多，他跟了过去，混入分散的超凡者间，初时竟无人发觉。

因为，这些超凡者彼此间不熟，来自河洛星各地。

王煊无声地朝袁坤和那名采药级高手靠近，他的动作很自然，没有突兀地闯过去。

黑暗的山林中，瓢泼大雨倾泻，王煊摸到了袁坤与那名采药级高手近前。

他没有再等下去，猛地出击，手中雪亮的剑光简直比天上的闪电还刺目，斜劈而下。

变故太惊人、太突然了，谁都没想到会有敌人在身边，周围分明都是穿着同样战衣的自己人。

那名采药级高手的一条手臂被斩断，他发出愤怒的吼声，面孔都因为疼痛而扭曲了。

这是一名采药巅峰的强者，能突破进更高的领域，精神感知惊人，斜斩向他要害的必杀一剑都让他躲开了，最终他的右臂断落，已经算反应神速。

"是你，异星魔人，啊啊啊——"他怒吼道，浑身发光，仅存的那只手轰向王煊。

旁边，袁坤满脸震惊之色，那个如同神魔般的身影无法磨灭，钉在了他的心头上。

他心中悸动，身体颤抖，他害怕了！

怎么能如此？几日未见，这个异星人就能成功袭击采药级高手了！他大叫了一声，快速后退。

光焰升腾，烧干了附近的雨水，更让地面通红，岩浆流淌。那名采药级高手愤怒无比，全力对王煊出手。

王煊神色冷漠，自从斩掉对方一条手臂后，他就知道，战斗的结局已经注定了。

这个人曾在蜂巢那里烧得他后背焦黑，给予他重创，现在他反击回来了！

哧！

王煊没有靠近，避开岩浆地，数种奇景一起出现，与短剑结合在一起，像一柄仙剑带着星火，带着几片小世界，横掠长空。

噗！

精神奇景压落，短剑为锋，袭向这名失去右臂的采药级高手。

这名采药级高手摇晃着身体，再次向前攻来。

这一刻，剑气冲上了夜空，撕开了雨幕，照亮了黑暗。

远方，很多人看到那如同闪电般的剑光绞碎了山林，剑光如龙、如星火，绚烂却骇人。

噗！

最终，短剑掠过，这名采药级高手被斩，栽倒在地上。

逃出很远的袁坤脸色煞白，一言不发，一头就向密林中扎进去了。他头也不回，只想着逃回地仙城，再也不想面对那个可怕的男子。

然而，他才逃出去一段距离，就看到了挡在前方的那道身影。在暴雨中，在闪电下，那个年轻男子如同神魔般骇人，眼神冷漠，挥动手中的短剑斩了过来。

"不！"袁坤大吼，竭尽所能地躲避，反抗这一击。

噗！

最终，他还是带着恐惧和不甘结束了这一生，倒在泥水中。

王煊转身，像一个幽灵，无声地在这片山林中出没，剑光不时绽放。

"啊！"

叫声此起彼伏，大部分人丧命，仅有少数几人借着雨幕逃走了。

王煊拿走玉符后，转身朝另一个方向大步走去，准备伏击另一拨正在接近的人马。

第 197 章
全军覆灭

"老陈不知道怎样了。"王煊自语道。

这几日，陈永杰都在地下暗窟中。他曾遭遇大追杀，最后逃进一处地下溶洞，跳进暗河中。他不知道自己被冲到了哪里，找了个地方爬了上来，周围漆黑一片。

他没有急着离开，反倒觉得自己安全了，这几天都在闭关。

在逝地时，陈永杰就能踏足命土境界，但是他不想太匆匆。

尤其见到王煊可以沟通第一层精神世界的一角后，他深刻意识到，自己必须得走到那一步，不然的话，他这个旧土第一人很快要被那小子超越。

这个时间段，就算有太阳也该落山了，再加上乌云、暴雨，天地间几乎伸手不见五指。

王煊沉默着前行，俊朗的面部在闪电划过时没有什么表情。

一日间接连大战，他自己都觉得杀气太盛。但他没有选择，这些人都是冲着他来的。

此时，他有点儿怀念旧土与新星了，起码那里表面上有法律准则约束，没有这样直接的厮杀。

在这片密地中，一切都太赤裸裸了，弱肉强食，像被丢进了古代的角斗场中，胜者活着走出，死者喂铁笼中的猛兽。

来密地前，他很向往这里，毕竟这里遍地机缘，到处是奇药。现在他厌倦了，却不得不继续走下去。

"面对丛林法则，我只想活下去。"王煊提着短剑，接近另一拨来杀他的人马。

"刚才那边发生了激战，剑光冲天，比闪电还炽烈，分明是驭剑术极强的人在激战。袁坤的人和羽化星的剑修打起来了？"

密林中，欧云与欧雨萱驻足，在他们的身边跟着十几名超凡者，其中有一名采药层次的高手，一群人神色严肃。

采药层次的高手云峰沉声道："那种剑光能威胁到我，大家小心一点！"

他们猜测，羽化星与河洛星的人发生了冲突，曾短暂剧烈厮杀。

三方本就是竞争关系，进入密地后交战多次，早已死了不少人。

他们再次上路，不过小心了很多，心中希望那两方人马两败俱伤，然后他们坐收渔翁之利。

王煊无声无息地靠近他们，他早已换上了欧拉星的黑金色战衣，头上戴着护具，怎么看都没什么破绽。

他悄然接近，而后加入了他们。

这些人分散成扇形前进，没有集中到一块儿，以免遭遇伏击时挤在一起。

"什么人？！"

可惜，王煊还是被他们发觉了，因为这些人一直在高度戒备着，很快就觉察到了不妥。

"欧拉！"王煊发出沉闷的喊声。

附近的人发呆，然后，王煊爆发了。既然被发现了，他也就没有必要藏着掖着了。

他以精神控物的手段催动短剑，击向欧云兄妹那里，目标自然是他们身旁的那名采药级强者。

沿途有两人阻止王煊，王煊催动短剑，猛地划过雨幕，直接将两人斩灭。

所有人的脸色都变了，这个时候他们认出了王煊，这个异星人居然敢主动冲击一群超凡者。

刚才他驾驭飞剑，竟一口气连斩两名命土境界的高手！

他怎么会变得这么强，还学会了驭剑术？

一群人吃惊的同时快速避开，将王煊留给那名采药级强者来对付。

"这才几日，他就强到了这等地步！"欧云的脸色变了。

"云老，杀了他！"欧雨萱开口道，冷若冰霜的面孔上写满了杀意，她觉得这个异星人太可怕了。

她每次见到他，他的实力都有进步，再这么下去，他可能在密地中就能威胁到他们这群人，都不用等几年后了。

"你们快退开！"云峰喝道。身为采药后期的顶级高手，云峰敏锐地觉察到，这个年轻人十分自信，面对他时居然有必杀的信念。

哧！

云峰手中出现一道粗大的闪电，像长矛般，他一抖手，闪电就向短剑劈去，电光四射。他有对付剑修的丰富经验。

王煊的精神力量格外强大，但依旧受到了一定的冲击。他身体共振，五脏六腑间色彩斑斓的秘力冲起，密布全身，能量光雾流动，身上散发着非常恐怖的气息。在他体表，浮现出虚无缥缈的仙山、大日坠落形成的岩浆地、惊涛拍岸的汪洋……

奇景与他的血肉交融，王煊结合两幅真形图，精神与肉身合一，身体各部位的血肉秘力与精神秘力圆满地交融在一起，让他化成了一件人形兵器。

这时，有人袭击王煊。不远处那些迷雾、燃灯、命土境界的修士怎么可能眼睁睁地看着？

一些专破护体功法的钢针激射而来，却全都在火星四溅中变得弯曲了，而后更是被一股秘力绞碎。

更有人投掷短矛，威力奇大无比，但是王煊体表的奇景在转动，绞断了矛锋。

轰！

王煊与采药级高手碰撞在一起，激烈厮杀。

现在的王煊比以前更强大，他的精神与肉身交融，精、气、神三宝归一，爆发出恐怖的力量。

王煊一拳打出去，拳风将一个从侧面冲来想要偷袭他的燃灯层次的高手直接掀飞了。

正面与他相抗的采药级强者云峰的感受就更不用说了，云峰觉得自己像在与采药巅峰的超级高手对决，产生了莫大的压迫感。

砰！

又有人偷袭王煊，两名命土境界的高手先后出击，其中一人一掌拍在了王煊的后背上，咚的一声，响声巨大。

结果，这个人的手腕断了，整只手险些被流转于王煊体表的奇景绞断。

王煊淡淡地看了这个人一眼，他不是不能避开那一掌，而是他连钢针、飞矛都能抗住，也就不想费力躲避，免得影响自己与采药级高手的战斗。

但是，另外一人让王煊不能忍。那人手持长矛，猛烈地刺向王煊的后脑。他可以防住，但绝不会让人随便在自己的要害上乱戳。

王煊一把攥住矛锋，猛然将长矛夺了过来。而后他倒持长矛，用矛杆将此人刺中。

闪电划过，林地中亮如白昼，所有人都看到了这一幕，那可是命土境界的高手，结果就这么殒命了。

王煊这次拼的是纯粹的实力，肉身秘力第一次与精神秘力完美结合，他成为人形兵器，战力惊人。

在接连的碰撞中，云峰这名采药后期的顶级高手手掌受伤了，手臂上满是裂痕。

他披头散发，怒吼着。强大如他，修行百年，居然被一个年轻人压制了，遭受了重创。

"大家一起围攻他！"欧云大喝。现在情况太危急了，如果采药层次的顶级高手被杀，他们全都会有危险。

许多人动了，但是没有效果。

就在此时，采药级高手云峰突然倒下了。

他与王煊激烈对抗，最终撑不住了。

王煊如同鬼魅般移动，速度飞快，先后击杀两名命土境界的高手，然后以精神能量驾驭短剑横扫而出，剑光如虹。

"逃啊！"

这些人崩溃了，一个二十出头的年轻人斩杀了采药级高手，剩下他们这些人还怎么对抗？

王煊追杀欧云与欧雨萱。

从某种意义上来说，这些人是以他们两个为首的，连那个采药级高手也是为保护他们来到密地的。

"分散逃，快跑！"欧云喊道。他恐惧了，数日不见，原本狼狈逃命的异星人现在竟反过来追杀他们了。

咔！

一道可怕的剑光从天而降，将欧云劈死。

欧雨萱看到这一幕，再也不能保持冷若冰霜的淡漠神色，心里产生了无边的恨意，但她不敢停留，飞快逃亡。

不过，她快不过王煊，更快不过飞剑。

咔！

匹练横空，剑光扫过，失去了生机的她摔倒在大雨中。

王煊在这片区域追杀敌人，剑光不时冲起。

陈永杰终于出关了，他艰难地从地下暗河的通道中爬了出来，浑身湿漉漉的。他大吼道："我陈永杰破关了，羽化星、欧拉星、河洛星的土人们，陈教祖回来了！"

他刚出现在地表，一道惊雷便轰落，闪电照亮夜空，顿时让他身体一僵，以为遭天妒了。

他辨别方向，向地仙城奔去。

一路上陈永杰冒着大雨，风驰电掣。临近地仙城时，他正好看到一批人急匆匆地远去，并听到了声音，说有人击杀了执法者乌鸦，这些人预感到情况糟糕，前去支援。

王煊清理战场，收起所有玉符，赶向远处的山岭。

另一片山林中，姜轩与穆雪等人无比警惕，预感到出事了，没敢妄动，准备退走。

王煊在雨水的冲刷下，逼近羽化星这群人。

"我们走！"穆雪与姜轩越发觉得山林中有危险，率人朝地仙城退去。

"你们走不了！"王煊喝道，现身追杀他们。

"是他！怎么可能，他敢一个人追杀我们？"姜轩发现了王煊。他们这里可是有采药级高手坐镇。

几乎在同时，远处传来动静，地仙城的援军到了，为首者也是一名采药级强者。

"来得正好，一起围剿他！"穆雪喊道。在雨水中，她空明的仙气都被冲洗掉了，衣服湿漉漉地贴在身上，不再飘逸灵动。

"我们在地仙城得到消息，他杀了执法者乌鸦。联手拿下他！"援军赶到后，为首的采药级强者说道。

"什么？！"穆雪等人震惊，然后果断与援军联手，一起对付王煊。

轰！

长空中发生了大爆炸，一杆恐怖的长矛飞来。

一名采药级高手的胸膛被掺有太阳金的长矛洞穿了，他简直难以相信自己的眼睛，低头看着穿透出来的矛锋。

砰的一声，采药级高手当场殒命了。

"谁敢放肆？陈教祖来了！"陈永杰来了。在逝地时，他就可以迅猛地突破，但一直压制着，这次破关后，他直接达到了命土中后期。

现在，陈永杰与采药层次的强者交手完全没问题。

王煊笑了，老陈来得正是时候！

对方总共只有两名采药层次的强者，一下子就被干掉了一人，结局早已注定。

王煊与陈永杰大喝，一起出手。

噗！

王煊祭出短剑，斩灭了穆雪。陈永杰手持长矛，将姜轩刺中。

这是一场围剿，不过如今反过来了，不再是三颗超凡星球的人围攻两人，而是两人剿灭一群人。

仅余的那个采药层次的高手被两人迅速击灭。

大雨滂沱，山林中不断冲起剑光，也不时有矛锋爆发的灿烂光束如闪电般交织。

最后一切都平静下来，两人取走战利品后，径直向地仙城赶去。

现在，再也没有人能阻挡他们入城！

"不知道老钟怎样了，去见见他，给他一个惊喜！"陈永杰现在还有无边的怨念呢，他想教育一下老钟！

第 198 章
什么都没做就赢了

雨夜，电闪雷鸣，两人迎着大雨向地仙城走去。

"都解决了吗？"陈永杰问道。

"几个天才、六大采药级高手，一个都没落下。"王煊回应道。

在黑夜里，在狂风暴雨中，偶有闪电划过，两人步履坚定，脸上露出冷冽与坚毅之色。

虽然还有执法者没有清算，但王煊不想继续把事情闹大，以免密地的怪物被激起凶性，联合起来。

"老陈，击败了采药层次的顶级高手，感觉如何？"王煊笑着问道。

陈永杰淡定地回应道："还行，但我觉得，他们没有多强，我怀疑他们没有采集到大药，与古代神话传说中所记载的有很大区别。"

王煊摇头，神话中的人再怎么说都是史上留名的人，拿现世一般的修行者与他们相比，有些不公平。

他听出味道来了，老陈这是要与神话传说中的人比肩！

"老陈，咱们切磋下，彼此促进，共同成长。"王煊开口道。他觉得老陈有点儿浮躁了，需要让老陈稳重一些。

陈永杰瞥了他一眼，道："我是那么不讲究的人吗？你都厮杀数场了，精疲力竭，我不与你动手。"

"我精气神充沛，哪里会疲累？来吧，老陈，让我看看你这个教祖的实力到底有多强。"

"我比你高一个境界，做不出那种恃强凌弱的事！"陈永杰不再自称教祖。

"我喜欢越阶战斗！"王煊走了过去。

"我不和自己人动手！"陈永杰拒绝道。

最终两人也没有打起来，陈永杰死活不同意与王煊切磋。

"我要留着体力找老钟算账！"然后，陈永杰就不搭理王煊了。

这个夜晚发生的事，注定要震动地仙城！

先后有四拨人马出城，都是由采药境界的顶级高手带队，结果带队的高手都被消灭了，数十名超凡者死去，只有个别人逃了回来。

在暴雨中，王煊和陈永杰两人大步踏入城内。雨点砸在地上，溅起大片的水雾，街道上没有人声，只有雨幕。

不是人们睡了，而是地仙城的超凡者全都惊悚不已，不敢露面。

据逃回来的人讲，那两人连杀六名采药级超凡者，如果再加上乌鸦、猫头鹰这两名执法者，那就是八大采药级强者被生生击灭，而他们只有两个人。

最为关键的是，他们一个在燃灯境界，一个在命土境界，这样的战绩何等灿烂又何等可怕！

三颗超凡星球来了很多人，死的都是与那几个天才有关的人，王煊与陈永杰两人的战绩足以震慑所有人。

"大半夜的，我就不去找老钟了，让他睡个安稳觉吧。"陈永杰擦拭长矛，进入一片建筑群，准备找地方休息。

"你是想让消息发酵一下，让老钟一整夜睡不好吧？"王煊瞥了陈永杰一眼，他才不相信老陈那么好心。

陈永杰忽然道："等一下，让我想想，咱们夺了那么多的玉符，今夜重创了三颗超凡星球的高手，老钟是不是什么都没做就赢了？以他收集的玉符数量来看，现在估计能稳居第三。毕竟几个玉符大户——那几个天才都被我们杀了，还有那六大采药级高手……老钟的排名直接飙升！"

说到后来，陈永杰气不打一处来。

"我在想，要不将老钟留在密地算了，不然以这老家伙的心性，一回到新星保不准就忌惮我们，万一对我们下黑手怎么办？"陈永杰琢磨着说道。

王煊也在思考，回到新星后，战舰横空，别说现在的他，就算是地仙都会被炸开。

当然，也没有地仙会站在那里，等着战舰轰击自己。

王煊思忖，如果居住在人口密集的大城市中，尤其是和超级财团待在一个地方，那估计他们不敢乱来。

不过，老钟到底是什么样的人，得先摸透了，如果他真的心狠手辣，那干脆将他放养在密地当野人算了！

一夜大战，来回狂奔上百里，两人也需要休息，于是各自倒头就睡。

清晨，雨小了，东边甚至出现了朝霞，又变成了太阳雨。

陈永杰走出去，顿时惊得一些人后退，他在街道上拎住一人，将其拽进建筑物中，询问钟庸的情况。

"老钟现在什么状况？是不是被执法者审问呢？"

被揪住衣领的人脸色发白，还以为陈永杰要违规在城中和他动手，身体有些发抖，好长时间才缓过神来。

"那老头罪恶滔天，上次借银蜂害死那么多人，所有人都恨死他了。外面都在传，四位执法者看他不顺眼，连日来都在审讯他，其实完全不是那么一回事……"

钟庸逃回来后，自己主动喊了四名执法者，与它们详谈。他与四名执法者谈得分外投机，每天都传给它们一些妖魔经文，与它们关系密切。

"这老头很怕死，担心有人要复仇去刺杀他，居然拉拢执法者，每天都与执法者窝在一起研究妖魔经文，等于变相将他自己保护起来了。"

据说，几名执法者都很重视他，对他心存感激，特意去向妖猴族讨来果酒，时常与钟庸推杯换盏。

陈永杰一听，顿时气炸了，他与王煊拼死拼活才重新进入地仙城，差点儿就死在外面。

结果，钟庸这么悠闲，不仅没被审讯，还喝着小酒，被四大执法者保护起来，这日子太舒服了。

王煊与陈永杰一起去找钟庸，结果又出乎他们的意料：三天前，钟庸就沉眠了，很安详，一动不动，就像死了似的。

地仙城到处是残破的建筑物，那都是古代地仙居的遗址。

钟庸躺在一座还算完好的殿宇中，他身上有一层角质物，像是鳞片，又像是一层不规则的茧。钟庸的真身被包裹在当中，生机收敛，心跳几乎停止。

"老钟死了？"陈永杰眸子开合间，光芒绽放，盯着那角质层想看个透彻。

"别乱说，他不过是进入假死状态罢了，如果能突破，将脱胎换骨。"一只狸猫开口道。

这只狸猫有老虎那么大，满身斑纹，赫然在采药巅峰层次。它守着钟庸，保护他的安全。

王煊与陈永杰咋舌，老钟真有能耐，竟让执法者为他护法！

两人不得不叹，老钟手段了得，一般人比不了。

"老钟什么时候能醒来？"陈永杰问道。

"我太爷爷说，他大概要沉眠三年，如果成功，就能活过来。"钟诚走了过来，告知两人相关情况。

钟庸最近练了金蝉功，败则死，成则新生，拥有年轻的根骨，与所有年轻人站到一条起跑线上。并且，他的实力也必然因此而大增。

"金蝉功，这是苦修门祖庭的绝学，老钟这是要双修啊。"陈永杰神色一动，道。

王煊也思忖，老钟还真会挑时间沉眠，这是故意躲着老陈吧？

不过，算一算时间也不对，三天前钟庸肯定不知道他们两人突破的事，甚至不知道王煊踏足超凡领域了。

陈永杰窝了一肚子火无处发泄，最后摆手道："你们都出去，我自己陪陪老钟，万一他发生不测呢，我现在也算多看他几眼吧。"

狸猫眼中金光闪烁，但看到王煊与陈永杰一起看向它，最终它还是点了点头，退了出去。

狸猫已经知道了这两人的战绩，对他们颇为忌惮。

陈永杰摸了摸钟庸的头，结果那角质层上居然有黏液，粘了他一手，这让他硌硬得受不了。

他留下来，就是想给钟庸来几下的，不然觉得心中的恶气出不去。

陈永杰连着比画了几下，反正钟庸沉眠着呢。

"陈前辈，我太爷爷给你留了东西。"钟晴双腿修长，身段高挑，长发光滑柔顺，双眼清澈有神。

她适时出现，阻止了陈永杰"行凶"，递过来一张兽皮，上面密密麻麻地写满了字。

"《丈六金身密解》，还有数百字的《释迦真经》残篇？"陈永杰顿时动心了。

"我太爷爷说了，当时有人想杀他，在那种境地下，他别无选择。但他估计自己连累了你，所以用这些经书补偿你。"钟晴说道。

王煊也走了过来，看了兽皮上的文字后，心中震动。《丈六金身密解》中提到了这种法的一些关键诀窍，极其重要。

当然，更为惊人的还是《释迦真经》，那可是苦修门的镇教经书之一。可惜，那只是残篇，老钟这是故意的吧？

"我太爷爷还给你留了一封信。"钟晴又递上一张兽皮。

在兽皮上，钟庸亲切地称陈永杰为小陈，并以师伯自居。陈永杰这叫一个腻歪，也就这老头子敢占他便宜了。

"小陈，我与你师父是八拜之交，对于三十年前的神秘接触事件，我也很心痛，他那样莫名其妙地失踪，我很伤感。其实我一直在追查这件事，而且有了重要发现！"

钟庸提及，他将一份重要线索放在了他的书房中，夹在书架上的《吕祖剑解》内。

"我太爷爷说，他还有一个惊人的猜测，但因为没有证据，短期内无法证实，所以就不想多说，怕误导你，引发难以预测的危险。等他苏醒后会与你详谈。"

"小钟，你这是被你太爷爷影响了，你不能效仿他啊，什么都留一手，这样不好。"陈永杰说道。

尽管他喊钟晴为小钟很正常，但是钟晴听在耳中，还是微微撇了撇嘴，心中很不满。

陈永杰摸了摸钟庸的头与脸，赶紧又去擦手上的黏液。钟庸这是洞悉了他的心魔，他这辈子就是想解析神秘接触事件，将他师父救回来。

昔日，如果不是陈永杰的师父用力将他推出，他也会被那片光吞没。

钟诚看着王煊，很亲热地道："小王，外面太危险了，没事别乱跑。"

钟诚没有形成精神领域，听不懂外面那些人的话，到现在都不知道王煊昨夜干的事。

钟晴很敏锐，尽管听不懂三颗超凡星球的人的对话，但她悄然观察，产生了各种怀疑与猜想。

当！

地仙城中，悠扬的钟声响起，震得天空中剩余的乌云都炸开了，快速消散。

久违的阳光洒落，整个地仙城都沐浴在灿烂的朝霞中，显得格外神圣与祥和。

"地仙城的残钟敲响了。"有执法者抬头。

地仙城中心，有一座陈旧而巨大的祭坛。此时，祭坛上缓缓腾起淡淡的光幕，内部出现一片模糊而宏大的世界。

白孔雀飞来，声音传遍全城："超凡之战剩最后三天，机缘造化尽在大幕间，如果足够惊艳，或可见到列仙。"

"我……"王煊头皮发麻，这就是所谓的大机缘？他忽然觉得，地仙城有些恐怖。

"我太爷爷说了，如果有造化机缘，将他抬过去就是了。"钟诚脸上露出向往之色，隔着很远，眺望着那层大幕。

王煊无语，替钟庸心慌。

超凡能量退潮，万法皆朽，列仙洞府自虚空中坠落，老钟可没少挖列仙的根。这要是被抬过去，万一被列仙发现端倪，老钟真的要升天！

第199章
绝境求生

王煊感叹，老钟真是个厉害人物，在现世不断折腾也就罢了，连列仙的根他都给挖了！

列仙真要知道他的所为，肯定饶不了他。

王煊琢磨，回头找钟诚好好聊聊，看看老钟家是不是真有一些列仙骨，这些东西都是"核弹"，但也藏着无限蓬勃的生命之能，或许能加以利用。

他还真有点儿期待了，如果老钟将红衣女妖仙坠落在现世的洞府也挖开过，他绝对要将女妖仙的仙骨交换到手中。

地仙城的大幕后方一片朦胧，山河壮丽，神禽飞舞，瑞兽奔跑，祥和而宁静，有浓厚的仙家气韵。

地仙城中，人们震撼不已，传出成片的惊呼声。那就是仙界吗？人们激动得发抖，无比向往。

王煊与陈永杰相视一眼，默不作声，这些人哪里知道，里面的列仙其实想出来！

地仙城中心地带的祭坛上，大幕渐渐模糊。三天后，大幕将再现，现在不过是激发了所有人的心气。

"我的玉符不够多，还应该去竞争，再收集一些！"

"各位谁愿意出售玉符，我愿意出高价购买！"

……

一时间，地仙城中许多超凡者心动，都在想办法收集玉符。

只有王煊心中没底，他的玉符足够多，数量稳居第一，然而，他不敢面对列仙，那对他来说太危险了。

一个红衣女妖仙已经够可怕了，再出现几个真仙看透他的虚实，得知他早已开启了内景地，那绝对会要命。

他已明悟，他在凡人阶段开启的内景地太特殊了，在古代都没有几人能做到。

他可不想让自己成为列仙回归的通道！

陈永杰也心里打鼓，他直接去找白孔雀，问它可见到哪些真仙。

"较为有名的真仙，或许能出现一两位。"白孔雀回应道。

王煊心头一动，张仙人会不会出来？算了，张仙人如果去了大幕后面，现在也是坑人的主儿，不见为妙！

反正，王煊打死都不会接近大幕了，他将一堆玉符都交给了陈永杰，让陈永杰想办法领奖励。

陈永杰也头大，他知道，王煊怕内景地带来大祸，而他则怕遇上红衣女妖仙，他可是"撸"过那只白虎，也没少拿剑砍红衣女妖仙，就怕遇上这对组合。

"没那么巧。大幕无垠，甚至不知道有多少重大幕，你怎么可能在深空中也碰到那女妖仙和白虎？"王煊安慰他。

"回头我也找个代言人替我领奖。"陈永杰心中忐忑，不敢自称教祖了。

"老宋呢？"陈永杰问钟家姐弟。他很疑惑，宋钟组合怎么少了一个？

钟诚眼神黯淡，道："宋爷爷听说得一两枚玉符也能兑换造化，不听我太爷爷的劝告，出城去了，结果再也没有回来。"

"我太爷爷坑死那群人，也是为宋老报仇。"钟晴开口道。

王煊与陈永杰叹息，新星第二人就这么死了！

新星与旧土加起来只有四名超凡者，老宋终究命不够硬。

不久后，王煊在地仙城中转悠，意外看到了周云，他居然进地仙城了。

王煊顿时有些头大，然后他果然也看到了郑睿，郑睿的手腕上，那条串珠中栖居着女方士！

"小王！"周云激动无比，冲着王煊挥手。

王煊扭头就跑，心中在喊：别叫了，你没看到我，我也没看到你们！

郑睿的手串中，有点点涟漪荡漾，有模糊虚影浮现，那虚影看着王煊的背影笑了笑。

王煊的精神领域何其敏锐，顿时头皮发麻，他"看到"了：女方士绝代倾城，以手拂过秀发，目送他远去。

此时，他真的觉得有点儿惊悚，大幕出现，而先秦女方士出现在这里，这是要出"王炸"啊！

地仙城中，许多超凡者惊讶不已，那个异星魔人在逃？一时间，他们看向周云的目光变了，异域又来一个大魔头，吓走了早先那个魔头？！

陈永杰也跟着跑了。

"老陈，我决定去城外采摘点'土特产'，不在城里待着了。"王煊准备避避风头。

"我也去！"陈永杰也有点儿心慌，他对女方士并不陌生，女方士曾折腾得他几天几夜没睡着觉。

王煊摇头："你出去干什么？一堆玉符价值连城，咱们怎么也得将造化拿到手中，到时候咱们好好分分。"

他答应过秦诚，从密地回去后，他就请秦诚吃小鸡炖黄金蘑和蒜蓉山螺，他准备去搜集这些价值惊人的"土特产"。

黄金蘑他接触过并吃过了，但是他一直没有见到山螺的影子，这东西的价值太惊人了！

山螺生于山石中，属于稀世山宝，若捕捉到，晒干研磨，日服一钱，持续半月，可延寿五载。

吃那么一点儿，就能延寿五年，足以说明它是何等惊人的灵性生物。顶级财团的掌舵人为了得到它，愿意付出巨大的代价。

当日王煊就出城了，但是他转了一大圈，连山螺的影子都没有见到。

不久后，王煊又回城了。他和陈永杰商量了一下，觉得他们可以去接收穆雪、袁坤、欧雨萱等人留在城中的"遗产"。

两人在斩杀那些人后，并没有在他们身上看到很多有价值的东西，显然，他们将大部分宝物留在城中了。

然而，两人很遗憾地得悉，死去之人的遗物都被白孔雀命令执法者收走了。

"谁想要玉符，拿山螺来交换！"王煊避开郑睿与周云，想在城中同超凡者做交易。

许多人眼热，都知道王煊身上有很多玉符，但是最终居然没有人拿得出山螺。

王煊意识到，山螺这东西真的价值惊人，无比稀少，这么多超凡者都没有收获到？

黄金蘑、地髓、紫蟠桃、养神莲……王煊收集到了数种灵药，这些灵药作为"土特产"带回去送人足够了，可以让凡人破关。

次日上午，王煊又去银蜂巢转了一圈，他稍微看了一眼，就果断跑了，因为底部废弃的旧巢区域有银蜂出没。

还好，当时他将蜂王浆打包混在了地仙泉中，不然就真是过了这个村，没这个店了。

午时，王煊回到地仙城，有人找到了他。那人是来自河洛星的超凡者，面对王煊有些惧意，最终取出一些婴儿拳头大的山螺。山螺都晶莹如玉石，带着神秘的光辉，连肉都是如此，且有芬芳气味。

六个山螺，确实价值惊人，属于稀世珍品，但是对于想请秦诚吃蒜蓉山螺，想带父母尝尝"野味儿"的王煊来说，量太少了。

王煊承诺给那人四枚玉符，只要那人告诉他采集地点，他想再去挖一些。

临走时，王煊要"大采购"，大量收集密地的一些"土特产"。

"那片石山很危险，有几条超凡大蛇守护着。山螺无论在哪里，都是珍稀的山宝灵物，炼药时加入一些，能成倍提升药性。"

王煊决定挖开那片山地，采上一笾筐山螺回去，到时候为自己身边的人延续五载寿命应该足够了。

陈永杰也没闲着，正在找利益代言人，他初步盯上了钟晴与钟诚，后面又看中了周云。

同时，他在与羽化星、欧拉星、河洛星三颗超凡星球的人交换一些经文，体悟他们的修行秘法。

下午，王煊就去了百里之外的那片山地，他远远地就看到了那片石山，确实有超凡大蛇盘绕在上。

四条大蛇，蛇身比浴缸还粗。最大的一条，蛇头有一辆小汽车那么大，全身覆盖着鲜红的鳞片，一看就是有剧毒的蛇类。

石山上有很多小洞，疑似是山螺钻出来的，确实散发着淡淡的灵性气息。

"密地之旅就要结束了，最后'大采购'一番，回头请秦诚、清菡他们聚餐。"

王煊想，赵清菡、吴茵什么时候能够离开列仙洞府？老狐狸会守信，送她们到外太空中吗？

突然，王煊感觉到情况极其不对，心中生出一股寒意，他强大的超级感知捕捉到了异样的气息。

危险！

他汗毛倒竖，有种惊悚感，想都不想，飞快后退，一刹那远遁。

然而，后方山林中，十几道身影挡住了王煊的去路。在他们的身前，飞剑凌空，银刀悬浮，筷子长的锋锐小矛在半空中如蛇般游动。

这是一群剑修，虽然他们用的兵器不全是剑，但施展的都是精神控物的手段。这些人全在采药境界。

王煊的心神大受震动，地仙城的采药级敌人几乎都死了，总共加起来也没有这么多，这些陌生的面孔都是从哪里来的？

这两天，他接触了地仙城的所有超凡者，绝对没有见过这批人。

这群人毫不掩饰自己的气息，全都露出强烈的杀意，没有一个是弱者，大多数是采药后期甚至采药巅峰的人物。

而且，他们的年龄看起来都不小，有些人即便保养得很好，也两鬓斑白了。

更有些老者白发白须，眼神冷厉，像鹰隼盯着猎物，身前飞剑盘旋，如金色蛟龙怒鸣，铮铮作响。

"你杀了我家穆雪！雪儿啊，我替你报仇来了！"

"小轩，你死得好惨，竟被人活活震死在山林中，连一具完整的尸体都没有留下！"

有人低吼，露出浓浓的敌意。更多的人脸色冷漠，没有过多的表情，只负责出手。

这里有姜轩、穆雪的亲族，更有一群随他们而来负责出手的采药级高手。

他们是怎么来的？难道是从羽化星临时赶来的？王煊毛骨悚然，他知道形势糟糕透顶，自己遇上了生死危机。

另一个方向，山林炸开，一群人冷漠地走来。为首者身材高大，在两米五左右，赤裸着上身，古铜色的皮肤在阳光下泛着金属般的光泽。

"河洛星人来诛杀异星魔人，密地属于羽化、欧拉、河洛三星，绝对不允许外星人降临！"

这群人大多走炼体路线，不乏与袁坤一样修炼不朽之身的强者，都在采药层次，实力强大。

"欧拉！"不远处的山林中，雷电轰鸣，光焰缭绕，可怕的能量激荡，一群人走了出来。毫无疑问，他们是来自欧拉星的高手。

"我想知道，你们是刚从自己的母星赶来的吗？"王煊沉声问道。

三方人马将他包围了，这是一个杀局！

王煊叹息，他大意了，原以为杀了地仙城所有强大的对手，再也没人能够威胁到他，怎料一下子来了四十几个！

他们全是采药后期的高手，这是一群针对性极强的杀戮者，就是为铲除王煊与陈永杰而特意从三颗超凡星球赶来的。

"是我去报信的。密地与三颗超凡星球之间都有虫洞通道，对面常年有人镇守。我告诉他们，有异星魔人占据了我们的秘境，无情地消灭我族弟子。"

一个将近三米高的类人生物走出，满身都是黑色长毛，眼睛碧绿。

他是山神族的头领，密地的执法者。

"诛杀异星人，这片密地绝对不允许外族染指！"

"域外之人敢踏足这里，必须死！这是我们的秘境，是列仙的花园，所有造化都属于我们，与域外魔人无关！"

一些采药级强者纷纷喝道，声音震动了整片山林。

石山上的几条大蛇全都吓得钻进了地窟中，强大如它们都恐惧无比。

四十几名采药后期的强者联手，有几人能挡住？

况且，现在王煊只在燃灯层次，他能与采药这个级别的人对抗，已经称得上非凡，足够让人震撼。

但是眼下，他再厉害也绝对挡不住这么多采药级强者的围攻，真要正面相抗，毫无疑问会被压制。

王煊的左手攥着一根拇指长的羽化神竹，带着地仙泉与蜂王浆的气味。

这是大幕后属于列仙的奇物，是白虎真仙交给他的，白虎真仙吩咐他找机会将其插在王煊身上。

这辈子他都不可能这么做，所以他将这件由列仙炼制的神物洗净后，一直收在福地碎片中。

如果实在没有选择，他想将这件东西祭出去，看看会发生什么。

不过，他真的不想激活它，红衣女妖仙太恐怖了！

一群人大喝。他们全力以赴，没有给王煊机会，想第一时间废掉他，审问关于异域的具体情况，再将他千刀万剐。

"敢杀我家雪儿，你十条命也不够赔！"一个老妪吼道，脸上带着泪水。

王煊奋力躲避，一道道剑光划过，将他刚才的立足之地绞碎，整片大地都被割裂，一个巨大的黑色深坑出现。

"异域人，你死一百次都无法化解我心中的痛苦与仇恨！我家雨萱死得太惨了，我要慢慢折磨你到死！"又有人低吼，声音中充满了仇怨。

王煊很想问问他们：只有你们的弟子金贵吗？其他人的命不是命？只有你们

的后人可以杀别人？凭什么！

这片山林爆碎。一个照面，在数十名高手的围追堵截下，王煊满身是伤，背后有雷霆轰击出的焦黑伤痕。

他陷入了绝境，这才刚开始，他就被重创了，若对方再来两次合击，他必死无疑。

有那么一瞬间，他真想激活羽化神竹，但是他忍住了，召唤红衣女妖仙还不如战死在这里呢。

这一刻，王煊目光骇人，他知道自己不是没有活路，但是必须找到那种感觉，激活"超感"乃至"神感"。

轰！

很多道光束飞来，其中六七道都是剑光，王煊从来没有这么凄惨过。

这些人想将他废掉后再逼迫他。

王煊低吼，疯狂运转精神力量。数种奇景交织，融合在一起，他感觉自己的脑袋仿佛要炸开了。

在外界强大的压力下，在最后的绝境中，王煊终于触发了"超感"，这是他第一次在有意引导的情况下做到这一步！

轰！

内景地打开了，王煊的精神进入当中，无尽的神秘因子涌动，蔓延到林地中。林地中像飘起了鹅毛大雪，浓郁的神秘因子将他的肉身淹没了。

"那是什么？传说中的内景地？！"有人感知力敏锐，第一时间洞彻了真相。

王煊在内景地中尝试催动那件器物，那是他从密地边缘的内景异宝中取出来的至宝，列仙都曾为了它而疯狂，先秦女方士与红衣女妖仙都曾为了它而大战列仙，两人亦交过手。

王煊心中有感，这件至宝在他的内景地中温养多日后变得不一样了，他尝试与它沟通时有所感应！

"怎么可能，他开启了内景地？他才多大年纪啊！"

"这……他才踏足超凡领域，这个境界根本不能开启内景地！"

一群人震惊无比，但是他们没有后退，杀意更浓烈了。

当！

内景地中，那件器物的盖子动了，被王煊"搬运"了起来。同时，他知道了这究竟是什么器物。

"这是我自己的内景地，打开它算什么？今天咱们彼此清算，战个痛快！"王煊大喝，憋了一肚子的火。在他看来，外界的人动作缓慢，近乎停滞，而他在内景地中的思维快得不可思议。他尝试催动至宝的盖子，杀敌！

第200章
至宝

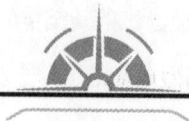

这还是个盖子吗？

王煊觉得自己像在搬一座山，它实在太沉重了，刚把它搬离地面，他就筋疲力尽，有些虚脱。

他被压得精神体不稳固，艰难地搬运那盖子，准备砸出去。

外面，剑光迸发，杀气冲天。

一群剑修准备发动凌厉的攻击，成片的飞剑、筷子粗细的小矛，以及巴掌长的小刀，都带着摄人心魄的锋芒。这些兵器真要击过来，一座山头都会被削平，王煊肯定没什么好下场。

如果在外界，王煊根本没有时间应对，剑修催动的漫天兵器一刹那就会呼啸而来，将他覆盖。

但他在内景地中，一切都不同了。

剑修们的动作，在现在的他看来无比缓慢。

他们应该在说话，却像张口结舌，动作近乎停滞。

那本应该如闪电般激射而出的飞剑，现在却如蜗牛在爬；筷子长的小矛像冬眠的蛇刚刚复苏，懒洋洋地抬头。

一群剑修以精神控物，原本在发动一轮异常凌厉而凶猛的攻击，现在却宛若被按下了暂停键。

不是外面的人变慢了，而是在内景地中，王煊的思维快得远超世人的想象，常驻空明时光中。

也正因为如此，很多人才认为，现世一分钟，内景地中可能已经是一两年，甚至很多年。

王煊不再急躁，他有的是时间。

面对杀劫，面对数十名采药级高手的围攻，王煊只能催动盖子。当初他第一次见到这盖子时，它曾撕裂内景异宝，威能骇人。

"不行，太沉重了！"砰的一声，王煊又将它放下，他真的力竭了。

咚的一声，整片内景地都剧烈地颤动了一下，这是极其罕见的事。

内景地是虚静的、幽冷的，常年没有声息，更不要说震动了，这片神秘之地仿佛到地老天荒都不会改变。

现在它居然有了回音。

王煊以精神体运转石板上记载的最强经文，霎时间，内景地中的神秘因子像倾盆大雨般落下，远比先秦根法的效果惊人。

神秘因子铺天盖地，自虚无中诞生，坠落下来，浓郁度前所未有。

王煊惊呆了，他深吸一口气，精神体得到海量神秘因子的滋养，焕发出旺盛的生机。这次，精神体真实显现出来，像是缩小版的他。

他再次去搬那个盖子，各种奇景出现，模糊的仙山、坠落的大日、惊涛拍岸的汪洋，在内景地中与他的精神凝聚在一起，前所未有地强大。

地面像在轻颤，王煊成功了，他觉得自己仿佛扛起了有形的穹顶。

……

"杀！"外界，有剑修大喝。

也有人喊道："悠着点儿，不要将他斩成肉酱，留他一条残命，我们还有许多问题要审问他！"

剑光如虹，由十几件兵器组成的天罗地网，呼啸着从他们身前冲起。众人确信，这种威力的攻击可斩杀一切这个层次的敌人，无人可挡。

什么金刚不坏的超凡老苦修士、身体强度超越神兵利刃的妖魔，面对成群的剑修，都难逃败亡的下场，成片的飞剑无坚不摧！

这个年轻人是天才又如何？开启内景地也没用。他没时间去积淀，炼不出无敌之身了，乱剑过后，将只剩一个废人。

"呵呵，温柔一点儿，别让他死了。"河洛星、欧拉星的人也在喊话，都面带笑意。

王煊用尽力气，将盖子砸了出去，对准了那群剑修。它不愧是至宝，离开内景地后速度不减，内景地内外对它来说影响不大。

盖子落向一群剑修，与数柄飞剑撞在一起，距离那些人不过数米，顿时出现了异变。

轰!

盖子遭受攻击，被飞剑劈斩，被那群剑修以精神控物的手段尝试接引，结果刺激了它，惊人的能量散发。

柔和的涟漪激荡而出，不断扩张，一圈又一圈地向外荡漾。那些飞剑瞬间爆碎，成为铁屑，就像脆弱的蜻蜓、蝉等昆虫被高速飞来的子弹击中。

涟漪扩散，波及那些剑修，他们脸上的笑容凝固了，而后在噗噗声中，所有人都倒地了。

王煊即便早已猜测到盖子的威力，看到这一幕也还是心惊肉跳。

他初见盖子时，就领教过了它的威力。

密地边缘的内景异宝之中是何等可怕的地方，地仙、羽化级强者以及金翅大鹏、千臂真神等生物在入口处就被剿灭了。

可是，那么强大的内景异宝因为盖子发光，轻微撞击了一下，就龟裂了，差点儿被毁掉。

若非当时王煊是精神体，躲进了内景地，他也会死，连痕迹都留不下。

盖子翻飞，在下落的过程中，激起涟漪点点。涟漪非常柔和，一圈又一圈地扩散向远方。

"不!"

河洛星的人全都惊悚地大叫了起来，那种平和而神圣的光晕荡漾到了他们这里，他们根本躲不掉。

有些人飞速逃跑，可是快不过那一个又一个光圈的速度，光圈轻轻一扫，那群人就殒命了。

即便有些人练的是可直通羽化层次的不朽之身，眼下也脆弱得如同海浪中的沙堡，顷刻间消散。

欧拉星的人距离最远，他们疯狂逃亡，并且释放出雷霆、光焰，催发出黑色的大风，想抵住盖子，将那些发光的涟漪击溃。

可这种反击，引来的却是灭顶之灾！

涟漪扫过，这些人全部殒命。

"我的肉身！"王煊吃了一惊，那些涟漪该不会将他自己的肉身也毁掉吧？

还好，那种惨烈的事件没有发生，盖子在内景地中温养这么久，与这里有了莫名的联系。

这次，王煊之所以能搬动盖子并将其投掷出去，并不是因为他的精神力量足够驾驭盖子了，而是因为盖子与内景地共振，而这片幽寂之地又与他的精神共鸣。

王煊的肉身与精神交融，有密切的联系，所以盖子没有误伤他的肉身。

内景地中，王煊的精神体满是裂痕，刚才将盖子投掷出去时，他耗尽力气，杀敌前，自己几乎炸开。

这到底是什么层次的宝物？太恐怖了！

他躺在内景地中，一动也不想动。这种级别的东西真不是他所能催动的，他扔个盖子而已，还借助了内景地，都差点儿将自身耗死。

王煊强打精神，运转石板上记载的经文，再次从虚无中接引来如同倾盆暴雨般的神秘因子。神秘因子将他覆盖，滋养着他的精神。

他感觉自己在内景地中像躺了半年那么久，枯竭与破裂的精神体才逐渐恢复过来。

他不敢耽搁，即便现世中可能才过去半分钟，但谁知道会发生什么？这里可是荒山野地，怪物横行，万一再来一些强敌，那就麻烦大了。

他借助内景地，想接引那盖子回来，结果居然没搬动！

直到后来，他的精神都要爆炸了，各种奇景交融在一起，盖子才咚的一声坠落在内景地。

王煊又虚弱了很久，躺在那里不动了。

等到他爬起来关注自己的肉身时，他有些担忧，尽管一直有浓郁的神秘因子洒落，但是他的肉身状态依旧不容乐观，问题远比他想象的严重。

河洛、欧拉、羽化三颗星球的人下手极狠，他的五脏是破碎的，缓慢跳动的心脏上密密麻麻的到处是裂痕，像随时要炸开。

如果没有神秘因子淹没肉身，他肯定废掉了，坚持不了几日就会死去。

三颗超凡星球的人想废掉他，给他留下一口气，以便逼供。

至于外伤，他的脊背等部位全是雷击之伤。

王煊默不作声，肉身缓慢动作，大口喝混着蜂王浆的地仙泉，滋养肉身。

最后，他全力以赴，不断接引神秘因子。神秘因子像一条条小河，流淌向他的身躯，修复他的伤体。

时间不断推移，王煊觉得内景地中像过去了两年，他现世中的肉身才终于缓慢变好。他心头沉重，这伤太严重了。

他的身体在恢复，不断向好的方向发展，他终于有时间与精力去研究那件至宝了。

在内景地中，它虽然被神秘因子覆盖，但是已经可见真容，看起来像是一个丹炉。

它有三足，样式古朴。三足下有个底座，是木质的。当初那似乎是一个完好的盒子，用来放这件至宝，但如今只剩下一个木质底座。

王煊估摸着，这底座多半也是件了不得的宝物。

炉盖不过碗口那么大，上面满是纹路。

丹炉主体，外部是各种鸟兽的图案，内部则是密密麻麻的文字。

这种文字与王煊在逝地中见到的太阳金疙瘩上的鬼画符属于同一种文字！

"金榜上的鬼画符文字？"

当时金榜震动，显示信息时，有些文字可以读取，让王煊认识了一些字。

"看来得多学那种鬼画符文字！"他默默地将丹炉上的文字全都烙印在精神中，记了下来。

想都不用想，让红衣女妖仙、女方士等一群大幕中的绝顶列仙激烈争夺的至宝，它上面刻录的文字不可想象！

丹炉内部有淡淡的清香飘散，很像天药的气息，这就有些震撼人心了！

当初，王煊就怀疑，这件至宝究竟是炼过天药，还是能温养出那个级别的药性？

王煊的伤真的很严重，就像当初的陈永杰，进了一次内景地，全程都在养伤，这才活过来。

他现在得靠神秘因子滋养，被飞剑击穿的肉身、被雷霆震碎的脏腑、被光焰烧焦的体表，都在重新焕发生机。

他的身体渐渐无大碍了，内景地中像过去了很多年，他的精神与肉身终于重归巅峰。

王煊没有立刻起身离去，而是借助这难得的机会，继续修行。

每一次开启内景地，对他来说都是大机缘。

王煊运转最强经文，正好趁此机会积淀，巩固两幅真形图。最后他的精神力提升了一截，肉身也在蜕变。

他的新陈代谢速度激增，现在的他等于踏上了一条修行秘路，整个人的生命层次在变化。

他脱皮了，血肉重塑。他的五脏在共振，缓慢地强化，不再像过去那么脆弱，且有了光泽。

他的脏腑共鸣，因伤而留下的痕迹全部消失，新生的气息流动，生命本质在提升、在强化。

王煊从燃灯初期进入燃灯中期，实力的增长让他的状态前所未有地好！

他知道时间不多了，自己快要离开内景地了，于是开始练张仙人的体术。

他确信，本土教创始人留下的五页金书威力强大，不见得比石板经文上的攻击手段弱。

第一页金书上共有九幅图，王煊在这里一口气练成了第六、第七两幅图。

"既然没有名字，就叫它本土散手吧！"

因为，张仙人以前的一些体术也是这么命名的。

内景地轻颤一下，将要关闭了，王煊的精神回归肉身中，感受着自己新生的蓬勃力量，站起身来，如今的他处在最强状态中。

第 201 章
列仙重奖

山林破败，大面积地炸碎，那些人几乎没有留下痕迹，连秘银飞剑都在涟漪中化作了铁屑。

远处的石山也被波及了，几条躲在山窟中的大蛇断成了数截。

王煊以强大的精神领域寻找，从裂开的山体中挖出一些山螺，花了两个多小时凑足一箩筐。

即便在古代，这也都属于特色美味，是地仙的下酒小菜。

成熟的山螺有成年人的拳头那么大，螺壳如玉，晶莹剔透，十分美观，其肉光芒收敛，带着淡淡的芬芳气味。

这东西极其稀有，目前新星的顶级财团也只是拿它来泡酒喝。

"一箩筐山螺引发的大战……"王煊感慨，想吃口东西很不易，招来四十几个采药级高手围攻他。

这真是刀尖上的美食，他踩着生死线，聆听飞剑铮铮声，看山崩地陷，最后总算采集到手。

他一路向地仙城赶去。今天太危险了，如果没有内景地中的至宝，他多半会危矣。

"它不像武器，带着淡淡的药香，倒像纯粹熬炼药草的丹炉。"王煊琢磨。

这就更显得神秘了，炼药的东西都有这么大的威力？

王煊心中一动，他离采药境界也不是很远了，这个境界影响深远，与以后的境界都有深层次的联系，甚至涉及精神大药，不知道到时候这丹炉能否派上用场。

王煊回到地仙城，那个与他做山螺交易的河洛星人得到消息，一时间头皮发麻，吓得面色煞白。

这个河洛星人知道内情，一群采药层次的高手等在外面，都没有杀死这个异星人？

陈永杰赶来，得知王煊在外遇险，与他一起找上了河洛、欧拉、羽化三颗星球的超凡者。

"除非你们永远不离开地仙城，不然的话，一出城就会被我们追杀，一个都别想活！"

陈永杰拎着掺有太阳金的长矛，一个一个地指过去。

诓骗王煊出城的那个超凡者差点儿瘫软在地上，颤颤巍巍地第一个走了过来，将早先的玉符还了回来，又送上自己收藏的四枚。

"自愿啊，我们不勉强，目前只是募捐，谁能送我们一些玉符，那就是结善缘。"陈永杰喊话。

王煊居然差点儿死在城外，确实让他惊出了一身冷汗，三颗超凡星球的人相当歹毒，居然从母星喊来那么一群强者。

不过，从那边只能过来采药级高手，如今死了这么一批人，虫洞那边的人若知道估计心里要发毛。

王煊一言不发，老陈负责喊话，他负责收玉符，杀气腾腾。他现在刚突破，还真想拿这群人开刀试试身手。

"小王！"周云又出现了，让王煊一阵头大。有周云，就有郑睿，随之就有女方士，王煊真不想和他们接触！

周云是凌薇的表兄，在旧土被王煊反复教训，王煊的五页金书就是从他怀中取出来的。

当然，周云误以为那件事是个混血儿做的。

谁知道后来，周云对王煊的态度不断转变，尤其到了密地后，已经和他称兄道弟了。

"没事，不用跑，女方士一直没出现。"陈永杰让王煊稳住。

"小王，好久不见，你跑什么？上次你为我们断后，独自去对付外星的宗师。听钟诚说，你与那些宗师斗智斗勇，利用毒蜂干掉了几个大宗师，真是不简单，我越来越欣赏你了！回到新星后，我去找我舅，也就是老凌，仔细谈一谈，封建家长当不得。我觉得，你和凌薇在一块儿挺好的。"

周云跑过来，拍着王煊的肩膀，亲热得不得了。

王煊一阵头大，总觉得他没事净添乱。

"来，帮我收玉符。看到没有，哪个不愿意交，都给我记下来。"王煊将周云拉过来收账。

"小王，你现在什么状况？怎么敢向外星人收保护费？"周云吃惊地道。

王煊摇头道："不是我，是老陈。当初的陈永杰大宗师已经成为陈超凡，打遍三星无敌手。"

周云惊叹："陈大宗师果然厉害。难怪我们新星有些较为厉害的老头子说，这种人不好招惹，万一真惹了他，那就赶紧斩草除根，不然很危险！"

王煊听得一阵无语，周云还真是心直口快，什么话都敢说。

陈永杰摆着一张臭脸，没有搭理周云。

周云收起笑容，一脸严肃之色，道："陈大宗师，不，陈超凡，我刚才只是想向你通风报信。新星有些老头子对你无比忌惮，如今你复活了，更是晋升到超凡领域，我估摸着，有些人大概要思考怎么和你相处，或者怎么对付你了。"

陈永杰有些意外，看了周云几眼，点了点头，收下了这份善意。

钟诚也来了，被周云拉着一起帮忙收玉符，三颗超凡星球的人又惊怒又害怕。

他们得悉，不下四十名采药级高手从本土跨界过来对付异星魔人，结果可能反被消灭了！

这让他们震惊无比，难以相信这两个异星魔人可以做到这一步。

他们严重怀疑，城外隐伏着大量的异星人，地仙城已经被包围了。

周云现场喊话：“痛快点，你们已经被陈超凡一个人包围了，他盯上了你们。我告诉你们，他可是一颗星球上最大的组织的首领！”

钟诚也一脸严肃地告诫道：“老陈说了，上天有好生之德，交玉符保平安，不然的话，离开地仙城时，没你们的好果子吃！”

两人之所以这么积极，是因为王煊与陈永杰告诉两人，多收上来一些玉符的话，回头就分给他们几枚。

一群超凡者听不懂两人的语言，但是能用精神领域捕捉思维，感知其意。

他们用自己的思维领悟两人话语中的意思，看向陈永杰的眼神彻底变了，这是一颗生命星球地下世界的霸主？

钟晴也来了，她双腿修长，素面朝天，清纯美丽，明眸皓齿。她先瞪了一眼她的弟弟，当得悉有玉符可拿，她也迅速加入了。

钟晴能说会道，声音甜美，态度温和，一番劝说，又收了一堆玉符。

郑睿全程较为平静，少言寡语。

城中的执法者看不下去了，暗中通知白孔雀，这位大妖亲自来了，果断叫停，但总算没有让他们将收到手中的玉符还回去。

白孔雀看了一眼郑睿，然后飞走了。

王煊与陈永杰合计，现在他们收到手中的玉符加起来足有一百五十枚。

“咱们应该能够包揽前七名。”王煊说道。

他觉得，玉符都集中在一两个人手里的话，实在太浪费了，与其如此，不如合理分配一下。

他、陈永杰、钟庸、郑睿、周云、钟晴、钟诚都去领奖，那就可以将最重要的造化收到手中。

当然，王煊准备隐藏起来，让他们六个去领奖。

白孔雀的精神波动传来，告诉他们，所有的奖励都是凭借玉符的数量去兑换的，是否分散开来，他们自己要考虑清楚。

第一等奖励需要极多的玉符，需要累积海量的积分去换取。

这是在警告他们别耍手段，几人无语。

"前辈，我们怎么离开密地？现在超凡能量澎湃，飞船无法降临，难道我们要一辈子被困在这里？"王煊问道。

如果没有办法，他就只能进密地极深处去找老狐狸，借列仙的飞船离开，只是希望老狐狸不要太坑人。

"我会送你们离开。"白孔雀又出现了，又看了一眼郑睿手腕上的串珠。然后，它警告王煊不得出城，要亲自去领列仙的奖励。

一刹那，王煊觉得全身发麻，他这是被盯上了？

他也不禁看向郑睿，那条串珠中有模糊的身影飘出，女方士真的不加掩饰了，这就现身了？

不过，只有王煊与陈永杰这样的超凡者能看到那道模糊的身影，钟晴与周云等人毫无察觉。

女方士衣袂飘飘，轻灵地飞走了，消失在地仙城祭坛那片区域。

时间过得很快，超凡之战结束了，地仙城中响起了钟声。钟声悠悠传出上百里远，各种超凡怪物如同朝圣般向这里赶来。

地仙城中心，那座巨大的祭坛腾起光幕，那隔绝了一方世界的大幕又出现了！

王煊不情不愿，怀揣着一堆玉符来了。没办法，白孔雀亲自看着他呢，等于亲自把他押送过来了。

"前辈，我想知道，列仙会不会降临在我们这个世界？"王煊问道，他心中没底。

"问那么多干什么？慢慢看就知道了。"白孔雀淡淡地回应道。

大幕扩张，内部无边无际，山河壮丽，景色美得近乎梦幻，云层上有琼楼玉宇，有飘浮的仙山，有圣兽踏云奔跑，有仙禽展翅翱翔自月亮上飞下来……

地仙城中，无论是超凡者还是密地的怪物们，都瞪圆了眼睛观看着。

大幕近前，开始出现成片的景物，从经书到药草，再到各种神秘器物，应有尽有。那些全是造化，可以用玉符去兑换。

钟诚瞳孔收缩，他一眼就看到经书堆中有金色竹简，其排位高得吓人。

不过，他很快就忍住了，迅速练钟庸传给他的静心诀，让思维归一，收拢于体内，没有表现出任何异常。

钟晴也心神剧震，但她表现得更平稳，一点儿思维都没有外泄，一直保持镇静与从容。

很快，他们又发现了五色玉书，它同样在顶层！

"别看了，顶部的经文八成都失传了，当年练过那些经文的仙道强人大多战死在大幕中了。"白孔雀提醒众人现实一点，不要去看顶层的那些经文，那不是为他们准备的。

"在那个时代，这里有地仙大战，有养生主争锋，还有羽化级强者对抗，甚至列仙还能降临在这里对决，争夺传说中的至宝与最强经文。"白孔雀幽幽叹道。那段岁月逝去了，再也不可能回来。

钟晴与钟诚陆续看到一些熟悉的经书，姐弟两人对视了一眼，意识到钟庸的书房超出想象太多了。

陈永杰在安慰王煊，和他对话，不泄露精神思维，只用旧土语言机械似的交流："没事，哪有那么巧？我就不信走到哪里都能碰上红衣女妖仙，这次她要是出现了，我替你站出来，喊她跳妖仙舞！"

王煊嘴角抽搐，道："别乱说话，更不要激我。最近我时常一语成谶，我不想念叨她了。"

事实上，他也无所谓了，他感觉先秦女方士成仙的真身多半要从大幕那边走来，出现在这里。

既然如此，再多一个妖仙，或者多一两个顶尖的仙道强者，似乎也没什么大不了的。

突然，王煊心头剧震，他快速稳住，不动声色地观察上方的几件器物，那里模模糊糊的，看得不是很真切。

有个炉子若隐若现，他觉得有些像他内景地中的丹炉！

"最上面的奖励不用看，那也不是为你们准备的，早就遗失了，列仙中的绝世强者都可望而不可即。"

白孔雀再次提醒众人不要自视过高，有些东西听听传说就足够了。

"前辈，那你给我们讲讲传说吧。"有人开口道，那是羽化星的一名命土境界的剑修。

"是啊，前辈，让我们了解一下那些神秘的器物。"许多人附和道。

"嗯，比如那逍遥舟，能横渡所有高等精神世界，有些地方连列仙都去不了，可乘坐它却能如履平地。有了它，采摘蟠桃园的仙桃，进不周山摘仙葫芦，入大赤天采九转丹气，都轻而易举。再比如，那个炉子……"

听白孔雀提及丹炉，王煊顿时来了精神，仔细聆听，他觉得那个炉子与内景地中的丹炉真的很像！

第202章
列仙正在腐朽

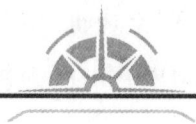

"炉子不提也罢，跟你们说了也没什么意义。"白孔雀五米多长，浑身洁白如玉，在那里摇头。

临到头它止住了，没有说下去，一群人发呆，而后都想收拾它。

可惜，白孔雀是地仙城的最强妖魔，而且来头不小，深不可测，所有人联手都对付不了它。

据悉，密地中连许多怪物的祖辈都不知道白孔雀的根脚。

"我耳朵都洗干净了，它怎么能停下？"周云在那里低语。

钟晴顿时狠狠地瞪了他一眼，他讪讪地闭嘴了。

三颗超凡星球的人自然不甘心，很想知道炉子的来历，想了解那几件顶级的神秘器物。

"当列仙远去，羽化成尘，养生主消散，地仙腐朽，人世间激励我辈的还能剩下什么？唯有传说！"陈永杰开口道。

他看了看周围的人，又直面白孔雀，道："前辈，在这个年代，后来者只能遥望神话，回味传说，才能坚定信念，勇于走自己的路。如果连传说都消散了，连神话都在腐朽，当过往的一切都成为尘埃，这修行路上还剩下什么？我辈修行者，执意走旧术路的人，将失去追赶的动力与目标，会怀疑所追求的一切皆为虚幻。"

"说得好，我洗耳恭听！"周云喊道，大声表示赞同。

郑睿目光幽幽，沉默无声，唯有手腕上的串珠轻微颤动了两下。

"前辈，连我们三颗超凡星球上都没有地仙了，甚至连逍遥游大境界初期的人都没几个了。"

"神秘因子消散，也只有前贤留下的内景异宝中还残存一些，留给后人注入必需的器具中。这些年到底发生了什么？"

"我听闻，我们所在的这片宇宙中仅有一颗拥有高等超凡文明的星球，那里最后的地仙也快灭绝了，最多只剩下一两人，怎一个'惨'字了得！"

三颗超凡星球的人情绪难平，因为一件神秘器物，扯出神话，又思虑到现世与未来，他们都产生了强烈的不安。

王煊大为震惊，他听到了一些了不得的东西，万法皆朽，不仅在旧土与新星发生，连这片宇宙也是如此？

星空浩瀚，天宇苍茫，可在这片星系中，只有一颗高等超凡星球、三颗普通超凡星球，这就是所有了？！

王煊仔细聆听，最后确信，还真的是如此，这片陌生的宇宙中只有四颗生命星球！

陈永杰也蹙着眉，他没想到自己的一番话竟引出了羽化、欧拉、河洛三颗超凡星球的修行者的不安情绪。

白孔雀沉默片刻后，发出一声叹息。出乎意料的是，它并没有安抚众人，反而摇了摇头，话语格外沉重。

"事实上，神话的确在腐朽，传说正在消散！"

这样的话语，像炸雷般响在众人的耳畔。

人们惊呆了，白孔雀居然在打击所有人的信念，而且它自身似乎也心灰意冷。

"高高在上的都将坠落，璀璨的都将暗淡，原本就没有超然之物，世间一切都将回归原点。"

白孔雀感慨道，怅然若失，仿佛饱经风霜，经历过很多劫难。

人们这次不是发怔，而是惊悚了，这个境界不详的大妖魔在说什么？它是在否定超凡之路吗？

白孔雀叹道："你们要慢慢适应，如果能够保住现在的道行，未来你们便是了不得的人物！"

三颗超凡星球的人心神颤抖，这简直像是在深更半夜听鬼故事，而且讲故事的人强调，这些都是真实的。

"前辈，你怎么会有这种绝望的想法？"有人忍不住道，这种观念也太打击修行者的积极性了。

"超凡才算意外啊，世间原本以正常的轨迹运行，一个意外，激活、接引、辐射出了不同的超凡者，才有了列仙。但轨迹回归常态，错误被纠正后，意外打到天空中的浪花终究要落下。"

一群人都不淡定了，连王煊与陈永杰都觉得气氛压抑。白孔雀说的那些可信吗？难道超凡属于意外，这才是真相？

白孔雀平静地开口道："有人觉得不告诉大家真相较好，但我觉得还是提前和你们讲清为妙，那样你们未来不至于过于恐惧。"

"列仙呢？"王煊问道。

"都将坠落、腐朽、消亡。"白孔雀沉声说道。

众人震惊，而后一片哗然，激烈地讨论着，最后许多人出了一身冷汗。难道以后将没有超凡文明了？

王煊心中仿佛发生了大地震，怎么也没想到会有这样的结论。

他看着白孔雀，深刻意识到它的来头有可能超出所有人的想象，一般的大妖怎么可能知道这些？

他也接触过大幕后方的生灵，他们只是想挣脱大幕，但没有人说这些。

至于摆渡人，他是个守约者，更不可能泄密。

有人失声道："列仙不朽，长生永存，他们怎么会死，怎么会坠落人间？"

白孔雀很冷静，道："事实上，他们的洞府已经开始从虚空中坠落了，法已朽灭，流落红尘，归于平凡。"

接着，它说出一个让所有人都悚然，感觉看不到前路的可怕的真相。

"有些大幕已经熄灭了，有些正在熄灭中，一个又一个仙界在暗淡、在消亡！"

这就有些震撼人心了，所谓的仙界在腐朽、在衰败、在溃灭，列仙正在走向灭亡？

"仙界还有好多个？"陈永杰问道。趁现在白孔雀倾诉欲很强，他想探索出更多的秘密。

"一重大幕便是一片仙家地域，各自都算仙界吧。"白孔雀点头。

王煊与陈永杰还算平静，毕竟他们早已适应科技文明灿烂的时代，旧术早已没落不知道多少年了。

钟晴、周云、钟诚等人则更坦然，他们生活在新星，出行坐飞船。在他们看来，这样的科技文明才算正常。

来到密地后，他们的精神世界被冲击了很多次，现在总算听到一些符合自然发展规律的消息。

三颗超凡星球的人却感觉世界观塌陷了一角，他们的信念被撼动，心灵深处的终极目标摇摇欲坠。

列仙都将不存，这世间还有什么可以长久？他们这样刻苦修行，还有什么意义？

"所以啊，你们努力保住现在的道行吧，能留住一点是一点，真有一天巨变来临，一切高高在上的超凡者都将跌落凡尘！"

白孔雀看向祭坛上的大幕，又看向天际尽头，颇为落寞。这次，它没有去看郑睿与他手腕上的串珠。

所有人都心情复杂，尤其是羽化、欧拉、河洛三星的人，前路将断，这群超凡者心中难受。

"这个炉子名为养生炉。"出乎意料，白孔雀之后竟主动提及了那个炉子。

众人一怔，早先那件至宝名为逍遥舟，这个炉子居然冠以"养生"二字，与四大境界中的两个相对应，这是巧合吗？

"正如你们所料，它是一个药炉，列仙中的绝世人物都曾为之癫狂，因为它真的可以养命啊！"

白孔雀说出了一些震惊所有人的旧事：当年列仙中的第三强者，超级强大的绝世人物，就是因此炉而死的。

那一战太激烈了，列仙争霸，多重大幕交融，所有强大的真仙都发狂，为之而展开战斗。

"它可以提升药性，将任何药草放在炉中养上一段岁月，都可以直接提升药草的品质。"白孔雀介绍道。

如果给这个养生炉足够的时间，它能将凡药养成超凡大药！

这就引人遐思了，如果将天药养在当中又如何？众人立刻意识到，它的价值太惊人了，能养让列仙都为之心颤的药草，难怪列仙为之激战。

接着，白孔雀又说出了此炉更为惊人的神异之处："如果距离不是很远，以它能捕捉天药！"

这个消息具有爆炸性，三颗超凡星球的人都听说过天药，虽然他们从未见过，更没有接触过，但是他们都知道，那是神话中的无上大药。

对天药有所了解的人无不瞠目结舌。天药难采，各教祖师曾有言，即便有生之年侥幸看到一株，也大概率会目送它远去，直至消失，根本摘不到。

这炉子能采天药？！

"或许可以说，若遇到天药，它能采来部分浓郁的药性。"白孔雀说道。

这件神秘器物不是兵器，但是它的功效让列仙中的强大人物惦记，可想而知，它到底有多么惊人。

"高等精神世界中，天药遇人则遁，蟠桃园一闪即逝，但若持有此炉……"白孔雀没有说下去。

一株完整的天药养在此炉中究竟能蜕变到什么层次？

"我之所以改变主意，和你们讲此炉，是因为列仙都将腐朽，超凡将归于凡尘，但几件至宝有些特殊，或许多少能保留一些神异之处。未来你们在凡人的世界，万一有幸遇到，也许能借助它们保住部分超凡力量。当然，效果大概率要大打折扣。"

"前辈，这养生炉在我们的宇宙中，在人间，而不是在大幕后的仙界吗？"有人颤声问道。

　　白孔雀点头道："当年，它应该是从大幕后的仙界被打出来了，列仙无法追出，不然它哪里会遗失？"

　　"啊，真的在人间？！"一些人心中震动，流露出无比希冀的目光。

　　"应该在现世中，但是我们所见到的多为仿品啊！"白孔雀叹道，并告诉众人，密地中应该就有一件赝品。

　　王煊心中无比失望，怅然若失，他手中的药炉居然是仿制的？

　　"仿品与真品怎么区别，有什么不同？"陈永杰开口问道。

　　"真品内部刻写着密密麻麻的天文，仿制品没有。"白孔雀说道。

第203章
最后的绚烂

王煊认为自己内景地中的炉子是真品，它的内部有密密麻麻的鬼画符，那就是所谓的天文！

他的心情大起大落，刚才他几乎以为自己手中的炉子是仿品，结果又峰回路转。

"密地中的赝品在哪里？"一名超凡者开口道。他压根儿就没有想过寻找真品，想来仿制的养生炉也是异宝。

"在外围区域的造化地黑白土台中。"白孔雀告知众人。

它接着说道："即便是仿制品你们也不用多想了，那个地方有些异常，排斥超凡者，连地仙、养生主、羽化生灵接近都会死。"

万法皆朽，只有几件至宝能保住一部分超凡力量，只是现在连其仿品都难以见到，人们默然。

祭坛上的大幕中，顶部只显现出几件神秘器物，模模糊糊的，但都是至宝。其中一柄剑有一米多长，带着迷雾，露出的部分洁白无瑕。

"这是人世剑。"白孔雀介绍道。既然决定讲出几件至宝，它便没有犹豫，平静地娓娓道来。

"一剑划出，可破大幕……"白孔雀简单的描述让人震撼，这东西能割裂现世与仙界的光幕层！

想都不用想，它拥有无匹的攻击力。

相传，这东西一直在现世中！

"可惜不是我的剑。"陈永杰惋惜地说道。他那柄剑是黑色的，而且过长了。

附近的一群人无语：你想什么呢？那是至宝，在现世和大幕后的仙界，从古到今只有那么几件！

它们即便落在现世，也不知道要过去多少个时代，才能现出踪迹。

"我不信神话正在腐朽、超凡即将消散，没有道理，为什么会这样？"有人情绪波动剧烈，很难接受这种巨变。

白孔雀道："错了，神话的出现才不符合常理。星空下，更久远的历史中，正常的轨迹是没有超凡的。在某个年代，因为意外，激活、接引、辐射出了不同的超凡者。现在不过是现世的自我纠正，一切将回归正常。"

它叹息，虽然情感上难以接受，但这就是列仙调查与洞彻到的真相。

河洛星的一名超凡者郑重地问道："前辈，是不是有某种不可揣度的力量在干预这一切，有阴谋正在上演？"

白孔雀明确地告知，他想多了，这只是现世的自我修复，那意外打上天空的浪花终究会落下。

"难道是末法时代到来了？"钟诚忍不住开口道。

白孔雀诧异，捕捉到他的思维后，不禁摇头道："兴法只是意外，何来末法之说？一切都是在回归常态，你志怪小说看多了。"

"前辈，如果神话成为过往，超凡走向消亡，是否会出现其他事物或者其他力量？"陈永杰问道。

"不知。"白孔雀摇头。

"前辈，如果神话腐朽，列仙消亡，时间大概还有多久？"有人问道，心情沉重无比。

"三年吧，差不多。最后一次超凡浪涛激烈喷涌，回光返照时给顶尖列仙一线机会，然后大幕熄灭，超凡彻底枯竭。"白孔雀露出一丝沧桑的倦意，这样说道。

"这么快?！"许多人心里发毛，感觉无比突然，这个时间节点距离现在真的太近了！

他们原以为还需要数十年，甚至上百年。

时间太紧迫了，他们即便立刻回到各自的母星，马上准备起来，也显得很匆忙。

"到时候，世间将渐渐失去那些强大的身影。"有人的声音发颤。

神话腐朽，他们无法等到地仙再现的辉煌年代了，三年后，超凡者可能彻底绝迹，仅是想想他们就觉得可怕。

"怎么会如此？"

"上天何其苛待修行者！修行本就是九死一生的路，现在更要断了修行者的一切梦想，不给人留一点儿希望！"

"超凡将灭，你我苦修一生，闯过一重又一重死关，甚至抛妻弃子，进深山拜入师门修仙，所为何来？到头来却是一场空！"

有些人情绪失控，内心难以接受，修行路在三年后要彻底断了！

在场的超凡者从头凉到脚，心中充满了绝望。

陈永杰倒看得开，在万法皆朽的时代，他能走到这一步还有什么不知足的？最起码他的身体恢复到三十出头的状态了。

他在琢磨，回去后可以考虑结婚生子了。

在场这么多超凡者中，他竟是这种心态。

"还是有点儿不甘心，这个时代应该由我们来书写，列仙腐朽就腐朽吧，牵连我们干什么？"陈永杰想了又想，也是有些不甘心的。

王煊大受触动，心中无法平静，因为他不止一次听到三年这个说法了，以前还十分不解，剑仙子、女方士等为什么卡这个时间节点。

摆渡人、红衣女妖仙面对这个时间段也都很严肃，现在他终于知道症结的所在了。

现在看来，还是白孔雀够坦诚，居然将这种惊天的秘密透露了出来。这是涉及全宇宙的超凡的大事件，它就这么当众揭开，平静地讲了出来。

白孔雀沉默，任他们喧哗、争吵、激烈讨论，很多超凡者情绪失控，它都没有表态与阻止。

　　"列仙那么强大，会坐以待毙吗？"钟晴问道，一双美目亮晶晶的，漂亮的面孔保持着平静之色。

　　"挣扎又有什么用？"白孔雀摇头道，"高高在上了那么久的岁月，终究要坠落，要腐朽，归于普通，化作一抔黄土。"

　　现在，有些大幕正在熄灭，早已不可阻止！

　　所有人都心神震动，脸色复杂，正在激烈争吵的人也安静下来。列仙竟会这么凄凉，他们又有什么接受不了的？

　　钟诚自幼向往列仙，在财团子弟中算是另类，曾梦想有朝一日驾驭飞剑，纵横天地间，只身仗剑，对抗超级战舰。

　　可是他还没有起航，就发现梦已断了。他忍不住问道："连高高在上的真仙都反抗不了？本土教先祖呢？苦修门的源头呢？那样至高无上的存在，也会化作尘埃吗？"

　　"哪有什么先祖，谁又敢自称源头？不要将志怪小说、民间传说等理解为真实的修行世界。偶有人恭维，说一个人成仙做祖，那也只是敬语，无人当真。超凡世界没有谁敢称先祖，也没有人当得起源头，当然确实有些绝世强大的仙。"

　　白孔雀告诉他们，真实的超凡世界与他们听到的那些传说完全是两回事。

　　"绝世强大的仙会有办法活下来吗？"王煊问道。

　　白孔雀看了一眼郑睿，又看向大幕，接着道："有些绝世强大的仙想要从大幕中逃出来，在想各种办法。"

　　在场的超凡者闻言，心中充满了震惊，而后一片嘈杂声响起。

　　王煊也有些出神，白孔雀真是什么都敢说，连这种天大的秘密都当众讲了出来。

　　"但那又能如何？三年后，尘归尘，土归土，超凡归于腐朽，万法不存。他们即便回来获得新生，又能怎样呢？娶妻生子，重新开始一段普通人的生活吗？"

白孔雀话语沉重，让所有人都发呆，列仙最后也只能沦为凡人？

白孔雀接着道："试想，高高在上的绝世女仙回归后，归于平凡的她们怎么在如今这个世界生存？她们能如何，想来最终也只是嫁作他人妇，成为人母，这是她们想要的吗？"

许多人愕然、出神，久久无声，所有人都在想象那样的画面，都在考虑未来。

白孔雀声音低沉，道："烛光在最后熄灭前还能闪烁，光灿瞬间。超凡寂灭前，自然也会有泡影浮现。比如，密地现在就是超凡能量澎湃，不断涌动，但这终将成为最后的灿烂。"

"羽化成尘，养生主消散，地仙腐朽，这世间还能剩下什么？以后，现世中将没有修行者？"一名年老的超凡者话语苍凉，感觉走到了穷途末路。

陈永杰问道："如果有列仙逃回来，是否比普通超凡者更强、活得更久？"

白孔雀道："未必。高高在上的一旦坠落下来，那可能就是粉身碎骨，以绝命落幕。所以，有些绝世仙人现在在尝试让一部分力量逃回，首先考虑保命，再考虑其他。"

王煊思忖，原来女妖仙提前回归，女方士准备各种后手，都是因为有了紧迫感，想逃回现世。

王煊想到未来的各种画面：女方士、红衣女妖仙可能会成为凡人，最终为人妻为人母……不敢想象啊！

他觉得，列仙中的绝世强者或许会有些后手，有些超凡的手段，但是在大幕熄灭、现世自我纠正面前，终究挡不住大势。

现在是我躲着她们，未来谁怕谁还不一定呢！王煊心中越发有底气。

有人向白孔雀请教大幕中浮现的经书，以及金色竹简、五色玉书、刻在龟甲上的鬼画符……

可惜，排在上方的经书都缺失了。

白孔雀话语沉重："三年后，那些高深的经文或许还不如粗浅的拳谱实用，因为再也没有人能练成了。"

它善意地提醒道："未来，超凡消退，万法皆朽，大家就不要考虑那些需要能量物质的秘法了，可以选择那些锻体的秘籍，或者单纯锻炼精神的法门。"

它说得不无道理，高深的经文在未来可能会沦为废纸，缺少超凡能量，根本练不了。

在场的超凡者无不生出一种悲凉感，前路崎岖，寒意刺骨。

"前辈，真的没有一点儿办法了吗？超凡者的痕迹注定要被清除吗？就不能有一块净土，或者有某种方法可以规避吗？"一名年老的超凡者颤声问道。

"没有办法了，大幕在熄灭，列仙在死去，一切都早已无法挽回。"白孔雀心情沉重。

它补充道："或许只有几件至宝可以帮人保住一部分超凡力量。"

陈永杰问道："前辈，我喝过地仙泉，现在身体机能恢复到了青年状态，如果超凡能量退潮，我会被打回原形吗？"

他很关心这个问题，他能够走到这一步真的不容易！

"应该不会。血肉彻底消化了地仙泉，身体得到重塑，这才是最大的收获啊，你不用担心。"白孔雀说道，这也等于为众人指了一条明路。

陈永杰点头，长出一口气，他可是下定决心要结婚生子的，现在看来没什么问题。

王煊与陈永杰一起上前，因为他们收集的玉符最多，可以优先兑换东西。

异宝？两人看了又看，好东西真多啊，比如列仙用过的飞剑，流光溢彩，璀璨夺目，太吸引人了。

但是，想到未来超凡能量枯竭，没人能够驭剑，他们果断放弃了。

异宝中有福地碎片，其内部空间达五立方米，非常珍贵，比王煊的福地碎片内部空间还要大。

陈永杰眼巴巴地看着，最终放弃了。这东西太贵了，兑换了这东西，他就得舍弃自己盯上的其他修行资源了。

两人强忍着诱惑转过身去，不再看那些异宝。

至于经书，对他们两个反倒没有那么大的吸引力。他们觉得，与其在这里兑换经书，还不如和老钟交换呢！干脆有朝一日潜进老钟的书房，看个痛快！

"老陈，你有看中的东西吗？"王煊问陈永杰。

陈永杰道："我不甘心，我不相信未来会灰暗，超凡路会断。不管怎样，我都要挣扎一下，我想选对后面修行有用的稀世奇物。"

王煊点头，他早已选好，有了目标。他向前走去，触摸一件物品，大幕顿时光芒流转，仙气弥漫。

"恭喜，你选了列仙中一位绝世强者的奇物，她会与你相见。"白孔雀开口道。

远方竟袅袅娜娜走来一道倩影，她风姿绰约，婀娜多姿，衣袂飘飘间，凌空而来。

王煊顿时头大，她真的来了，自己居然选中了她的奇物！

第204章
都在做准备

先秦女方士果然来了！

她青丝飘舞，衣袂猎猎，缥缈间不带烟火气，称得上风姿绝世，空明出尘。

对于别人来说这是遇仙，会倍感荣幸，但王煊起了一身鸡皮疙瘩，有些惊悚。

自从在密地中发现郑睿手腕上的串珠中藏着女方士的一缕精神体后，王煊就有了不好的预感，现在"王炸"真的出现了。

地仙城中的祭坛如此宏大，能承接大幕，天知道现世残留的精神体与成仙的女方士碰面会发生什么，这是时隔三千年的重逢！

"真有仙人啊，一位活生生的女仙出现在我们的面前，如洛神凌波，似广寒月照，我见到了神话中的天仙！"钟诚低语，无比震惊。他何曾见过这种场面？

对于现世人来说，神话接近真实的世界，带来的那种冲击感太强烈了。

钟晴掐了钟诚一把，让他闭嘴，不要乱说话，这可是从古代真正活下来的女仙，万一得罪就麻烦了。

同时，她无比羡慕，仙人青春常驻，容颜不老，这对一个爱美的年轻女子来说，诱惑太大了。

"前辈，我觉得这件奇物也不错。"王煊的手指滑向大幕前的另一个物件。

他有些发怵，真心不想在现阶段与列仙中的绝世强者会面。

"巧了，那也是她留下的奇物。"白孔雀说道。

王煊身体微僵，他意识到，无论自己选什么，白孔雀估计都会说是女方士留下的。

女方士凌空落下，周身缭绕着淡淡的白雾，果然如传说中的仙子下凡般，哪怕落入红尘，依旧绝世而独立。

"见过仙子。"王煊很严肃，没敢乱说话。

毕竟，这是羽化登仙三千年的人物，谁知道她在大幕后的世界中经历了漫长的岁月后，会有怎样的脾气与秉性。

果然，她与现世残留的精神体不一样，她落下后，安静不动，整个人有种无形的威严。

她气场极强大，即便隔着大幕，也能让人感受到那种冷冽的气韵，仿佛在面对冰天雪地一般。

对于王煊的问候，她只是略微点头。

果然，成仙后，她不同了。历经三千年的征战，与列仙中的各路顶尖人物对决，真正屹立在金字塔顶端，她的一举一动都有种莫名的威势，让人敬畏。

总的来说，她高不可攀，与红尘的距离似乎极为遥远。

王煊不禁想到，女方士现世的精神刚复苏时，进入他的梦中，他为了反抗，还曾摸过她那吹弹可破的白皙的脸颊。

这要是让成仙的她知道，估计要气炸。

不过，他也没有什么好怕的，总的来说，不是他有求于女方士。

三年后，如果大幕真的熄灭，列仙注定消亡，能够逃回现世的顶尖真仙失去超凡手段，还能怎样？

只是，当想到眼前这个女子最终将由天仙化为凡人时，王煊还真有些出神，不知道她未来会有怎样的抉择。

出乎他的意料，大幕中的女方士并没有与他说话，而是看向另一侧。

她残留在现世的精神体出现了，无声地飘了过来。

两个人风姿出众，称得上容貌倾城。但是，她们的气质不一样，现世的她稍微柔和些，带着温婉的笑容，大幕中的女子则冷若冰霜，一副拒人于千里之外的样子。

这倒也可以理解，征战大幕后的世界三千年，见惯了诸族强者，为一方巨头，自与凡间的自己不太一样了。

两个容貌一模一样的绝色丽人，她们的手指隔着大幕抵在一起，一刹那，天地仿佛崩开了。

大幕轰鸣，她们的指端前，光幕竟被撕出了裂痕！

大幕中成仙的女方士倏地望来，目光灼灼，越过虚空，落在王煊的身上。

王煊知道，两个女方士的精神交融，了解了彼此分开这么多年后的际遇，大幕中的天仙知道他的状况了。

"三年后……接引我，渡……列仙劫，我有厚报！"

大幕中传来精神波动，她居然敢直接与王煊对话，这绝对违反了旧约。

以前，只有一个红衣女妖仙可在大幕后方向凡间传出清晰的话语，现在女方士进一步违背了旧约。

大幕深处，一道数百里长的闪电划过，向成仙的女方士劈去，雷霆粗大，恐怖无比。

她不以为意，没有转过身去，只是背对着大幕深处的巨大雷电一甩衣袖，砰的一声将那漫天的电光击散。

不要说大幕中的世界，就连密地都在轻颤，恐怖的天雷挡不住她羽衣一展！

接着，漫天都是闪电，到处都是雷霆，全都向成仙的女方士倾泻而来。

大幕后的世界宛若化成了雷霆汪洋，山河哀鸣，悬空的岛坠落，所有神禽圣兽都惶恐地逃亡。

她沐浴着电光，依旧冷如寒冬中的雪莲，周身发出柔和的光，撑开一片光晕，挡住所有劫雷。

她看着王煊，再次重复了一遍刚才的话语，意志与信念强大，穿透大幕。其他人听不到，唯有王煊听到了，如同雷鸣又似山崩海啸般的巨大回音在长空中激荡。

"红衣女妖仙盯上了我！"王煊快速开口道。

他不是很情愿，所谓接引女方士，助她渡过列仙劫，天知道要付出什么，大概率要走他的内景地。

"哦，她今天也来了，我挡她回去。看来她对现世的掌控依旧很有力度，知道你来到了这里。"女方士平静地告知王煊。

王煊头皮发麻，红衣女妖仙也在这块大幕后方？怎么会这么巧？他一下子想到了很多。

密地中有她们昔日留下的痕迹，白孔雀与女方士关系不一般，料想这里也有大妖与红衣女妖仙关系匪浅，是谁？该不会是老狐狸吧？

这时，成仙的女方士手指迸发出越发刺目的光芒，让大幕碎裂，密密麻麻的缝隙交织成"蛛网"。

地仙城中，所有人都心头悸动，所有怪物都在战栗，看着女方士沐浴天雷，岿然不动，全都震惊无比。

莫名的生命能量透过大幕，不断湮灭，但也有一部分融入这边的精神体中。

那原本模糊不清的精神体，现在居然要实体化。

果然，女方士提前做了准备，渡过来一部分生命印记，但是损失极大，她快速收手，转身远去。

她不惜损耗本源，没有等到三年后，而是提前渡过来部分生命印记，这是做了最坏的打算。

她怕三年后失败，自己会失去所有，现在，她承受巨大的代价，提前让部分生命印记进入现世，以确保自己最终可以活着。

王煊神色一动，他明显感觉到现世女方士的精神体变得清晰了，这次如果回归到旧土的肉身，她多半直接就会活过来。

这是一个将肉身留在现世的绝世列仙，她当年应该就预感到了什么！

王煊明白，她比大幕后的其他列仙准备得都要充分。

三年后，即便神话腐朽，女方士自天空中坠落，失去超凡力量，大概率也会比其他沦为凡人的真仙处境好不少。

毕竟，她对财团郑家的渗透非常深，她会在这三年中为将来铺路。

成仙的女方士远去，笼罩的雷霆数次爆发后，彻底消失了。从那片仙界大地的尽头似乎走来一个红色身影，身影被女方士拦住了！

轰！

更为恐怖的光芒迸发，竟比天劫还可怕。两道身影交手，比闪电还要快，掠过大地，冲向高空。

但随后她们倏地收手，似乎在对话。她们站在天际尽头，朦朦胧胧的，最后一起向大幕外望来。

王煊汗毛倒竖，他感觉到，那两人的目光落在了他的身上。

哧！

伴着仿佛能撕裂仙界大地与天穹的光束，那两道身影消失了，不知道是厮杀而去，还是联袂离开了。

王煊希望那两人是去远方战斗了，而不是彼此谈妥，如果是后者，他心中实在没底。

不管了，未来在我这边。你们即便能活下来，也注定从列仙的世界坠落，从天仙退化为凡人。人间的事归王煊！

王煊在心中为自己打气，鼓舞自身，坚定信念。

“你最初选的奇物不错，是我当年留下的药土，一旦将来你踏足命土、采药领域，会有大用。”女方士留在现世的精神体开口道，看着大幕中一块紫莹莹的玉石，对王煊点了点头。

药土不是真正的土，更确切地说是其中蕴含某种药性，女方士留下的药土中有天药的部分药性！

王煊不是第一次接触这种东西，当初他从白虎真仙那里诓骗来一块药土，那药土原本源自红衣女妖仙，如今被他收在福地碎片中。

现在，他又选中了女方士留下的药土。他一共积攒了两块药土，都是绝世列仙所留，等他踏足命土、采药领域后，必然有大用。

旁边，陈永杰一听，果断放弃了自己早先看中的奇物，凑过来无比谦虚地道：“请仙子指点迷津，我也想兑换一块药土。”

“药土，这里确实有几块，但是有天药药性的……咦，还真有一块，这应该是苦修门大贤所留的。"

现世的女方士脾气不差，很好说话，比那个冷若冰霜的成仙的女方士温和多了。

远处的钟诚、周云、钟晴不是超凡者，在女方士没特意显化的情况下，他们看不到她的精神体。

"刚才那是一位仙子？三年后，这种层次的真仙真的要坠落人间吗？我觉得，我要发愤图强了，凡人娶列仙，这或许不是梦！"周云握紧拳头，满脸激动之色，眼中发出灿烂的光芒。

"是啊，未来很精彩，一切都有可能！"钟诚也用力地点头。

"你闭嘴，现在大幕还在呢！"钟晴斥责钟诚。她在思索，接下来的三年，列仙为了活命，多半会很疯狂。

大幕熄灭前，列仙肯定要想办法逃生。

这意味着什么？未来三年中，战舰打列仙这种可怕的事情或许会在现世上演！

钟晴想到了很多，巨变不是在三年后，而是随时会发生！

"仙子，咱们也算熟人了，我有事请教。红衣女妖仙注定要进入现世中，而且就在近期，怎么才能对付她？"王煊开口询问。

眼下，他能与女方士留在现世的精神体交流，自然不会错过这个难得的机会。

"这把看着要腐烂的木刀不错，能对付地仙。"此时，女方士在为陈永杰介绍一件异宝。

"什么？"陈永杰心惊肉跳。

"哦，你们兑换不了，这需要逍遥游境界初期的人才能催动。"女方士摇头道。

接着，她看向王煊，道："你急什么？"

"不急不行，现阶段我怕她对我下手，而我没有还手之力。"王煊沉声道。

而后他认真请教："女妖仙是在哪里渡劫登仙的？或者说她的洞府在哪里，

应该自虚空中坠落到现世了吧？"

　　他想找到红衣女妖仙遗留的仙骨，如果她也逆天留下了肉身，那么他就更要
提前下手了。

第 205 章
密地之旅结束

"熊山。"女方士说了一个地名。

王煊顿时神色凝重，没想到自己真的了解到了红衣女妖仙的部分秘密。

不过，他一时间不知道这是旧土哪片区域，脸上露出疑惑之色，道："熊山在哪儿？难道她是熊妖？"

他数次见红衣女妖仙，她都走在烟雨中，手持油纸伞，身段曼妙，一身红衣绝艳动人，既有江南女子的灵性，又有魅惑众生的妖娆感。

"她是熊精？"王煊有些无语，很难将红衣女妖仙与那种大块头联想到一起。

女方士摇头道："你想什么呢！熊山出过神人，出过帝王，总不能名字叫熊山，自那里走出的生灵便是熊精吧？"

陈永杰闻言，道："是《山海经》中记载的熊山吗？如果是的话，那里应该是旧土的神农架。"

《山海经》中有载："又东一百五十里，曰熊山。有穴焉，熊之穴，恒出入神人，夏启而冬闭……熊山，帝也！"

"老陈，回到旧土后好好查一下，找一找她昔日的痕迹，争取挖到她的洞府。"王煊与陈永杰低语。

王煊顺利得到一块玉石，玉石不过两寸高，内部有紫色烟霞流转，封印着女方士留下的药土。

陈永杰兑换到一块淡金色的玉石，这是苦修门的前贤所留，内部蕴含有天药的药性。

"三年后，万法皆朽，你们还执意要走这条路？"女方士问道。

陈永杰道："既然目前还能走下去，超凡还没有彻底腐朽，那么我们便先努力向前，人不能先自我否定脚下的路。"

陈永杰是有些不甘心的，在他以前的修行规划中，最好的时代还没有到来，怎能料到超凡即将消散？

如果实在逆不过大势，那么，在这三年中，他就努力滋养血肉与精神，让身体活性回归到青春年少时。

最差他也要再活两百年，说不定就能迎来什么转机。

王煊确信，自己得到的药炉是真正的至宝——养生炉，所以他信念更强，当神话腐朽时，他或许能自保。

但他觉得这还不够，他想多保住几人。

"仙子，有没有一种经文，在超凡能量消散的情况下，依旧能提升人体素质，开启潜能？"王煊问道。

"如果有的话，列仙也不至于焦虑。"女方士摇头，发出叹息。

超凡的出现只是一个意外，正常的宇宙没有这些，现世开始瓦解神话，不会让神话持久存在下去。

大幕中，一个满身光芒的圣苦修士走来，他隔着大幕看了看陈永杰，点了点头，最后又无声地退走了。

陈永杰兑换了他的药土，他结下一份善缘，但他不打算在未来收获什么，因为时间来不及了。

王煊与陈永杰退下，钟诚与钟晴将钟庸抬了上去，谨慎而认真地说明情况：钟庸只想要洗礼肉身、恢复青春的药剂。

"大幕中有张丹方，可配合金蝉功发挥最大作用，增加四成的成功率，快的话半年就能让他复苏，最起码可以保他不死。"白孔雀指点道。

钟家姐弟替钟庸兑换了丹方。

王煊小声问白孔雀，原本老钟若成功的话，多久可以复苏。

"大概一年吧。"

"这老家伙，还说要沉睡三年。"陈永杰瞥了一眼钟庸，神色不善，不过也不想和他计较了。

王煊与陈永杰将手中还剩下的少量玉符送给了周云、钟诚、钟晴、郑睿。

密地之旅真的要结束了，王煊与陈永杰抓紧时间，询问女方士和白孔雀一些问题。

白孔雀到底是什么身份？王煊觉得它知道得太多了。他大胆询问这个问题，没想到答案让他震惊。

白孔雀曾是列仙中的一员，追随过女方士！

这是一个从大幕中偷渡回来，并极其罕见地成功了的生灵！

白孔雀坦然告知王煊，为此它付出了巨大的代价，是列仙不可承受之重。

现在，它不过是在逍遥游大境界中的地仙层次而已，衰退得厉害。

王煊与陈永杰目瞪口呆，难怪它知道得那么多，原来它曾经是一位真仙！

白孔雀叹息道："真仙又如何？一样会腐朽。三年后我会退化得更严重，终会跌落超凡领域。"

"前辈，密地中有地仙草、天命浆、长生石等，不知道这些东西……"陈永杰念念不忘这些可以延寿两百年以上的稀世奇物。

他觉得，自己有点儿像老钟了，想续寿元，变得更为年轻，一切都是为了对抗超凡能量枯竭期。

白孔雀道："你们不要多想了，地仙草等还不成熟，而且将来我们对抗列仙劫，需要用到它们。"

王煊与陈永杰进一步感觉到，列仙十分焦虑，强大如他们，连地仙层次的延寿药草都很在意了。

"前辈，密地中有对抗天人五衰病的特效药草吗？"王煊请教白孔雀。他只采摘到部分缓解天人五衰病的药草。

"密地深处，列仙洞府那里有一些奇药，或许有效。"白孔雀答道。

王煊心中稍微松了一口气，看来老狐狸的大部分话语还是可信的。

"我有两名女伴在列仙洞府，前辈如果送我们离开密地，能不能将她们一并带走？"他对老狐狸还是不怎么放心。

"你不用担心，黑狐目前没有恶意，我会帮你盯着的。那里确实有些机缘较适合那两个女子，他日她们会平安离去的。"白孔雀说道。

它与女方士交流过，得悉了关于王煊的部分情况，所以对他的态度与过去不太一样。

对于王煊等人来说，密地之旅即将结束，白孔雀承诺会将他们送走。

女方士提醒白孔雀道："你不要将他们送到外太空，那里很危险，新星的战舰可以轰击地仙。"

白孔雀一怔，道："那就设下列仙法阵，牵引密地外围区域的超凡能量，浇灌地仙泉、天命浆等，催熟超凡能量，让域外的人自己开飞船来接人。"

它需要一些时间布置，要花费数天的工夫。

周云、钟诚听到数日后就可以离去，都激动与振奋不已，他们再也不想在这里待下去了。

这里到处都是怪物，丛林中步步潜藏着危机，动辄要人性命，哪里有新星待着舒服？

尤其是周云，想到新星灯红酒绿的生活，他就按捺不住了，感叹道："不知道我女朋友怎样了，很久没有开飞船带她们去天外兜风了。"

"周哥，你这样好吗？"钟诚看向他。

"你不要跟他学坏！"钟晴瞥了一眼弟弟，让他离周云远点儿。

王煊在地仙城中收拾行装，大包小包装了一大堆东西。福地碎片里面装着地仙泉与蜂王浆，不好混入其他东西。

珍稀的山螺，他足足采集了一箩筐，黄金蘑他采集了数十斤。此外，紫蟠桃、养神莲、地髓等各种灵药他都收集了一部分。

这么多东西，如果他全都背回去，被财团盯上的话，估计会有麻烦。

尤其是山螺，日服一钱，持续半月，可延寿五载，多吃的话，最高可以延寿十载。这种东西绝对会让顶级财团眼红。

另外，那杆长矛混有太阳金，登上飞船后，万一被检测出成分，也会惹人眼红。

在密地无所谓，他是"王燃灯"，但回归新星后，面对战舰他也得蛰伏，他暂时不想暴露自己的实力。

陈永杰叹息，估计回去后，有些大财团该忌惮他了，他出行多半要报备了。

想到这些，他不禁看向王煊，这小子一直忽悠钟诚、周云等人，到现在都嚷嚷着自己侥幸在密地晋升到宗师境界，离大宗师还远。

陈永杰觉得，自己又顶在最前面，吸引了所有财团的注意力，那些人根本不知道，在后方还有一条真正的"大鳄"呢！

"前辈，我能不能用一些太阳金兑换那块福地碎片？"王煊找到白孔雀与女方士。

大幕还没有消失，各种物品陈列着，现在轮到三颗超凡星球的人去兑换了。

王煊盯上了那块内部空间足有五立方米的福地碎片，他想截断长矛，拿一小块去进行交换。

"算了，我送给你吧。"女方士说道。

王煊惊喜，这种异宝可遇不可求，用处太大了，在现世中仿制不出来。

"三年后，你不见得能开启它，到时候如果有贵重物品，记得要提前取出。"女方士提醒道。

王煊接了过来，开启后有些意外，福地碎片被分成三个区域，可以分开存放各类物品。

这瞬间解决了王煊的麻烦，他兴冲冲地跑回居所，将地仙泉倒了进去，再将各种药草分门别类地存放好。

陈永杰眼巴巴地看着。

"身为护道人，我对你寄予了厚望，这个送给你。"王煊将自己早先的福地碎片送给了陈永杰。

陈永杰曾送给他短剑，这东西价值连城，似乎隐藏着很大的秘密，王煊多次用它保命，所以他对陈永杰也很大方。

"我得出城了，临走时收一笔保护费，回去养子女用！"陈永杰得到福地碎片后，无比喜悦与激动。他"土特产"采摘得不多，准备去找三颗超凡星球的人"化缘"。

反正双方注定是敌人，而且离开密地后，他与王煊大概率很久不会再回来，甚至都不会再来了，他不介意得罪一群对头。

"我和你一起去！"王煊怕他出意外。

不久后，陈永杰神色庄严，向三颗超凡星球的人友好地问候，收取一定的保护费。丈六金身很不凡，让他通体金光灿烂。

三颗超凡星球的人简直想活吃了他！

四日后，密地外围区域超凡能量退潮，全部被引向了地仙草、天命浆等奇物所在的区域。

白孔雀将钟晴挥手的画面，以神通传送到了外太空的一架探测器附近。

事实上，当浓郁的X物质退潮，褐星基地的人第一时间就发觉了，因为这些天他们一直在竭尽所能地监测密地。

可惜，他们损坏了不少设备，都没有什么结果。

他们强行派遣出的两艘飞船都失事了，小型的救生舱总共发送了十几艘，都如同石沉大海。

"有人活着，快发送救生舱，再准备一艘小型飞船，前往营救！"这容不得他们不尽心，失落在密地的人之中有一些身份了不得的人物，比如钟庸、宋家老头等。

……

出乎王煊的意料，在密地的最外围区域，还有少部分人活了下来，白孔雀寻到他们，并将他们收拢了过来，准备送他们离开。

不久后，周云热泪盈眶，道："我终于登上飞船了！"

嗖！

飞船起航，一群人劫后余生，全都心情复杂。就连王煊与陈永杰也有些感慨，历经多次死劫，总算熬到头了。

他们要回归了！

银灰色的飞船破空远去，启动曲速引擎，疾速离开密地，进入外太空，只留下一道残影。

（本册完）

更多精彩，敬请关注《深空彼岸5》！